よいこらせ、と上半身を起こすと、
そこは何もない野原だった。
決して見晴らしが良いわけではない。
真澄の周りには背丈の高い草が生えていて、
丁度秘密基地のような場所だ。
「ちょっ……ここ、どこ？
まさか三途の川に向かう
途中とか？」
ドロップアウトからの再就職先は、
異世界の最強騎士団でした
訳ありヴァイオリニスト、魔力回復役になる
東吉乃
illust. 緋いろ

アークレスターヴ・アルバアルセ・カノーヴァ
藤堂真澄（マスミ）

？？？
ライノ・テラスト
カスミレアズ・エイセル
アンシェラ・メリノ

これほどの勢いで賞賛されるべき理由が、
真澄には分からなかった。
どこに視線を投げても笑顔と拍手しか映らない。
下を見ると、真っ直ぐに真澄を見上げて
拍手しているアークがいた。

ドロップアウトからの再就職先は、異世界の最強騎士団でした

After the dropout, my re-employment office is the Strongest Order of Knights in the Another World

訳ありヴァイオリニスト、魔力回復役になる

東 吉乃

illust. 緋いろ

CONTENTS

序章

After the dropout, my re-employment office is the Strongest Order of Knights in the Another World

こんな生活、いつまでも続けられないけど……

真澄《ますみ》は気付かれないようにそっとため息を落とし、借りていた緑色のスリッパから自分のヒールに足を移した。

足首の細いバックルを留めて視線を上げる。愛想の良い職員が、大層晴れやかな笑顔でまた一つ礼をくれた。

「本当にありがとうございました。いつもごめんなさいね、気持ちばかりしかお渡しできなくて」

心底申し訳なさそうに、年配の職員が言う。

彼女とは知れた仲だ。真澄がこの施設に慰問演奏に訪れるようになってから、もう三年になる。人の入れ替わりが激しいこの介護業界において、彼女は珍しく一つ所に長く勤めている人だ。

理由を訊《き》いたことはない。

それなりに打ち解けたとはいえ、内情に踏み込むほどではない。ただ、その物腰を見ていると、優しい人なのだろうなと自然に思う。

「いえ、こちらこそ。弾かせてもらえる場所があるだけでも有難いので」

「藤堂《とうどう》さんがそう言ってくれるから、所長もつい甘えてしまうのよね」

眉を八の字にして職員が頬に手を当てる。考え込むような仕草は言葉の通りで、どうしたものかと言いつつも権限のない彼女にはなにをどうすることもできないのだ。

ただ、真澄としてはこうしていつも見送りに出てきてくれるし、柔らかい言葉をかけてくれる彼女を好ましいと思っている。

「またきてね」

声と同時に、そっと真澄の手が握られる。

温かい。

そちらに目を向けると、車いすに座った老婦人が屈託のない笑顔で真澄を見上げていた。

「ね、まりちゃん。わたし、ここでまってるからね」

老婦人はいつもこうして真澄との別れを惜しんでくれる。施設の玄関まで必ずついてきて、子供のように次の約束を交わすのだ。

彼女の記憶の中に生きる、大切だったであろう誰か。

真澄はその誰かに重ね合わされている。けれどそれは不快ではなく、むしろ真澄があまり実入りにはならないもののこの施設に通い続ける一つの理由でもあった。

老婦人と小指を絡め、指切りげんまんをする。

それから真澄は職員に向き直った。

「それじゃあ私はこれで。次は三月か四月に」

「ええ、宜《よろ》しくお願いしますね。また連絡しますから」

緩やかな約束は、次の慰問演奏のことを指している。春に合う曲はなにがいいだろう、そんなことをぼんやりと考えながら、真澄はすっかり通い慣れてしまった施設を後にした。

外に出ると、漆黒の闇に粉雪がちらついていた。

吐く息は白く、星が瞬く夜空に溶けるように消えていく。今日は聖夜。クリスマスイブだ。ゆっくりと舞い落ちる雪は綺麗《きれい》で、特別な夜にふさわしい。


どうせ自分には関係ないけど。


寒さに襟をかき寄せ、真澄は思わず呟《つぶや》いていた。

いわゆる人生の落第組というやつなのだ。ドロップアウトした、ともいう。

そうなってしまった理由は色々あるが、過程はどうあれ社会人でありながらバイトで食い繋《つな》いでいるという状況が歓迎されないことくらい、分かっている。

そういうわけで、冒頭の呟きに戻るのだ。こんな生活いつまでも続けられないよなあ、と。

だが先の人生を考える度に、それほどやりたいなにかがあるわけでもないことに同時に気付く。

ヴァイオリンは好きだった。

ずっとそれに携われればいいと思っていたし、演奏家を目指していた時期もある。しかし自分の演奏には感情がないと指摘されてからというもの、あまりヴァイオリンが好きではなくなった。本気で弾くのが怖い、といってもいい。

だから今は、小遣い稼ぎ程度にしか弾いていない。

新卒の時にはいわゆる一芸採用というヤツで、奇跡的に名の知れた大企業から内定をもらった。そのまま事務系で頑張ったが、色々な部分であまり馴染《なじ》めず、最後は体調を崩して退職する羽目になった。

それから先はあっという間に社会から弾《はじ》き出されて今に至る。落ちる時は一瞬だ、社会って怖い。

両親は傍《そば》にいない。

母は中学生の時に亡くなった。父は存命だが、今は新しい家庭を持っていて真澄の方から連絡を取ることもない。だからうるさく言われる煩わしさもなければ、心配をかけて申し訳ないと思いもしない。

だがしかし、こんなんじゃ社会人としてダメだという自覚は一応ある。この状態を「社会人です」と胸を張れるのかどうかは疑問だが。

悩んでも結局それは堂々巡りにしかならず、起死回生の妙案など浮かびもしない。

考え事をしながら歩いても、真冬の寒さはしっかりと伝わってくる。特にストッキングの足元が心許《こころもと》ない。おまけにコートを着ているとはいえ、その下は薄い膝丈の演奏用ドレスだ。袖口から入る風も中々侮れないレベルで体温を奪いにかかってくる。

「寒い……お腹《なか》減った……鶏《とり》足にかぶりつきたい……」

欲望に任せて独り言が口から滑り出てくる。慎みなど知ったことか。どうせ彼氏も年単位でいない。開き直るほどに残念だが、やはりこれもどうしようもないというのが現実だ。

やがて最寄の駅に着いた。

元々小さな駅だが、今日はいつにも増して人が少ない。クリスマスイブだし日にちのせいだろうなあ、とぼんやり予想しつつ、ヤケクソになって真澄は小走りにホームへの階段を駆け下りた。


ちくしょう。

どうせ皆、夜景の綺麗なレストランで「美味《おい》しいね」「そうだね」「綺麗ね」「君の方が綺麗だよ」とか囁《ささや》き合ってんでしょ。こちとらそのディナー代一人前にも足りない謝金の為《ため》に、こんな寒くてひもじい思いまでしてんのに。

こんちくしょうリア充爆発しろ！


聖夜に罰当たりなことをうっかり考えたのが悪かったのだろうか。

人を呪わば穴二つ、最上段から五段ほど下りたところで、真澄は思いっきり足を踏み外した。

「う、……そっ……！」

嘘《うそ》でも夢でもなく、その時ばかりは景色がスローモーションになった。

いわゆる走馬灯を見る、という状態に近いのだろうか。ゆっくりと迫ってくる階段を見ながらも、真澄の思考は大変に冷静な状態を保っていた。

自然と身体《からだ》が動く。

右手に持っていたヴァイオリンケースをしっかりと胸に両手で抱える。そのまま前のめりになっている身体を反転させる。背中から落ちれば、自分が頭を打ったとしてもヴァイオリンは助かるはずだ。

入院しても、三日くらいで退院できますように！

最後の掛け声まで脳内で叫ぶ余裕を残しつつ、真澄は来たるべき衝撃に備えて目を瞑《つぶ》った。

第1章　スパイ容疑と楽士雇用契約

◇1　訳ありヴァイオリニストと最強騎士団長、出会う

「いっ……！」

衝撃に真澄《ますみ》の息が詰まった。

胃が口から出るかと思った。それくらい背中への衝撃が大きかった。可愛《かわい》らしい悲鳴を出せる余裕もなく、身体《からだ》が痺《しび》れて動けない。

平衡感覚は正常だ。

信じ難いが、階段の途中に引っかかることなくホームに着地できたらしい。背中からだけど、という残念な注釈が付くがそこはそれ。とりあえず真澄は一安心し、痛みが治まるまでその場に寝転がっていた。

それにしても静かだ。

一向に誰も通る気配がない。

不可思議に思いながらゆっくりと目を開ける。するとそこに駅のホームはなかった。

「……」

目の前には満天の星がある。

何度瞬《まばた》きしても変わらない。おかしい。仰《あおむ》向けになったまま首だけを横に倒すと、鼻先を草の葉がくすぐった。

そよ、と夜風が吹いている。

その度に頭《こうべ》を垂れたすすきのような草が、真澄の鼻やら頬やらを撫《な》でてくる。頭を元の位置に戻す。両手に意識を向けると、落ちる瞬間と変わらずヴァイオリンケースをしっかりと抱きかかえていた。

よいこらせ、と上半身を起こすと、そこは何もない野原だった。

決して見晴らしが良いわけではない。真澄の周りには背丈の高い草が生えていて、丁度秘密基地のような場所だ。

頭は打ってないと思ったが訂正する。

これ、多分頭打った。

「ちょっ……ここ、どこ？　まさか三途《さんず》の川《かわ》に向かう途中とか？」

こんなにリアルな感覚で風が頬を撫でていくのに、実は意識不明の重体からあの世に行きかけている、とかだったら笑えない。

そもそもいわゆる臨死体験だとすれば、周囲にはお花畑くらい広がっていても良さそうだ。それが目の前の景色ときたらどうだ。星空は綺《き》麗《れい》だが大地には鬱蒼《うっそう》と茂る黒い草藪《くさやぶ》、殺伐としすぎて天国よりは地獄に向かう途中といって差し支えなさそうである。

残念なことにこれから会えるのは閻魔大王《えんまだいおう》だけです、とかだったら本気で笑えない。

心なしか風が乾いているような気がした。

ふと横を見ると、肩にかけていた鞄《かばん》が転がっていた。広めの口から楽譜の束が半分ほど飛び出している。そういえば自分には「スマホ」という文明の利器があったはずだ。

「と、とりあえず現在位置」

抱えていたヴァイオリンケースをそっと地面に置き、もそもそと四《よ》つん這《ば》いで鞄の傍《そば》に寄る。とりあえず中身の半分以上を占めている楽譜を引っ張り出して、真澄は改めて鞄の中を確かめた。

家の鍵。ない。

財布。ない。

定期。ない。

スマホ。ない。

鞄そのものをひっくり返して揺すってみるも、小銭一つ出てこない。それなりに揃《そろ》っている内ポケットなど思いつく限り全てを検《あらた》めたが、本当になにも入っていない。

いや待て、早まるな。

深呼吸しつつ、真澄の視線は最初に除《の》けた楽譜の束に向かう。

間に挟まっている奇跡を祈りながら一つ一つめくってみたが、しかし希望は木端微塵《こっぱみじん》に粉砕された。スマホどころか薄っぺらい定期さえも出てきやしない。

「ちょっと冗談でしょ……」

愕然《がくぜん》として呟《つぶや》くも目の前の状況は何一つ変わらない。


とすると、やっぱり。


俄《にわ》かに浮上してくるのは、やはり三途の川へ向かう途中なのだという疑惑だ。

死後の、というか死ぬ直前のこの世界がどういう理《ことわり》で動いているのか知らないが、まあ多分、持ち物全てを持っては来られない仕様になっているのだろう。そう考えれば納得だ。

というか、臨死体験中ならスマホも役に立たないと思われる。

どうせ圏外になってるか電源が入らないはずだ。むしろ現在位置が「お花畑市賽《さい》の河原三丁目」とか表示されてもそれはそれで微妙すぎる。

「……生き返る方向ってどっちだろ」

鞄漁《あさ》りのお陰で随分と落ち着きを取り戻し、真澄は立ち上がった。

人生落第組ではあるが、だからといって積極的に死にたかったわけではない。となれば取るべき行動は一択で、三途の川に辿《たど》り着かないように、息を吹き返す方向に歩きたい。

真澄は着ていたコートを脱いだ。

どうやらあの世との狭間《はざま》には季節がないのか、コートを着ていると暑い。楽譜をざっと鞄に戻し、肩に掛ける。左手にコート、右手にヴァイオリンケースを持って、いざ脱出。

するつもりが、旅はいきなり出端《でばな》を挫《くじ》かれた。

がさがさと目の前の藪が音を立てる。流石《さすが》に真澄の足が止まった。

熊とか勘弁。

鬼とかほんと無理。

頼むからせめて狸《たぬき》か子泣《こな》き爺《じじい》くらいであってくれ、と冷や汗を滲《にじ》ませる真澄の目の前に現れたのは、人間だった。少なくとも見た目で判断する限りは、という注釈付きだが。

黒装束、というのだろうか。

この闇夜に溶けるようないでたちで、しかも顔を隠している。その人物は真澄の存在に気付いたのか、驚いたようにそこで急停止した。

肩が上下している。

向き合って数秒、男は「お前、」と切れ切れの息で真澄に話しかけてきた。

「同業者か。ここにいるってことはそれなりの実力者なんだろうが、詰めが甘いぞ。なぜそのまま総司令官の幕に入らずこんな所をうろついているんだ？　お前のせいで監視に気付かれたぞどうしてくれる！　ったくこっちはまだ下調べが済んでないってのに、とんだ誤算だ」

一息にまくしたてた後、黒装束が大きく息を吐く。

早口すぎたのもあり、真澄は相手がなにを言っているのかすぐに飲み込めなかった。戸惑いのまま黙り込む。しかし黒装束はまったく意に介さない風で続けた。

「まあ済んだことはもういい、ある意味お前と鉢合わせして助かった。同業者ならとりあえず助けてくれ。弾けるんだろ？　曲がりなりにもそんな恰好《かっこう》してるってことは。第一陣の追手を撒《ま》くのに精一杯でもうすっからかんだ」

「すっからかんってなにが」

「詳しい話をしてる暇はないぞ、あのやばいのが動いたからな」

「やばいのってなに」

「いいか、これは断じて俺のヘマじゃない。お前が最終防衛線にいきなり引っかかったせいで今この騒ぎなんだ」

「騒ぎってな」

「このままだと俺は逃げ切れない。追手の無慈悲さはお前もよく知ってるだろう、だから早く弾いてくれ！」

鬼気迫る勢いで黒装束が距離を詰めてきた。

話の流れが不穏すぎる。

あまりの剣幕に気圧《けお》され、よく分からないなりに身の危険を感じた真澄はとりあえず言われるままケースからヴァイオリンを取り出した。

黒装束はちらちらと背後を振り返り忙《せわ》しない。その様子を窺《うかが》いながら調弦を済ませた真澄は、そこで手を止めた。

「弾けって言うけどなにを？　なんでもいいってこと？」

「どうせ長居はできないから短くていい。ここから脱出する用だ」

「え、脱出ってことはやっぱりここってもしかして」

「いいから早く！」

抱いた疑問は封殺される。

その勢いはあまりにも真剣すぎて、実際に鬼に追われているかのような危機感が伝わってきた。

だとすれば、真澄としても危険は回避したい。もっと言うなら、この男の言葉どおりわけの分からないここから一刻も早く脱出したい。弾けば生き返れるとならば幾らでも弾く。

決心を固めた真澄は、そこで弓を動かした。

＊　＊　＊　＊

有名なその冒頭部分は『プロムナード』と名づけられている。

ロシアの作曲家モデスト・ムソルグスキーによる組曲『展覧会の絵』だ。

原曲はピアノ組曲であるが、世界的に名高いのはトランペットのソロで始まるラヴェルによる編曲である。ラヴェルはオーケストラの魔術師とも呼ばれ、彼の手により編み直された曲は様々な楽器が織りなす華麗な旋律であふれている。

遅すぎず速すぎず、気持ちの良いテンポの演奏は実に艶《あで》やかだ。

一方、ストコフスキーという指揮者による編曲も存在する。

弦楽合奏版とも呼ばれ、文字どおりオーケストラではなくヴァイオリンやチェロ、コントラバスなどの弦楽器のみの演奏である。

こちらは軽やかさよりも柔らかさが引き立つ。優雅、あるいは典雅といった言葉が似合う曲調で、同じ旋律であるのにこうも表現が異なるのかと、編曲の妙を教えてくれもする。

この組曲の面白いところは、十枚の絵画をモチーフにした十曲に対し、第一から第五まで付番されたプロムナードが付されていることである。

各プロムナードは同じ旋律を辿りながらも拍子や調が異なり、実に多彩な顔を見せる。

『展覧会の絵』は、例えば非常に高名なバッハやベートーヴェン、モーツァルトのような純然たるヴァイオリン曲とは多少毛色が異なっている。

けれどもその素朴でありながら伸びやかに歌うような旋律を、真澄はいつも好きだと思う。

＊　＊　＊　＊

およそ二分で最初の第一プロムナードが終わる。

指慣らしとしては丁度よい長さだ。そのまま次の『小人』という曲を続けるか、どうするか。手短にと言われていたことが気になり、真澄は一度手を止めて黒装束を窺う。すると彼はすっかり息が整っており、その場に立ち尽くしていた。

表情は見えない。

しかし追加で弾けとは詰め寄られなかったので、もう充分らしい。真澄は弓を緩めヴァイオリンをさっと拭いてから、ケースの中に仕舞った。

「あのー、ここから出るなら一緒に」

同じように生き返ろうとしているらしいこの黒装束は、先ほどからどうも行先が分かっている様子だ。

それゆえ真澄は道案内を頼もうとしたのだが、それはあっさりと断られた。

「なに言ってんだ。お前はお前で頑張れよ」

「えっ、ちょっと待っ」

「じゃあな！」

「は!?」

黒装束は言いたいことだけ言って、一目散に逃げていった。

ひゅう、と風が吹き抜けて、辺りは再び静寂に包まれる。追いすがるために伸ばした手がなんとも空《むな》しいが、置いてきぼりを食らったという不本意な事実はもはやどうしようもない。

仕方なしに、真澄は立ち上がりヴァイオリンケースを肩にかけた。今度こそ、本当に脱出である。

「……とりあえずあっちに行けばいいのかな」

黒装束の走り去った方角を見つつ呟く。

しかし意気込んだのも束《つか》の間《ま》、再び藪の揺れる音が闇夜に響いた。

今度はなんだ。

嵐のように来て勝手に去っていった黒装束のせいで幾分落ち着きを取り戻した真澄は、不用意に動かずそこで待った。音はどんどん大きくなる。やがて、眩《まぶ》しい光と共に別の男が現れた。

かなり背が高い。

彼は松明《たいまつ》のような光る物体を横に従えていた。強い光に輪郭がぼやけている。手で持たずに宙に浮いているところからして、人魂《ひとだま》とかそういう類に見えてくる。

目の当たりにした光景に、真澄はとうとう観念した。


ああ、ここはもう黄泉の国だったか。

三途の川の手前とか希望的観測すぎたか。


頭に描いていた予想を残念な方向に大きく下方修正しつつ、真澄はその場に立ち尽くした。

既に死んでいるなら、一目散に逃げる必要はあるまい。多分あの黒装束には黒装束なりの事情があったのだろう。死んでからもなにかに追われるなんて気の毒に、と思う。

自分が死んだらしいことはそれなりにショックである。

短い人生だった。短い割に、さして楽しい人生でもなかった。ままならないことの方が多かった。そのせいか、ショックを受けつつも戻りたいだとか悲しいとか、そういう気持ちはあまり湧いてこない。

なんだかなあ。

なにもできなかったなあ、そんな風にどこか他人事《ひとごと》のようでもある。

地面に下がっていた視線を上げて、男を見る。

右手に長剣を持ち、左手には縄を握っている。

身体を覆うのは鎧《よろい》だろうか。顔立ちも彫りが深く金髪碧眼《へきがん》、どう贔屓目《ひいきめ》に見ても西洋っぽい雰囲気だが、まさかあの世にも国とか国境とかあるのだろうか。男の険しい顔から察するに、真澄は場所を間違えた感がありありと滲み出ていた。

真正面からものすごく怪しまれている。

言葉はなくとも雰囲気で分かる。突き刺さるような視線が痛い。「どちら様ですか」と尋ねたいのは山々だが、この場において不審者はどうやら真澄の方らしい。

真澄としては怪しい者ではない自覚はあるのだが、それにしても一体なにから説明したものか。

迷っていると、男がずいと一歩踏み出してきた。

「女。こんな所でなにをしている?」

外見とは裏腹に、言葉は日本語だった。

実は日本語ではなくあの世共通言語だったりするのかもしれないが、第一関門である言語の壁はなさそうだ。思い起こせば、先ほど黒装束の男との会話も普通に成立していた。

「それは自分が訊《き》きたいんですけど、あの」

続けようとした言葉は出てこなかった。真澄の目の前に、長剣の切っ先が突きつけられたからだ。

思わず黙り込み、真澄は斜め上を見上げる。

相も変わらず険しい顔をしている男は、若い。おそらく真澄と同じか、少し上くらいの年齢だろう。三十には届いていなそうだ。

尚《なお》、体格はものすごく良い。長身な上に肩幅が広く、明らかに鍛え上げられていると分かる筋肉が全身にしっかりとついている。怒らせては駄目な相手だと本能が告げてくる。が、

駄目っていったってアンタ、あの世で死んだら次はどこに行くのよ。


くだらないことが気になって真澄は黙り込んだのだが、男は恐怖から声が出せないと判断したらしい。突きつけた長剣はそのままながら、男の声が若干柔らかくなった。

「レイテアのスパイか」

が、言われたことは物騒極まりなかった。

レイテアがなにを指すのか、あの世初心者の真澄には皆目見当もつかない。人の名前かなにかの組織か。分からないのでそこは素直に黙り込むしかない。

しかし後半の「スパイ」という部分は確実に否定できる。

「スパイなんかじゃないわ」

「ほう。ではここがどこだか言ってみろ」

「え？　あの世じゃないの？」

「……」

男の眉間にものすごい皺《しわ》が刻まれる。

「ふざけているのか」

低くなった声に合わせて、長剣がガチャリと不穏な音を立てる。

どうやらご不興を買ってしまったらしいが、真澄にしてみればかなり真剣に抱いた疑問だ。そうでなければ景色といい気温差といい持ち物の不足といい、説明のつかないことが多すぎる。

「手に持っているその箱はなんだ」

「これ？　ヴァイオリンだけど……知らないんですね、はいすみません」

激烈な視線に責め立てられて、とうとう真澄は目を逸《そ》らした。なんせ眼光が鋭すぎて、真っ直《まっす》ぐ対峙《たいじ》するには神経がすり減る。平易な言葉さえもためらわれ、つい丁寧語で謝ってしまった。

男の視線は油断なくヴァイオリンケースに注がれている。

確認しなくても分かる。これは明らかに得体の知れないものを警戒している目だ。

今時ヴァイオリンを知らないなんて、余程昔にあの世——というか、現時点ではこの世だが——に来た人間なのだろうか。

改めて男の全身を見れば、そのいでたちに思い当たる部分があった。

いわゆる中世の騎士のような、そんな格好をしている。隣に浮かんでいる灯《あか》り兼人魂は、まあここがあの世だからそういう仕様なのだと納得しておけばそれでいい。男は多分、騎士なのだ。それも、ヴァイオリンが世に生まれ出るよりも前に死んでしまった。

ヴァイオリンが世に出てきたと考えられているのが十六世紀初め。つまり、一五〇〇年代のことだ。

現代でもその名を轟《とどろ》かせている銘器ストラディバリウスは、そこから更に百五十年ほど後の時代にようやく作られることとなる。

そこから逆算して考えれば、この騎士は死んでから軽く五百年以上は経《た》っている。随分と年季の入ったあの世構成員だ。であれば、これだけの迫力もまあ身に付くのだろう。

いずれにせよ、コロンブスより昔の相手だ。

そんな昔の人間に説明したところで、果たして理解してくれるかどうか。真澄が首を捻《ひね》っていると、不意に長剣が遠のき、代わりに男の手が伸びてきた。

「スパイではないのなら、検めさせてもらう」

「……っ！」

言葉で制止するより早く、反射的に身を引いていた。

が、明らかに対応を間違えた。しまった、と後悔してももう遅い。真澄の動きを見た男の雰囲気が変わる。眼光が鋭くなり、ぴり、と空気が張り詰めた。

緊張から思わず真澄はヴァイオリンケースを胸に抱きしめる。

これは自分の分身、むしろ自分より大切なものだ。そうでなければ駅の階段から落ちる時に身体を張って守ったりしない。

繊細な楽器だ。その存在さえ知らない人間が、どんな手荒に扱うか知れたものではない。

どうか不用意に触ってくれるな。そんな警戒を込めて身体を固くしていると、男が目を眇《すが》めた。

「……やはりスパイか」

「ちが、」

否定は最後まで聞き入れてはもらえなかった。

「弁明は後で聞こう」

言うが早いか、男は次の瞬間に真澄の腕からヴァイオリンケースをもぎ取り、手にしていた縄で真澄の腕を後ろ手に縛りあげた。

叫ぼうとするがしかし、流れるように片手で口を塞がれる。抵抗らしい抵抗もできないまま猿ぐつわをかまされ、ついでのように足首も縛られ、最後は男の肩にワイン樽《だる》よろしく担がれた。

「んんー！」

身を捩《よじ》っても男は動じない。

それどころか手首の縄が食い込むばかりで、その痛みに真澄は顔を顰《しか》めた。死んでからも痛いなんて聞いていない。

想定が不測かつ悪い方にばかりずれていく。

男の纏《まと》う怒気に萎縮しながら、真澄の背筋は冷えていった。


どこに連れていかれるのかと真澄は身構えていたが、意外なことに目的地は近かった。

三分も歩かない内に草藪から抜け出たと思ったら、目の前に大きな天幕がそびえ立っていた。その入口を固めるように、騎士と同じような格好の人間が二人立っている。

彼らは真澄を見て、目を瞠《みは》った。

「エイセル様、その者が？」

驚きを隠さずに兵士の一人が問う。

「ああ。レイテアのスパイだ、おそらくな」

真澄を肩に担ぎ上げたまま男が答えた。

姓か名か分からないが、男はエイセルというらしい。様付けされていることから察するに、地位が高いと見える。そういう前提を頭に入れてよくよく見れば、身に着けているものが両者で随分と違う。片やくたびれて薄汚れた鎧、片や光り輝く光沢の鎧だ。

男の――エイセルの返事を聞いて、兵士の顔がそれと分かるほど曇った。

「やはり。武楽会が近いからでしょうか」

「目的はこれからゆっくり吐かせる。どんな手段を使っても」

低い呟きに真澄の身体は強張《こわば》った。

それに気付いたか、真澄の腰に回されているエイセルの腕に力が籠もる。絶対に逃すかと宣言されているようでもあり、下手に動けば締め殺されてしまいそうでもある。

兵士は浮かない顔のまま一礼し、会話を切り上げた。エイセルの方も「後は頼む」と一言声かけをして、天幕の中に入った。

一体誰が、なにが待ち受けているのか。

そんな真澄の不安はしかし、肩透かしを食う。

天幕の中、およそ八畳ほどの広さのそこには誰もいない。椅子や机が置かれているわけでもなく、本当にただの空間がそこにあるだけだ。強いて言うのならば床に敷かれた絨毯《じゆうたん》のようなものに、円を基調とした独特の模様が描かれている。

奥にはもう一つ、幕の切れ目が見える。

つまり部屋がまだあるらしい。そうすると、ここは次の間に相当する場所と考えて良さそうだ。

そのままエイセルは奥の部屋に入るかと思われたが、彼は途中で足を止めた。

そして真澄を肩から降ろす。

絨毯の上に座らされた真澄は、ちょうど紋様の真ん中、円陣の中心にいた。

エイセルが距離を取る形で円陣の外に出る。不可解な行動を真澄が訝《いぶか》しんでいると、彼は右手を真っ直ぐ宙にかざした。まるで目に見えない円柱がそこに存在しているようだ。

「もう一度訊く」

手をかざしたままエイセルが言う。

「その法円の意味は分かるだろう。今ここで目的を白状するのなら、他のスパイ同様レイテアへの強制送還だけで済ませてやる」

「法円？　強制送還って、」

「まだしらを切るか。いいだろう、身体に訊けば分かることだ」

法円がなんなのか、ただの絨毯じゃないのか。レイテアがなにを指して、そもそもここはどこなのか。そんな初歩的な質問さえ許されず、物騒な台詞《せりふ》を吐いてすぐエイセルは何事かを呟いた。

そして次の瞬間、
見慣れない光景に思わず真澄は声を上げた。

「……え!?」

綺麗だ。あるいは幻想的とも言えるだろうか。

エイセルの言葉に応えるように、絨毯に描かれた円が俄かに輝きだした。さながら雷が走り抜けるように、円を飾る紋様が明滅する。そして円の外周が下から青白い光を放ち、まるで真澄は光る円柱の中に囲われている風に見える。

最初は輝く法円と溢《あふ》れる光に気を取られたが、そういえばと思い真澄は法円の外に視線を向ける。

目が合った。先ほどよりもう一段険しい顔になったエイセルと。

目で射殺されそうとはこのことだ。

そんなに睨《にら》まれるほど宜《よろ》しくない状態なのかと訝ってみるも、真澄の身体にはなんの変化もない。

法円はますます青白く輝きを増していくが、その中心にいる真澄は一ミリも光りはしない。

当たり前だ。イカやホタルじゃないんだから。

生まれ変わればその可能性もあろうが、今はまだあの世にいるわけで、ちょっと気が早すぎる。

光ることのできない自分に焦りつつ、しかし両手両足を縛られているこの状況でなにができるわけでもなく、真澄はただ落ち着きなく身体のあちこちを見るばかりだ。

そうこうする内に法円の光がすうと消えた。

遮る光がなくなり、法円の外にいるエイセルの表情がはっきりと見て取れるようになる。彼は口を真一文字に引き結び、その手は握り拳を作っていた。

「随分と、……強い加護を受けているらしいな」

独り言のような呟きは、一切の問答を許さない響きだった。

法円の中にエイセルが押し入ってくる。無言だが凄《すご》い剣幕に真澄は思わず後ずさる。だが幾らも下がらない内に逞《たくま》しい腕が真澄の身体を掬《すく》い上げ、先ほどと同じようにまた肩に担がれた。

大股でエイセルが奥へと進む。

幕の切れ目に辿り着き、「失礼します」と言うが早いかエイセルは幕を手で引いた。

「アーク様。不審者を捕らえました」

天幕の入口とは打って変わって、エイセルが敬語を使う。言いながら、彼は真澄を降ろした。

さっきから担がれたり降ろされたり忙しない。荷物じゃないんだっつの、と抗議したいのは山々だが、それが許される状況ではないらしいと肌で感じられるため、無言で耐えるのみだ。

大きく動かされる度に縄が手首に食い込む。

足首は死ぬ時に捻ったのか、拍動するように等間隔で痛みが襲ってくる。その上をさらに縄で縛られているせいで、今や手首よりも気になる。ちなみに最初に打ちつけた背中は、最大瞬間風速は越えたものの今もって軋《きし》んでいる。

死んでからも痛いなんて聞いてない。

極楽浄土なんて嘘《うそ》っぱちだ。

本日二回目の文句だが言いたくもなる。そうしてあちこちの痛みに真澄が顔を顰めていると、部屋の奥で影が動いた。

「不審者？　スパイの間違いだろう」

エイセルよりももう少し低めの艶やかな声に顔を上げると、鎧ではなく濃紺の制服に身を包んだ男が目に入った。真澄の知識で言うのならばそれは軍服に近い。

幕内には簡素ながら机と椅子が置かれており、彼はそこにかけてなにかの書面に目を通している。軍服は首から胸元までボタンを外されていて、お世辞にもきちんと着こなしているとは言い難い。というよりはむしろ、だらしない域に達している。

しかしその身体はエイセルと同じくらい鍛えられているようで、広い肩幅からがっしりとした腰を見ても遜色ない。

年もそう変わらなそうだが、違うのは黒髪に切れ長の瞳も黒であることだ。持っていた書類をゆっくりと下ろし、アークと呼ばれた男は真澄たちに向き直った。

最初に真澄を見る。

次にエイセル。

もう一度真澄に視線が戻って、アークは立ち上がった。

「ご苦労だった、と言いたいところだが、これはまた……随分と妙なのが忍び込んだな」

そしてとてつもなく怪訝《けげん》そうに小首を傾《かし》げる。

「ですから不審者と申し上げたのです。素性明かしの法円をすり抜けました」

「……なるほど。それでお前はその顔か」

「実際のところ、私の拘束を解けない程度に肉体はか弱いようです。しかし得体の知れない箱を持っておりますし、法円の反応のなさからしても隠蔽された術者である可能性が高いかと」

「ふうん」

考え込む素振りでアークが腕を組んだ。

「いかがしますか」

お任せ頂ければ適当に吐かせますが。

畳みかけるようなエイセルの言葉には、不穏なものが混じっている。自然、真澄の頬は引きつった。

頭から不審者認定を受けている現状を鑑みるに、客人扱いはしてもらえなそうだ。そもそもワイン樽と同列だった、というのはこの際、横に置いておく。

順当にいって、牢《ろう》にぶち込まれる未来が見える。

あの世に未来もへったくれもないかもしれないが、それもこの際、横に置いておく。エイセルの頑《かたく》なな声から、いわゆる拷問的ななにかもセットで待ち構えている未来が見える。

冗談じゃない。

そんな予定もなかったのについうっかり昇天したと認識したのも束の間、ほぼ問答無用でここまで連れてこられた挙句、右も左も分からないまま追加で痛い思いをするとかどんな罰ゲームだ。

本当に冗談じゃない。

だが真澄の指先は微《かす》かに震え、やめてくれと言おうにも喉が渇いて声も出せなかった。

「任せてもいいが、隠蔽された術者なら骨だぞ？」

「労力はかかりますが、この時期にアーク様のお手を煩わせるわけには参りません」

「近衛《このえ》騎士長は相変わらず真面目だな」

「今月に入ってからスパイの数はうなぎ上りです。武楽会が近いとはいえ、明らかにレイテアからの挑戦状と受け取って然《しか》るべきです。スパイの十人や百人を捌《さば》けずして近衛騎士長を名乗る資格はありません」

「真面目だな」

やれやれ、といった風で黒髪がため息を吐《つ》いた。金髪は憮然《ぶぜん》とした表情を崩さない。

横で聞いている真澄にしてみれば物騒極まりない会話だ。

黄泉の国の政情はどうやら大変に不安定らしいが、それにしても十人どころか百人単位で人間を捌けて当然だなんて、ここは戦国時代かなにかか。あ、でも彼らが死んだのが中世ヨーロッパだったことを考えれば、あながち認識は間違ってないかもしれない。

と、アークがひょいと視線を寄越《よこ》してくる。

近衛騎士長と呼ばれたエイセルが様付けプラス敬語で接しているから、彼はもっと地位が高いのだろう。にもかかわらず、随分と隙だらけの動きだ。

威厳がないというか庶民派というか粗雑というか。

立ち居振る舞いだけを見れば、確実にエイセルの方が上流階級だ。真澄がそんな失礼な感想を抱いているとは露知らず、二人の会話は真澄そっちのけで進んでいく。

「素性明かしの法円をかわしたんだろう?」

「はい」

「ならば俺が調べるのが手っ取り早い」

「ですが」

「どうせ今日は退屈な報告しか上がってきていない。ちょうど遊び相手が欲しかったところだ」

ぎらり。

適当そうな風貌から一転、その黒い瞳が肉食獣のように獰猛《どうもう》さを帯びた。

「遊び相手?　食い散らかすの間違いでは?」

「人聞きの悪いことを言うな」

「どうでしょうね」

ものすごく残念そうな顔で、エイセルが真澄を見てきた。

え、なに、その犠牲になる子羊を憐《あわ》れむような目は。

含みのある視線は明らかに憂慮を向けてきている。つい先ほどまで抱かれていたはずの不信感は、今はもう綺麗さっぱり消えてしまっていた。

大人しく牢屋に繋《つな》がれていた方がまだマシだったのに、そう言いたげだ。

エイセルは諦めたように一つ息を吐き、アークに向き直った。

「明日は叙任式と新入騎士の迎え入れがあります。くれぐれも時間厳守でお願い致します」

「ああ」

「では私はこれで失礼致します」

堅い礼を一つ取り、エイセルはさっさと幕から退出していった。

思わず真澄はその背を目で追う。しかし彼は振り返りもしなかった。


二人っきりで取り残されて、しばらくは無言だった。というより、真澄はエイセルが消えた幕の切れ目から少しの間、目を離せなかった。

言いたいことは色々ある。

そもそも長剣を突きつけてまで連行したくせに、あっさり放り出すあたり、なにを考えているのか。取り調べをする気満々だったらしいくせに、すんなり引き下がるなんて、その程度なら連行しなくても良かったんじゃないのか。

悶々《もんもん》としていると、後ろから影が差した。振り返る。すぐ傍に、男――アークが来ていた。

「さて」

言いながら、横に退《ど》けてあった椅子を片手で引っ張りどかりと腰かける。傍目《はため》で分かるほど長い足を組み、考えるように手を顎に添えた。

「見張りがいたはずだ。どこから入った？」

初手から答えられない質問だ。

むしろこっちが聞きたいわ、と返したくなって、思わず真澄は眉間に皺を寄せた。あまりに噛《か》み合わない回答を出して、先ほどのエイセルのように激烈に睨まれたらたまったもんじゃない。

しかし答えがないことは委細構わないらしく、アークは続けた。

「寝首を掻《か》くにしても、俺を選ぶとはよほど腕に覚えがあるようだが」

どこか楽し気だ。余裕があるようにも見える。

威圧感溢れるエイセル相手だとなにを言ってもたたっ切られそうで萎縮したが、彼はまだ話ができそうだ。だんまりを決め込んだところで事態が進展するとも思えない。少しだけ緊張を解いて、真澄は口を開いた。

「覚え、と言われても……ここがどこか、あなたが誰なのかも知らないのに」

「知らない？　それも油断させるための方便か？」

「あなたを油断させるの？　私が？　なんのために？」

「良く訓練されているな。それともやはり隠蔽術をかけられているか」

名前が解除キーか？　とアークが呟く。

はっきり言って、さっきからなんの話をされているのか皆目見当もつかない。なんとかの法円だのなんちゃらの術者だの、全く身に覚えのない話すぎる。

人間というものは、全く知らないなにかに対してすぐに的確な言葉を返せないらしい。なにをどうやって訊けば良いか真澄がまごついている間に、話の続きが始まってしまった。

「俺の名を知っているか」

「だから知らないってば」

「アークだ」

「アーク？　それがあなたの名前？」

「……そうだ。正式には、アークレスターヴ・アルバアルセ・カノーヴァという」

「長っ」

「ふうん……違ったか。とぼけているなら大した役者だな。もしくは、……よほど強力な術か？」

考え込むようにアークが首を捻る。

「その法円の上に置かれて尚、顔色を変えないのはさすがだと言っておこう。並の術者なら昏倒《こんとう》しているはずだが、とうとう本腰を入れたということか。その情熱をもう少し武楽会本番に向けたらどうだ」

「ねえ、なんの話？」

先ほどから会話の内容がさっぱり分からない。

因縁をつけられているようにも感じる。が、議論の元ネタというか話の大前提がすっ飛ばされている以上、言いがかりはやめろと突っぱねるのも憚《はばか》られる。

ヴァイオリンの腕に覚えがあるのは確かだ。

それゆえ一層言い出しづらい。

下を見れば、次の間で見たものと同じような法円を描いた絨毯がある。特に光る素振りも見せず、先ほどの法円よりは小ぶりで、人一人が座れば一杯だ。

紋様がかなり複雑に織り込まれているが、それ以外に目立った特徴はない。

話の行方を注視しようと真澄が様子見を決め込むと、アークと名乗った男がとんでもないことを口走った。

「お前、レイテアのスパイだろう。次の武楽会までに俺を消すのが仕事の。まあここで『はいそうです』と簡単に吐くわけもないだろうが」

意味の分からなさに真澄は絶句した。

は？　とも、え？　とも返せなかったことを肯定と受け取ったのか、彼が泰然と座ったままで続ける。

「言っておくが俺に色仕掛けは通用しない。真正面からやり合う覚悟があるなら相手になるが、どうする？　剣でも術でもどちらでも選ばせてやる」

「話がまったく見えないんでアレだけど、とりあえず色仕掛けをするつもりも理由もまったくないし、真正面でも側面でも背面でもやり合う覚悟なんて持ち合わせてないし、そもそもなにをやり合うのか分からないし、剣とか術とかなにそれって状態なんですけど」

「……ここまで頭が悪そうだと、本当に優秀なスパイかどうかが疑わしくなってくるもんだな」

「だからスパイじゃねえって言ってんでしょ！　勝手に勘違いしながらその可哀相《かわいそう》な人を見る目やめてよね！」

あまりの言われように思わず口汚くなった。スパイに間違われるのも御免だが、「頭が悪そう」は余計な世話すぎる。

勢いよく噛みついてしまったせいか、アークが組んだ足をおもむろに解き、立ち上がった。

「威勢がいいな。色仕掛けは通用しないと聞いて、方針転換か？」

「方針転換もへったくれも、って、ちょっと！」

抗議の声を上げて身を捩るも、腕の拘束はきつい。

不意に高くなった目線に天幕内の全容が映る。次の間とは違い、かなり広い。書類や本、インク壺《つぼ》などが雑多に積み上げられた執務机の他に、来訪者用なのか別のテーブルと椅子まで揃っている。さすがに建家ではないからソファは置いていないようだが、それでも六人かけられる大きさは破格だし、それなりに複雑な文様もしっかりと彫られている。

あの世にも家具職人がいるのだろうか。

むしろ捨てられた家具が昇天してこの姿か。

システムがまったく分からない。だが見える質感は本物だ。なにより、さっきまで座っていた絨毯はふかふかだった。

担がれながらもつい物珍しさできょろきょろと周囲を見回してしまう。

側面の幕には薄手のコートがかけられている。冬でもないのにコートということは、雨避《あまよ》け用だろう。肩にやたらと派手な飾りがあしらわれているが、真澄にしてみれば「格好いい」というより「実用性に乏しそう」というのが正直な感想だった。

と、くく、と噛み殺した笑いが聞こえた。

「間抜け面だな。珍しいものなど何一つないだろうに」

「さっきから頭悪そうとか間抜けとか失礼にも程があんでしょ！」

「人の陣地に勝手に忍び込んでおいてよく言う」

予告なく真澄の身体がぽい、と放られた。

くるりと視界が回ったが衝撃はこない。むしろ逆で、ぼす、と音を立てた後、真澄の身体は柔らかい寝具に沈み込んだ。

……ちょっと待て。

は？　寝具？　今寝具って言った？

こういう場面にしては我がことながら冷静すぎる状況分析だった。慌てて左右に視線を走らせると、ダブルよりもう少し広そうな寝台の上に、真澄の身体は放り投げられていた。

ギシ、と寝台が軋む。

アークの片膝が乗り上げている。口元を不敵に吊《つ》り上げながら、右手を一歩真澄側に寄せる。好戦的な黒曜石の瞳が、夜の灯りにギラリと光った。

そして素直な感想が真澄の胸にせり上がる。

とって食われそうだ。

今になってようやく理解した。これか。金髪碧眼のエイセルとやらが残念そうに見てきた理由は。食い散らかすとか言っていたが、本当に腹に齧《かじ》りつかれそうだ。あるいは首かもしれないが、いずれにせよ今以上に痛い未来がちらつき、緊張に息が詰まる。

明らかに猛獣然とした様子の相手に、思わず真澄は後ずさる。が、両手両足が縛られていて身体は思うように動かない。おまけに痛い。

そうこうする内に、アークの身体が覆い被《かぶ》さってきた。

逃げ場のない真澄の背中はベッドに押し付けられ、見上げると、眼光鋭い男が勝ち誇ったように笑っていた。

「その程度の拘束も解けないのか。確かに肉体はまったく鍛えられていなそうだな」

言い終わると同時に、真澄の手足が自由になった。

真澄がどれだけ力を込めてもびくともしなかった縄を、この男は片手で引き千切ったらしい。その圧倒的な力を目の当たりにして、身体が竦《すく》んだ。

「バレるのを恐れて複雑な解除キーを設定されたのか？　だがこうなった時点で発動しない隠蔽術はお粗末に過ぎる」

「だから、解除キーとか隠……なんとかの術とか、私には心当たりがなくて、」

「ないだろうな。隠蔽術とはそういうもんだ。だが、……」

アークの右手が真澄の左手を絡め取り、寝台に押さえつける。

「……お前、やはり阿呆《あほう》の捨て駒か？　解除に必要な魔力さえないぞ？」

体勢は艶《なま》めいているが、台詞が酷《ひど》い。

言っているアークは眉間に皺を寄せている。先ほどの人を追い詰める時に見せた楽しそうな様子は消え、完全に怪訝な顔になっている。

「カスミレアズとの接触でもない。俺の名前でも、肉体の接触でもない。まさかとは思うが本当にただの女か？　それにしては防衛線が無反応ってのもよく分からんな」

言うが早いか、胸を揉《も》まれた。

ものすごく自然に、かつ慣れた手つきで、しかも結構無造作に。

「ちょっ、おい、揉むな！」

ごすっ。

思わず自由だった右手で、野獣の頭頂部にチョップをかます。言葉遣いがおっさんのようになったのは緊急事態ゆえ致し方ない。

「もう少し慎みのある言い方はできないのか」

「勝手に人の乳揉んどいて慎みとかへそが茶を沸かすわ！」

「面白いやつだな、お前」

くく、とまた楽し気に喉が鳴った。

逆光に近い暗さでも、相手の口の端が上がっているのが分かる。猛禽《もうきん》のように目力のある端整な顔立ちだ。寝台に身体を沈めたまま呆《ほう》けたように真澄が眺めていると、大きな体軀《たいく》が圧《お》し掛かってきた。

首筋に熱い吐息がかかる。

背筋が粟立《あわだ》つのも束の間、もっと熱くぬめる舌が真澄の首筋を舐《な》めあげた。

「んっ、やだ、あっ！」

「嫌？　本気で抵抗するやつは、殴ってでも逃げようとするぞ？」

「殴、る？」

差し出された選択肢に、先ほどから押さえこまれたままの左手を見る。指が絡まっている。相手の掌《てのひら》はそれでも尚大きくて、真澄の手首までしっかりと握りこんでいる。

逃げるにはこの手を振り解《ほど》かなければならない。

だがこの男がそれを簡単に許してくれるとは到底思えない。下手に暴れれば指の一本や二本、簡単に折られてしまいそうだ。

その想像に、真澄の心臓が嫌な音を立てた。


二度と弾けなくなるかもしれない。


ヴァイオリンを弾く為《ため》に不可欠の左手。腱鞘炎《けんしょうえん》でさえ致命的なのに、筋を違えたり骨折となればその影響はいかばかりか。

真澄の脳裏にあの日の眩しい舞台が蘇《よみがえ》る。

小さな頃から演奏技術には定評があった。神童、百年に一度の逸材、天才とさえ謳《うた》われもした。国内のコンクールを総なめし、音楽で有名な高校と大学に籍を置いた。ヴァイオリンをやっている同世代で藤堂《とうどう》真澄の名前を知らない者はいなかった。

華やかだった国際コンクール。

その晴れ舞台で感情の欠落した演奏だと酷評され、真澄は音楽の世界からすっぱりと身を引いた。若手の登竜門としても名高いその舞台で受けた評価は一生ついてまわる。失格の烙印《らくいん》を押された真澄の道は、そこで閉ざされたも同然だった。

だが演奏家として生きることは諦めても、演奏することとそのものは諦めていない。

そんな逡巡《しゅんじゅん》が動きに出た。

執務机に置かれたヴァイオリンケースに真澄は視線を投げる。組み敷くアークはそれを見逃さなかった。

「やはり武器を隠し持っているか」

言うが早いか、寝台を軋ませてアークが身体を起こす。そのまま大股で執務机に歩み寄り、武骨な手がヴァイオリンケースを撫でた。

真澄はどうにか身体は起こしたものの、寝台に座り込んだままで立ち上がることができなかった。縄の拘束は解けているが身体のあちこちが軋んで痛む上、足首を捻っている。まして目まぐるしく変わる展開に理解が追いつかず、どんな反応を返せばよいのかさえ分からないのだ。

アークの手がケースの表面を検める。

やがてチャックに辿り着き、一瞬怪訝な顔をしてみせるも、すぐにそれは開かれた。

長方形の箱が真ん中で二つに大きく開く。片側にはヴァイオリン、もう片側には弓が三本入っている。それ以外は肩当てと松脂《まつやに》、替えの弦だけだ。アークが疑うような武器など当然入っていない。

「ヴィラード……？　それにしては少し小さいようだが。お前、楽士を装ったスパイか？」

アークが横目で問うてくる。

相も変わらずスパイ容疑をかけてくるが、しかしその割には余裕の表情だ。

「だから違うって、……ちょっと！」

否定途中で真澄は声を張り上げた。見過ごせない光景が目の前で広がったからだ。

止める為に寝台から飛び降りる。その瞬間、左足首に激痛が走って思わずたたらを踏んだ。それでもなりふり構わずアークの傍に寄り、その太い腕に取りすがった。

その手の中にはヴァイオリンがある。この男の力ならば、やろうと思えば弦を引き千切ることも、駒を倒すことも、ひいては本体そのものを叩《たた》き割ることさえ可能だろう。

これは形見だ。

小さな頃から師事した恩師が亡くなった時、遺言でこのヴァイオリンを譲り受けた。ちょうど、大人用のフルサイズになる中学生の頃で、その時からずっとこのヴァイオリンだけを弾いてきた。

毎日毎日、寝食を忘れるほどに弾いた。最初は大好きだった恩師を感じたくて。悲しみが少しずつ薄れた頃からは、ただ弾きたくて。風邪を引いて寝込んだ時でさえ、弾きたくて弾きたくてベッドの中で弾いた。

他のどんな銘器でも出せない、自分の人生そのものといっていい音色で歌えるのはこのヴァイオリンだけなのだ。

「やめて、お願いだから手荒に扱わない、で」

体重をかけた左足が悲鳴を上げる。鋭く走る電流のような痛みに、額に汗が滲む。楽器に危害を加えられる前に腕に縋《すが》ったもののしかし、真澄はアークに倒れこむ形で地面に膝をついた。

息が浅く、速くなる。

そんな真澄を見下ろしながら、アークは片手でヴァイオリンを裏表と眺め、「解せない」という風に肩を竦めた。

「これがそんなに大事か？」

アークの指が弦を爪弾く。A線《アー》が震え、基準の音が夜のしじまに響いた。

空気が静寂を取り戻してからアークが持ちかけてくる。

「弾けよ。曲がりなりにも楽士を装っているのなら弾けるだろう」

「嫌」

間髪入れずに即答すると、アークが目を瞬いた。

「武器じゃなくて楽器だって分かったならそれでいいじゃない」

「なるほどそういう理屈か。ではお前にかかっているスパイ容疑はどう説明するんだ？」

「だから違うんだってば。スパイなんて知らない。私はただの一般人」

「楽士は一般人とは違うだろう」

「楽器持ってるからってプロとは限らないでしょ？　なに言ってんの？」

どうも会話が嚙み合わない。

世代差が五百年以上開いているせいなのか。現代では——もう死んでしまったが——ヴァイオリンに限らず、あらゆる楽器が普通に手に入れられる。それも楽器そのもののレベルを選ばなければ、さして金額もかからない。フルートであれトランペットであれ、庶民が楽器を持って歩いていたとしてもなんらおかしな光景ではないのだ。

しかし、彼の生きていた中世あたりは違ったのか。

ふと湧いた疑問に、真澄は冷静さを取り戻した。よくよく考えてみれば産業革命も起こっていない古い時代のこと、機械による楽器の大量生産などできるはずもない。となればおそらく受注生産であっただろうヴァイオリンの祖先たちは、この男の主張する楽士――いわゆるプロの演奏家にあたる職業と推察するが、彼らの手に渡って然るべきものだったのだろう。

そう結論付ければ、この噛み合わなさも納得だ。

であれば、これ以上プロかどうかという議論は不毛なので、真澄は軌道修正すべく口を開いた。

「そもそも、なにをどうしたらスパイじゃないって信じてくれるのよ？」

「お前もしかして知性もまとめて隠蔽されたのか？」

「なんかすっごい馬鹿にされた気がするのはなんで!?」

「いや、斬新なスパイだと感心してるぞ」

思わず握りこぶしを作ってしまったのは不可抗力だ。

この男、失礼にも程がある。

つい声を張り上げてしまう。真澄が肩でぜえはあと息をしていると、アークがヴァイオリンをずい、と突き出してきた。

「いいから弾けよ」

「……どうしてそんなに弾かせたいの？」

思わず怪訝な声音になった。合わせて眉間には皺も寄る。

ヴァイオリンが弾けたところで、かかっているスパイ容疑が完全に晴れるとは到底思えないのだ。

本職がスパイであったとしても、練習すればヴァイオリンを弾くことそれ自体はさほど難しくはない。のこぎり音だとさすがに怪しまれるだろうが、大人から始めたとしても音感の良い人間ならそれなりに弾けるようになる。

ケースもヴァイオリン本体も、喋《しゃべ》りながらアーク自身が散々検め済みだ。

ヴァイオリンは人を傷つけることができるような構造ではない。たかが乾いた木だ。ケースの方はまあ、殴ろうと思えば鈍器代わりにはなるかもしれないが、その程度でしかない。殺傷能力などないに等しいと言っていいだろう。

これらの前提を元に弾き出される答えは、

弾いたところで現状が変わるとは到底思えない。

つまり、弾くだけ無駄。

先ほどの黒装束の時とは状況が違う。

それが真澄の抱く疑問なのだが、アークからは怪訝な顔返しをされた。

「立身出世のまたとない機会だぞ?」

「スパイ容疑が晴れてないってのに出世もへったくれもないと思うのは私だけでしょうか。つかそもそもプロじゃないって何回言えば分かるのよ? 人の話聞いてんの?」

まさか互いに疑問形で会話をする日が来るとは夢にも思っていなかった。

ほんっとうに噛み合わない。

さっきからありとあらゆる部分で会話が噛み合わない。なんでだ。

「お前、俺の名前覚えてるか?」

噛み合わなさが倍率ドン。

真澄の額に青筋が浮かんだ。

「ほんっとに人の話聞かないヤツね。アークなんとかでしょ。長いってことくらいしか覚えてないわよ、名刺もなしに」

ドロップアウトしたが一度は大企業に所属していた人間だ。名刺の大切さは嫌というほど身に染みついている。

それはともかく真澄は目の前の男へと意識を向ける。

アークは微妙な当てこすりにもまったく動じていない様子で、フルネームを再び名乗った。

「アークレスターヴ・アルバアルセ・カノーヴァだ」

「……あーうん、なんかそんな感じだったわよね」

これはなにがなんでも覚えろと暗に要求されているのだろうか。紙とペンがほしい。

「俺が『楽士』と『立身出世』と言っても通じないのか」

「うん、意味不明」

「第四騎士団総司令官って単語に心当たりは」

「全然ない。なんかすいません」

ここまで来ると言葉が本当に通じているのか怪しくもなってくる。言っていることは分かるけど、意思疎通ができないってちょっとどういう状況か理解できない。

ふむ、とアークが考え込んで、それまで手にしていたヴァイオリンをケースに戻した。

「弾かないのに大事ってのも解せんな」

言葉とは裏腹に、丁寧な手つきだ。

「まあこのヴィラードは確かに武器ではなさそうだ。それは認めてやる」

「はあ、それはどうも」

「お前が本当に弾けるかどうかは、一旦横に置く」

「一旦横にって、あんなに詰めたくせに？」

「お前が言うか？　梃子《てこ》でも動きそうにない顔しやがったくせに」

「それは、……こっちにも事情ってものがあるのよ」

「だろうな。だからこの件――楽士か否かは、後回しだ」

これまでの「弾くか弾かないか」に関しての執拗《しつよう》さが嘘のように、そこでアークがあっさりと引き下がった。

急に収められた矛。

真澄が内心で首を傾げていると、不意にもう一つの矛が突きつけられた。

「残るはスパイか否かだ。楽士云々《うんぬん》よりこちらの方が重要だ」

アークの声に厳しさが増す。

「武器は所持していない、それは分かった。あとはお前自身が危険ではないことを証明してみせろ」

だからどうやって、と重ねて問う暇は与えられなかった。

ごつい手に捕まり顎が持ち上げられる。気が付けば逞しい右腕がいつの間にか腰に回されており、動けなくなっていた。

見下ろされる距離が近い。

漆黒の瞳に、また熱が戻ってきていた。

次の瞬間、真澄の身体は軽々と抱き上げられていた。本格的に身の危険を感じて抵抗を試みるが、分厚い胸板はびくともしない。身をよじってもがいている内に、またしても寝台へと逆戻りしていた。

「大人しく弾いときゃ良かったのに。弱いくせに強情だよな」

「なんで初対面のしかも超絶失礼な男に品定めされなきゃなんないのよ！」

「この体勢でまだ強気発言が出るあたりがまた」

余裕の表情を崩さずにアークは笑うが、真澄はそれどころではない。

既に膝が割られて、太ももの付け根に固い腰骨が据えられている。ついでとばかり両手はアークの片手で一まとめにされていて、力を込めてもびくともしない。

冗談では終わらなそうな、色めいた空気が幕内に満ちる。

そこから先は言葉らしい言葉を互いに発する暇がなかった。

唇を唇で塞がれても、服を乱雑に脱がされても、真澄は頑として首を縦に振らなかった。それを攻め落とさんばかりに、アークの手は容赦なく身体中を這《は》った。

弾けば良いなんて簡単に言ってくれる。

きっとこの男には分からない。

誰かを楽しませるために弾くことと、自分の品定めをされるために弾くことは、同じ演奏に見えても実際はまるで別物だ。前者はいい、でも後者は怖い。だがそれを口にしてしまえば負けを認めるのと同じになる。

既に自分は一度負けた。

もうあんな思いは沢山だ。

だから絶対に「助けて」とは言わないし、「弾く」とも言わない。

真澄は唇を噛みしめる。そして長い攻防の夜が始まった。

◇2　そして引き起こされる緊急事態

カスミレアズ・エイセルの目は否応《いやおう》なく眇められた。

報告に来た兵士がひい、と息を呑《の》む。この兵士が悪いわけではないので怒りをぶつけるつもりは毛頭ないのだが、顔はそれなりに物騒になってしまったらしい。

よりによってこのクソ忙しい叙任式当日の朝に、こんな面倒事。

舌打ちしたい気持ちを抑えきれず、カスミレアズは深いため息を吐いた。

「足取りはまったく摑《つか》めないのか？」

「割ける人数は全て動員しておるのですが……」

尻切れの語尾は、事態が芳しくないことを如実に表している。

これ以上この部下を問い詰めたところで詮無い。早々にカスミレアズは諦めた。

「分かった。捜索部隊を先に動かしてくれたことに感謝する。引き続き宜しく頼む」

「はっ」

「私はアーク様に報告してくる。次の指示が出るまで、捜索の手は緩めるな」

カスミレアズの指示に敬礼をするが早いか、兵士は踵《きびす》を返して走り出した。

そう、それでいい。

叙任式まで残り二時間を切っている。少しの迷いも許されない時間になってきた。寸暇を惜しんで行動すべきだ。

時間厳守だと昨夜申し伝えたが、主《あるじ》は未《いま》だに起きてくる気配もない。

経験則からしてこの時間が特に珍しいわけではなく、むしろもう少し寝ていても平時は問題にならないが、今日は違う。今日というか、今、まさにこの瞬間に問題が勃発した。

これはどうあっても叩き起こさねばならない事態である。

知らず、もう一つ盛大なため息がカスミレアズの口から洩《も》れた。主の寝起きはあまり――いや、かなり、宜しくない。

＊　＊　＊　＊

「アーク様」

天幕の外からくぐもった声が聞こえてきて、真澄は思わず首だけ起こして入口を凝視した。

「アーク様、起きていらっしゃいますか」

どうしよう、代理応答した方が良いんだろうか。お求めの人物は完全に正体不明になって寝こけてますよ、と。

しかし寝台は幕内の最奥に位置していて、入口と正反対にある。声を張り上げる労力を考えれば、取り次ぎに出た方が良さそうだ。そう判断して真澄は身体を起こそうとしたが、意志に反して身体が全く動かなかった。

意識は覚醒しているのに、身体が動かないとはこれいかに。

かろうじて動く左腕でどうにか掛布をめくると、そこには腰にしっかりと巻き付く太い左腕が見えた。冷静になってもう一度首を上げてみると、腕枕の態《てい》でこれまたごつい右腕が回り込んでいる。

ベッドの中は暖かい。特に背中が湯たんぽのようで、よくよく耳を澄ませば規則正しい寝息が聞こえてくる。

ちょっと待ってほしい。

そこで昨晩の激しいあれやこれやが一気に真澄の脳裏に蘇ってきた。そして身悶《みもだ》える。あり得ないあり得ない、今なら恥ずかしさで憤死できるレベルで恥ずかしい。

とりあえず落ち着こう。まずは距離を取るべきだ。

そう思って真澄はぐいと腹筋に力を入れたが、一瞬離れた背中は次の瞬間思いっきり引き戻された。

「ぐえっ」

色気のない声が出たがこればかりはどうしようもない。

馬鹿力の男に無造作に抱き寄せられたのだ、あちこちが締まってそりゃ変な声も出る。

「は、離せえぇぇぇぇ」

ぐぎぎぎ。

渾身《こんしん》の力を込めて肘を突っ張るが、ごつい身体はびくともしない。それどころか背中からさらに覆い被さるように抱き寄せられた挙句、硬い脚が思いっきり絡まってきた。

拘束度合と密着度合が二段飛ばしで上がった気がするのは気のせいか。多分気のせいじゃない。

起きてんのかコイツと訝ってみるも、寝息はまったく乱れていない。どうやら背中の相手は未だ深い眠りについているのは間違いないらしい。であれば、遠慮は無用だ。

「ぬおおおお」

気合の声はしかし空回りする一方で、ベッドの端はすぐ目の前にあるのにそれが遠い。

そうこうしている内に、天幕の外からまたも声がかかった。

「アーク様、カスミレアズです。緊急事態ですので、失礼させて頂きます」

「ちょっ、ちょっと待ってそれはマズい……！」

どんな緊急事態か知らないが、こっちだって緊急事態だ。

しかし真澄の制止はどうやら聞こえなかったらしく、入口の幕がばさりと音を立てて翻った。終わった。

こんな醜態を晒《さら》すなんて、妙齢の女性として致命的に間違っている。

規則正しく近づいてくる靴音を聞きながら、真澄は心の中で泣いた。横になったまま為《な》す術《すべ》なく待っていると、視界に足が二本入ってきた。

身体は拘束されているものの、かろうじて首はまだ自由になる。枕の上でひょいと首だけ仰向けになると、目の前には昨日の金髪碧眼の男がいた。カスミレアズというのはこの男の名前らしい。確か兵士たちはエイセル様と呼んでいたから、つまりフルネームはカスミレアズ・エイセルというようだ。

よもや漢字文化ではあるまいが、カスミとか思いっきり名前が似てる上に女子っぽい。思わずちゃん付けで呼んでやりたい衝動に駆られるが、そうやってつらつらと考えていることは全て現実逃避である。

目が合う。

見下ろしてくる碧眼は力いっぱい「ああやっぱり食われたのか」と残念そうな色だ。その唇が開きかけた時、真澄は先手必勝で叫んだ。

「断じて違うからね!?」

真澄の剣幕に、カスミレアズは顎を引いて多少仰《の》け反った。

「男女の関係とかそんな事実は一切なかった！　その疑いの目、断固抗議するわ！」

「しかしその格好で力説されても」

両者は一瞬止まり、真澄は自分の身体を検めた。

先ほど見たとおりアークの腕は絡みついたまま。ブラはない。キャミソール一枚。それも肩紐《かたひも》が二の腕にかかって脱げかけている。

極めつけは胸元に無数に散る赤い跡。

この野郎遠慮なくつけやがって、とは今さら後の祭りすぎて言えた義理ではない。カスミレアズが言わんとするところの「説得力皆無」という状態は分かったが、真澄としてはここで認めるわけにはいかない。

「寝る時はいつもこの格好なのよ！　ついでにこのキスマークは彼氏のよ、断じてこの男のなんかじゃないっつの！」

「彼氏？」

「いなそうとか言いたいわけ？　余計なお世話よ！」

叫びながらも、カスミレアズの鋭さに感服する。

実態は彼氏なんて年単位でいない。お陰で昨夜はものすごく大変だったというのは余談だ。

「……うるせえなあ」

と、うなじに吐息がかかり、真澄の背中が跳ねた。

カスミレアズの視線が真澄の少し後ろに投げられる。

「アーク様。くれぐれも時間厳守でとお願いしたはずです」

「あー……悪い。昨日少しばかり楽しみすぎた」

「だから事実無根の話をさらっと言うな！」

もがきながらも抗議の声を上げる。すると、アークの腕の拘束がきつくなった。

「事実無根？　あんなにあ」

「うっさいそれ以上言うな！」

渾身の力で跳ね起き、手のひらでアークの口をまるっと塞ぐ。

「とにかくなにもなかった！　これ以上なにか言ったら名誉棄損で訴えてやる！」

「……新しいタイプですね」

カスミレアズが驚きを隠さない。くく、とアークの喉が鳴った。

腰に回されていた腕がするりと解かれる。起き上がって掛布を除《の》けたアークは、見事に上半身裸だった。

服の上からでは分からない筋肉が惜しげもなく晒される。それを目の当たりにした真澄は、頬を染めるのではなくそれをはっきり歪《ゆが》め、次いで頭を抱えた。

それだけ立派な体格だったら、そりゃ逃げられないわ。

肩幅など真澄の二倍はありそうだ。これで勝負になると思う方がどうかしている。端《はな》から無駄なあがきだったかと思うと、それはそれでいたたまれない。

真澄の視線に気付いたのか、着替えながらアークが息を吐いた。

「恥じらいを持って目を逸らすならまだしもお前、真正面から見て全力で嫌そうな顔するあたり、本当に色気ねえなあ」

「私がなにを見てどんな顔しようが私の勝手でしょ、ほっとけ！」

「まあいい。とりあえず、大人しく待ってろ」

手早く制服を着たアークは、昨晩とは違い首元のボタンを上まで留めながら真澄の頭を撫でてきた。

逃げようと頭を引くが、握力も規格外なのかそのままわしわしと撫でられ続ける。

言葉からするとどうやら留守番をさせられるようだが、脱走するのに千載一遇のこのチャンスを逃す手はない。となれば、物分かり良くさっさと見送って、速攻とんずらかますのが賢い選択だろう。

「いってらっしゃい」

「随分と素直だな」

「別に？　留守番は得意ですが何か？」

満面の笑みで胸を張ると、一瞬アークの動きが止まった。そして、

「……脱走しようとしても無駄だぞ」

「えっなんで？」

つい本音が出た。気持ちが前のめり過ぎたのが良くなかったと反省するも、もう遅い。

「お前やっぱり馬鹿だな。この天幕は俺が認証しないと誰も出入りできない仕様だ」

詳細は分からないが、自分の目論見《もくろみ》は挫かれたことだけは分かる。

「心狭《せま》いと思う。認証くらいしてよ」

「もう一回言うが、お前やっぱり馬鹿だな」

「く、いちいち……！」

重ねて馬鹿にされて額に青筋が浮かぶも、アークとカスミレアズはさっさと幕を出て行ってしまい、それ以上議論を重ねる余地はなかった。

＊　＊　＊　＊

幕を出た後すぐに、先導するカスミレアズが足を速めた。

平時から軍人らしく早足の男だが、今日はいつにも増して勢いがある。背筋は相変わらず伸ばされて、制服も皺一つない。だがその背中は僅かに緊張しているように見受けられた。

大股で半歩先を歩きながら、カスミレアズが呟く。

「最初にお声掛けしたのですが、返事がなくて驚きました」

声に揶揄《やゆ》する響きは含まれておらず、言葉どおり純粋に驚いていているらしい。

一方でその表情はほとんど変わらないため、慣れていない相手だと本気でそう思っているのか言外に説教されているのか悩むであろう場面だ。

アーク自身もなにを指摘されたのかは理解している。

元々、寝起きが悪い自覚はある。理由は眠りが浅いからだ。なぜ浅くなるのかというと、立場上刺客を送り込まれることが多く、基本的に気が休まらない幼少時からの生活が元凶である。

眠りの質が良くなければ、寝起きも必然悪くなる。

しかしそれは目が覚めないとはまた別物だ。微かな気配でも覚醒する癖はついていて、前後不覚に陥るような失態は犯したことがない。そんな危機察知能力が身に付いてなければそもそも今ここに立ってはいないだろうが、いずれにせよ起きた後の経過が悪く、しばらく頭が働かないというだけなのである。

「存外に抱き心地が良くてな。つい眠りこけた」

「私としては助かります」

毎朝不機嫌に当たられている張本人は遠慮会釈なく言い放った。それを右から左に聞き流し、アークはあくびを噛み殺す。

総司令官であるアークの天幕を抜け、朝日の眩しい外に出る。良く晴れた最高の式典日和だ。若《わか》獅子《じし》たちの門出を祝う、最高の一日となるだろう。

入口の衛兵に挨拶を返しつつ、アークたちは厩《うまや》へと足を運んだ。

二人の姿を認めた厩番がすぐに二頭を引き出してくる。既に馬装具は取り付けられていて、後は背にまたがるだけで出発できるように整えられている。

「朝っぱらからどこに行くつもりだ？」

鐙《あぶみ》に足を掛けながらアークはカスミレアズを見た。

面倒くさい、朝飯を食ってないなど文句を垂れるつもりは毛頭ないが、起き抜けにいきなり馬を駆るなど滅多にあることではない。

戦場ならまだしも。いやむしろ、わざわざ叙任式当日の朝に、なぜ。

「ヴェストーファへ参ります」

部下の口から出たのは、まさにその叙任式が行われる駐屯地近隣の街の名だった。

「詳細はのちほど。確認頂きたいことがあります」

「分かった」

近衛騎士長であるカスミレアズが言うのだ。薄く「なにかあったな」と勘付いたが、後で説明されるのであれば今ここで詰め寄る必要はない。

そしてアークは見事な青鹿毛、カスミレアズは艶やかな栗毛《くりげ》の愛馬にそれぞれまたがり、今日の正午から予定されている叙任式の会場へと馬を走らせた。

「本当に手をつけなかったのですか」

まさかあの状態で。

ヴェストーファへ向かう途中、馬上からかけられたカスミレアズの声にはまたしても驚きが滲んでいる。思わずアークの口端が吊り上がった。

「俺が見逃すと思うか？」

「いえ」

「即答とは良い度胸だな」

「燦然《さんぜん》と輝くこれまでの実績がありますから」

「ははっ、それもそうだ」

「ではやはり？」

「ああ。だがなにを考えてあいつがなかったことにしたいのか、それは分からん」

「将来を誓った相手がいるようですから、その線では？」

「相手？　とてもそんな奴《やつ》がいそうな反応じゃあなかったがな」

「そういうお言葉を聞きますと、間違いなく手をつけられたようですね」

それで、どうするのか。カスミレアズは問うてきた。

スパイ容疑のことだ。

隠蔽された術者を見破ったのなら、その先どうするか——投獄して処刑するのも、敵国レイテアへ強制送還するのもアークの胸三寸となる。

これまでの実績は、数日投獄してから強制送還コースだ。相当数送り込まれるスパイには辟易《へきえき》しているが、かといってむやみやたらと処刑するのも手間がかかって好きではない。

無論、返す前には適度に締め上げておく。

何度も挑戦されると面倒極まりないからだ。そのあたりは近衛騎士長であるカスミレアズのさじ加減に任せているが、同じ顔は二回と見ていないことを鑑みるに、それなりに太い釘《くぎ》を刺しているらしい。

カスミレアズの問いには、今回も同様の措置で良いのかを確認する意図が含まれている。

しかしアークは少し考えて、否を唱えた。

「しばらく手元に置いておく」

「……は？」

カスミレアズが手綱を引いて、速度を落とした。半馬身ほど先行しかけたのを、アークもまた手綱を引いて馬の歩様を合わせる。

軽快だった蹄《ひづめ》の音がゆったりとしたものに変わった。

「そんなに驚くことか？」

「はい。一夜の遊びは結構ですが、スパイを手元に置くなどいくらアーク様とはいえ不用心にも程があります」

「微妙だから仕方ない」

「と言いますと？」

「どうも隠蔽された術者ではないらしい。あらゆる解除キーを試したが、術は解除されなかった。というより、解除されるべき術がかかっていないように見受けられた、という方が正しい」

カスミレアズが口を真一文字に引き結んだ。俄かに信じがたい、表情はそう物語っている。

「素性明かしの法円をかわすことはできても、アーク様の調べをすり抜けられる術者はおりません。

しかし、術なしに駐屯地に忍びこむなど不可能です」

「その通りだ。だから微妙だと言っている」

今しがた出てきた駐屯地は、ここアルバリーク帝国の国境警備のために置かれている要衝である。ほど近くにはそれなりに大きな地方都市ヴェストーファが発展しており、国境の中でも有数の賑《にぎ》わいを見せる地域だ。

今回はそのヴェストーファで年に一度の騎士叙任式が行われるため、叙任権を持つアークが帝都からはるばる足を運んでいる。

駐屯地はその性格上、侵入者探知の術が常時かかっている。

そこに駐屯地司令よりも高位のアークが滞在している今、警戒レベルは最高に引き上げられており、十重二十重に様々な術が張り巡らされている。アークの天幕に近付くほどにそれは厳重になり、探知だけではなく侵入者の拘束を図るもの、意識を奪うものといった強力な術になっている。

よほど高等な術者であっても、これら全てをすり抜けるのは至難の業だ。

実際、侵入を試みた数多《あまた》の人間は外周の第一防衛線で大半は捕えられ、もう一段階内側の第二防衛線を越えられたものはいない。アークの天幕を含む駐屯地最深部は、そこから更にもう一つの防衛線——第三防衛線の内側にある。

最深部に辿り着けるのは「隠蔽された術者」だけだ。

探知術は、基本的に術者の魔力を感知して作動する。魔力を抑える方法もないわけではないが、それでも術者である以上は一定の魔力を帯びてしまうのが宿命である。

この原理を逆手に取ったのが隠蔽された術者だ。

隠蔽された術者は、解除キーを与えられるまでは一般人と同程度になるよう強制的に魔力を封じられる。同時に、記憶も封じられる。そして表面上は商人や娼婦《しょうふ》を装い対象に近付き、それとなく解除キーを探すよう仕込まれている。

解除キーは対象の名前のこともあれば、側近との接触であったり、様々だ。

一度術が解除されれば術者は本来の力と記憶を取り戻し、その場で暗殺対象者に襲い掛かるという寸法だ。

敵の裏をかくという意味では非常に重宝される術だが、「隠蔽術」は高位の術者にしか施せない。便利だがそうそう量産できない代物である。

しかも、本業は騎士ながら同じく高位の術位を持つアークはそれを見破る目を持っている。

誰も逃れられない強い目だ。大抵は解除キーを発動させて隠蔽を解くが、やろうと思えば解除キーなしでも力にものを言わせて暴くことはできる。

昨晩は手加減など一切しなかった。

しかしなんの術も解除されず、まして肉体的な抵抗はないに等しかった。片腕で押さえ込めたほどだ。

結果だけを見れば完全にシロ。

ただの女である、という結論にしか辿り着かないのだが、不可解なのがどうやって第一から第三までの防衛線を越えたのか、ということだ。

普通に歩いていれば、正面入口で衛兵につまみ出される。

入口以外の駐屯地外周を越えようとすれば、探知術を回避するための術を使わない限り、即座に引っかかる。仮にどうにかして第一、第二防衛線までをかいくぐったとして、しかし第三防衛線はそこまでぬるくない。

一歩足を踏み入れた瞬間、身体を拘束する術が起動する。

それは敵味方関係ない。司令部に出入りする認証を持つか否かだけが基準となる。認証されていなければ、味方であっても容赦なく術が起動する仕組みだ。

回避しようと侵入者が術を使うと、それを合図に侵入者の意識を奪う術と強制的に魔力を枯渇させる術が襲い掛かる。最初の拘束術は回避されることを見越したおとりだ。本命は続く二つの術にある。同時に三つの強力な術を捌くのは、よほど高位の術者でも難しい。

仮に捌いたところで、第三防衛線の術が起動した時点で司令部は侵入者の存在を知る。そうなれば総員第一種戦闘配備となり、猫の仔《こ》一匹逃げられない厳戒態勢が敷かれる。

これらの全てを、ただの女、まして正直すぎるあれが御しきれるとは到底思えない。

そんな芸当ができるならアークの拘束を逃れるくらい難なくできて然るべきだ。どう考えてもつじつまが合わない。

そう、まるで突然そこに降って湧いたような。

馬鹿なと思うが、その馬鹿げた仮定を完全に否定できるだけの材料が今はない。

叙任式はまさに目の前に迫っている上、近く武楽会が控えている。アルバリーク帝国にとって重要な予定が重なる時期だけに、慎重に見極めたいところだ。

「おまけに俺のことが誰なのか、本気で分かっていないらしい」

「昨年の武会優勝者を知らない？　ご冗談を」

それは昨夜アークも抱いた感想だ。まさかと思いながら二度も名乗ったのは人生初めてのことだった。

しかし目の前の本人は長いと文句を寄越すだけで、それ以外になんの反応もしなかった。スパイらしさの欠片《かけら》もなかったのは言わずもがな、立身出世を目的に楽士として雇ってほしいと手を挙げるわけでなし、寵姫《ちようき》として傍に置いてほしいと願うわけでもなし。

アークの出自と持つ肩書きを前提に考えると、かなり珍しい反応だ。

「よほどの辺境から出てきたのかもな」

「大陸全土に伝令が走るのに、それさえも届かない秘境出身、ですか？」

アークの言わんとするところを正確に汲《く》み取りながら、カスミレアズは怪訝な顔を隠さない。

「面白そうだろう？」

「どうでしょうか」

「いいから付き合え。少し調べたいことがある」

最後まで眉間に皺を寄せたままだったが、カスミレアズが前へと向き直り手綱を扱《しご》いた。納得はしていないが反対するつもりもない、そういう返事だ。

物分かりの良い腹心の部下に満足し、アークもまた愛馬の速度を上げた。


ヴェストーファの街に到着するまでの街道を襲歩で駆けさせたお陰で、アークとカスミレアズはすぐに街へと到着した。

それなりに大きいとはいえ田舎、緩い柵が街の外周を取り囲んでいる。牧歌的だ。高い城壁がそのまま城下町までぐるりと連なる帝都と比べると、圧迫感は雲泥の差である。

幾つかある柵の切れ目のうち、最も大きい南側の入口から街へと入る。並ぶ家々を見ながら中心部へ向かうと、徐々に人通りが多くなってくる。それまでの早駆けから一転、二人はゆっくりと石畳の道を進んだ。

ほどなくして街の中心広場に辿り着く。

いつもは街の人間が行き交い露店が並ぶ賑やかな場所だが、ここが叙任式の会場となるため今は周囲を赤い幕で覆い、関係者以外立ち入り禁止となっている。

数日前から昨日までは、多くの関係者が入り乱れて準備に走り回っていた。

今日は既に限られた人数になっていて、ほぼ大詰めを迎えていることが分かる。当たり前だ。この田舎で最大のイベントといっていい騎士叙任式が、今のこの時分に準備ができていない方が驚きである。

「見る限り順調そうだが？」

ここまで済んでいるのならば、アークにはもう少し寝る時間が残されていたはずだ。

折角久しぶりに良い眠りだったのに。多少の恨み言を込めて目線で問うと、カスミレアズがとある一点を指差した。一瞬アークはカスミレアズの目を見て、そのまま視線を横に滑らせた。

目線の先には赤い絨毯が敷かれている。アークが立ち、新しい騎士たちにその位を与える場所だ。叙任式は正午からで、この時間に会場に足を踏み入れる式典関係者は誰もいない。ちらほらと見えているのは設営をする裏方の人間ばかりだ。

しかしそこまで考えて、俄かに違和感がこみ上げる。

どれだけ目を凝らしても、今ここにいるべき人間が一人足りない。気付いた瞬間、アークは自分の眉間に力が籠もったのを理解した。

「楽士はどうした」

「脱走しました」

簡潔な問いには簡潔な答えが返ってきた。

同時に思う、答えは求めたがしかし欲しかったのはそういう答えではない。

「だ、……なんだと？」

「私に凄まれても困ります。こういう事態ですから、早く起きて頂かざるを得なかったんです」

どうやら部下にとっても不本意すぎる回答だったらしく、同じく苦虫を噛み潰したような顔でカスミレアズは言い捨てた。

楽士。

広く楽器を演奏することを生業《なりわい》とする人間を指すが、ここではこの叙任式の締めくくりを飾る、新入騎士への祝福を奏でる人間だ。

その曲の下賜がなければ叙任式が叙任式でなくなるほど重要な意味を持つ。第四騎士団総司令官の威信がかかっているも同然である。

今日のためにそれなりの技術を持つ楽士を雇ったのだが、それが脱走——とんずらしたとはどういう了見だ。

意味もなくカスミレアズが嘘を吐くわけがない。堅物を絵に描いたような男だ。よって、「嘘をつけ」と否定するのも時間の無駄でしかない。

降って湧いた面倒事に壁をぶん殴りたい衝動に駆られる。

しかしその時間さえも惜しいため、理性を総動員してアークは冷静さを保つよう努めた。

「まだその辺にいないか?」

一縷《いちる》の望みをかけて捜索を提案するが、カスミレアズの首は早々に横に振られた。

「夜明けからしらみつぶしに付近を当たっていますが、影も形もありません。昨晩の内に逃げられたようです」

「監視はしていたはずだろうが」

「夜半に目を離した隙を突かれました」

「よりによってなぜそんな時間に目を離……あ」

「思い出して頂けましたか。そうです、隠蔽された術者の侵入を感知しましたので、私が出ざるを得ませんでした」

「……そうか。そうだったな」

思わずアークの顔も渋くなる。

第三防衛線内に突如現れた気配。通常であればあり得ない事態に、慎重を期してカスミレアズをわざわざ確認に向かわせたのは、他でもないアーク自身だった。

隠蔽された術者だったとしたら、一兵卒ではなにかの拍子に術が解除された場合に対応しきれない恐れがあるからだ。折しも叙任式の前日、些末《さまつ》であっても問題の芽は早々に摘み取ろうとしたのだが、結果はこれだ。厄日か。

スパイなどよりよほど厄介な事態になった。

寝不足でもないのに頭が痛くなる。

「街から調達は？」

「ヴェストーファもそれなりに大きな地方都市とはいえ、アーク様にふさわしいレベルとなると期待薄ですね」

お説ごもっとも、アークはなにも返せず唸《うな》った。

そもそも叙任式は毎年恒例になっている式典だ。ここで簡単に替えの楽士が見つかるのなら、今回のように最初から高い契約金を払ってまで帝都から臨時雇いの楽士など連れてきていない。

「くそ……お前の楽士がいればとりあえず替え玉にできたのにな」

「アーク様に専属がいないのに、私に付くはずもないでしょう。ともかくその話は空しくなるからやめましょう」

「それもそうだな」

ここアルバリーク帝国の騎士団は常に人材不足に泣いている。

騎士になる人間がいないわけではない。むしろそれなりに市民権を得ている職業で、騎士そのものの絶対数は潤沢に確保できている。

足りないのは騎士を支える楽士である。


楽士は補給線だ。それはとりもなおさず生命線と言い換えられる。

本来であれば一人の騎士に一人の楽士が必要であるにもかかわらず、騎士団一つに数人がやっというのがザラで、アークの率いる第四騎士団に至っては楽士がいない有様だ。それほどに楽士不足は深刻で、困窮しているといっても過言ではない。

理由は色々とある。

だがないものねだりをしたところで、この場ではなんの解決にもならない。

「しかし参ったな」

思わずアークは空を仰ぎ見た。こちらの悩みなど知ったことかとばかり、小憎らしいくらいに晴れている。

時計を読むと、正午まではあと一時間と少しだ。

気《せ》ばかりが急くものの、限られた時間の中で膝を打つような名案はすぐには浮かばない。

「この際だ、兵の中からめぼしいやつを探してみるか？」

「肉体派ばかりですから時間の無駄です。それならまだヴェストーファで探す方が現実的かと」

「……だろうな。仕方ない。緊急事態だ、報酬は言い値で取らせろ」

「無論その条件を提示して朝から探しています。そして候補がいないわけでもありません。が、アーク様の名前を出すと軒並み断られているというのが実情ですね」

「それは、……俺か？　俺が悪いのか？」

カスミレアズが一瞬口籠る。そして、

「悪いとは申しませんが、アーク様は規格外ですから……」

濁された語尾の言いたいことは聞かずとも分かる。

カスミレアズの指摘は、騎士団の中でも特に第四騎士団が楽士不足にあえぐ大きな理由の一つを挙げている。

「褒めてねえな、それ」

「褒めるもけなすもありません、ただの事実です」

ここで言い争ってみても無駄に痛み分けになるだけで、やはり事態が好転するわけではない。

歴《れっき》とした理由はある。

これほどまでに楽士を必要としながら、当の楽士に契約を反故《ほご》にされてまで逃げられる、充分な理由がアークにはある。そしてアークに次ぐ実力を誇るカスミレアズも、アークほど困窮しているわけではないが似たような境遇だ。騎士団を支える多くの下位騎士たちに至っては、端から楽士獲得を諦めている有様である。

いずれにせよ片や豊富に楽士を抱える魔術士団と違い、こうして騎士団はいつもいつも楽士不足に泣かされるのだ。

まあ嘆いてみたところでやはり状況は変わらないのだが。

「因縁をつけられそうな楽士、どこかにいないか」

言葉にしながら、アークはなけなしの記憶を総動員する。

毎年訪れている街だ。そして必ず歓待される街でもある。叙任式が終わった後の宴《うたげ》で、酒の肴《さかな》としてヴィラードを奏でた人間が何人かいた。顔と名前さえ思い出せれば、「国庫からの食糧を食べた分を身体で払え」と、姑息《こそく》な言いがかりをつけてどうにか弾かせようと思っている。

だが質《たち》の悪い考えは、カスミレアズに即座に見破られることとなった。

「駄目です、既に断られています」

「……良く分かったな」

「さすがに退路を断つような頼み方はしていませんが、全員が叙任式でのアーク様を知っている以上、強くは押せないのが現状です。昏倒前提の激しい肉体労働ですから」

「その言い方だと俺が殴り倒してるみたいじゃねえか人聞きの悪い」

「どうあれ同じようなものです」

カスミレアズが肩を竦めた。口を開くほどに自分たちの窮状が露《あら》わになる。

誰でもいい、誰かいないか。

二人で腕組みをして考え込むことしばし。一人の顔が脳裏をよぎり、アークは地面に落としていた視線を上げた。

「そういやあいつ、ヴィラード持ってたな」

零《こぼ》れ落ちたアークの独り言に、カスミレアズが目線で誰かと問うてきた。

固有名詞を答えようとするがしかし、はたとアークは口籠る。

「……あれだ。名前は知らん、訊くのを忘れてた」

「もしやあのスパイですか？」

「おう」

「楽士に扮《ふん》したスパイですか。我がアルバリーク帝国第四騎士団の人材不足が大陸全土に轟いているようで、誠に遺憾ですね」

恨み言はともかく、まともに弾けそうなのか。続けられたカスミレアズの問いに、アークは肩を竦めて首を傾げるしかなかった。

正直に言えば未知数だ。

武器ではなかったから、おそらく本物の楽器だろうと思う。ヴィラードにしては小ぶりな上、奇妙な色をしていたがそこは些事。おまけに随分と頑なな態度で、訳ありそうでもあった。

それでも賭けてみようという気になったのは、彼女が「弾けない」とは決して言わなかったことだ。組み敷かれて尚張り続けた意地に、アークは本物を見た。

「……進退窮まるにも程がありますが、この際やむを得ませんね」

不確定要素は多い。

しかしもはや選べる状況ではないので、カスミレアズも異を唱えはしなかった。

◇3　疑問符の応酬、その行き着く先は

嵐のように二人がさっさと出て行ってしまった後で、真澄はがっくりとうなだれた。全身の力が抜け、ベッドの上に座り込む。

身体中が痛い。主に下半身が。

有無を言わせない力だったくせに、最後は優しいとかなにそれ。

しんと静まり返った幕の中、否応なしに昨晩のことが思い出されて色々な意味で叫びたくなる。叫んでもどうにもならないが、どうにも落ち着かない。ともあれ、あられもなさすぎるこの格好をなんとかせねばならないか。

その一心で周囲を探すと、放り投げられた服の抜け殻がそこかしこにあり、真澄はそれを一つ一

つ拾い集めた。

服を着れば人心地もつく。

真澄はベッドに腰かけながら、そっと左の足首に触れた。熱い。昨日感じた痺れるような痛みは健在で、思わず真澄はそのままベッドに倒れこんだ。

仰向けのまま、視界に入るあれこれをぼんやりと目に映す。

白い幕、宙に浮かぶ見慣れぬ光球。空気はぬるい。肌を刺すようだったあの凍《い》てつく寒さは、ここにない。

本当に知らない場所だ。


どこなのだろう、という疑問より先に、やはり死んでいるとしか思えなかった。

死ねば全てから解放されるものかと漫然とながら思い描いていたが、現実はそうではない。身体は痛みを訴えるし、記憶は消えもしない。一つ一つを思い知って、途方もない疲労感が襲ってくる。

真澄はたまらず目を閉じた。

思考が途切れるまでそう時間はかからず、無の世界が優しく寄り添ってきた。

それからどれくらい経っただろうか。

身体がびくりと跳ね、真澄の夢うつつだった意識が覚醒した。ぱ、と目を開ける。そこには先ほどと同じ白い幕と光球が変わらず佇《たたず》んでいた。

「嘘でしょ、二度寝するとか……」

信じられない。

頭を抱えつつ真澄はゆっくりと起き上がった。脱走しようと目論んでいたのに、まったく出端を挫かれた思いである。

それはともかく、そういえばと思い立ち真澄は執務机に寄った。かなり痛むが、ヴァイオリンを検めるのが目的である以上、歩かないという選択肢はない。

ところが肝心のヴァイオリンより先に、でかい机に目が留まった。重厚かつ光沢のある木机、側面に彫られた模様も見事だ。

ただし汚い。

羽ペン、羊皮紙、ナイフはまだいい。手のひらほどもある明らかに高そうな宝石がはまったペンダントだの、破られた手紙だのが混在するのはどうかと思う。

そしてなにより、食い止《さ》しのパンが完全に干からびて転がってるのがあり得ない。

アークという男の人間性が疑われる瞬間だった。

「……って違う、机はどうでもいいんだってば」

ぺし、と頬を手で打ち、真澄はヴァイオリンケースに手を伸ばす。

蓋を開けるとヴァイオリンは元通りに収まっていた。

傷などがついていたら立ち直れないな、などと内心冷や冷やしていたが、幸いなことに見た目は特に問題なさそうだ。あとは本当に大丈夫かどうか、弾いて確かめねばならない。

実はけっこう心配している。

目に見える傷がなくても受けた衝撃が思いのほか深く、音が変わってしまうヴァイオリンの話はそう珍しくない。

使い慣れた弓を張り、松脂《まつやに》を一往復だけ擦《こす》りつける。次いで肩当をヴァイオリンにつけて、肩に乗せて顎で挟み込む。

弓の元をA線にかけ、手首を下に滑らせる。

基準の音にずれはない。次いでD《デー》線と同時に鳴らす。二つの弦が大きく震え、共鳴する。G《ゲー》線に移弦、Dと合わせて最も低く柔らかな音の響きが鎖骨から顎を通り、身体に染みこんでいく。最後にE《エー》線。繊細ながらも華やかに最高音域を担うその弦は、楽器の準備が整ったことを伝えてきた。

調弦は終わりだ。

ふと、何を弾こうかと考えを巡らせる。浮かんできたのは、静かな8分の9拍子だった。

カンタータ第147番より『主よ、人の望みの喜びよ』。

ドイツの作曲家、ヨハン・ゼバスティアン・バッハの生んだ教会カンタータの中の一節で、およそ三百年もの昔である一七二三年に作曲されている。遥《はる》か昔の曲だが、今日の世界で最上級に知られている曲の一つと言っていいだろう。

バッハが生きたのは神聖ローマ帝国の頃、バロック音楽期の終わりだ。

その美しい三連符の連なりは静謐《せいひつ》な祈りを伝えてくる。

戦争の多い苦難の時代、それでも決然と信仰を抱き続けたバッハが生み出した旋律の美しさは、悠久の時を経て尚色褪《いろあ》せずに人の心に届く。

光が射《さ》すように。

救いの御手《みて》が必ず傍にあることを信じ、心が張り裂けようともその信仰を抱き続ける喜びを、この曲はただひたすら透明に謳う。

込められた想《おも》いを受けて、弦が歓喜に震える。

——良かった。

目を閉じて弾きながら、真澄の睫毛《まつげ》が震えた。歌っている。豊かな音色は何も変わりない。

この音と共に在ることができるのならば、どこであろうと構わない。死して尚、この美しさに震える胸があれば、それでいい。

その形は違えども、人の喜びは確かにそこにある。


四分ほどの短い曲を弾き終わり、真澄が細く長い息を吐いた時だった。

ばさり。

それまで気配を感じなかった幕の入口が乱雑に翻った。

突然の音に思わず真澄は弓を握りしめて身構えた。息せき切って駆け込んできたのはアークとカスミレアズだ。二人の鬼気迫る様子に、真澄は息を呑んだ。

脇目もふらず、アークは一直線に真澄に歩み寄る。

ベッドに腰かけていた真澄は立ち上がって逃げる暇もなかった。アークの左手が、弓を持ったままの真澄の右手首をがっしりと摑む。

見下ろしてくる漆黒の瞳には、驚きの中にも強い意志が見え隠れする。昨晩とは目の色が違う。人をからかって楽しんでいた余裕の瞳ではない、何倍も真剣な眼差《まなざ》しだ。

何事かと真澄が問うより先に、アークが口火を切った。

「やはりお前は楽士だったのか」

「や、だからプロじゃないってば」

「だがヴィラードは弾ける、そうだろう」

「ヴィラード？って、ヴァイオリンのこと？」

左手に抱えた楽器に視線を落とす。

昨日から気になっていた。アークはヴァイオリンのことを、ずっとヴィラードと呼んでいる。擦弦楽器にはヴァイオリン属、ヴィオール属という括《くく》りがあるが、それらのいずれにもヴィラードという名の楽器はない。

古い時代にはそういう名前だったのか。

歴史的な資料が残っていないだけで、あるいはアークたちが生きた時代にはそう呼ばれていたのかもしれない。そんな疑問を持ちつつアークを見ると、眉間が寄せられている。

「ヴァイオリン？」

おうむ返しは、明らかに両者が異なるものであるという認識を隠さない。

それを見た真澄は誤解を招かないよう、丁寧に説明した。

「私が弾いたのはヴァイオリン。あなたの言うヴィラードとは多分、違うと思う。少なくともこれをヴィラードと呼ぶ人には会ったことがないし、そういう意味で見たこともないヴィラードとやらを弾けるかと訊かれても、答えは『いいえ』にしかならないってば」

「これヴィラードじゃないのか？　色は奇妙だが、音は確かに」

「そりゃまあ、ヴァイオリン属に近い楽器なら音域が違うだけで、同じような音が出るでしょうよ」

「そうなのか？」

「多分ね。ヴィラードがどんな楽器なのか全然知らないけど、ヴァイオリンと似てるんでしょ？」

手首を摑まれたまま、真澄は言った。

そろそろ離してほしい。

結構な力で握りこまれているせいか、指先が痺れてきた。このままだと血流が止まり、手首が紫色になってしまう。それとなく腕を引いてみたが、しかしそれは逆効果だった。

ぐい、とアークに引き寄せられて、思わず中腰になる。

「ヴィラードでもヴァイオリンでもこの際どちらでもいい。細かい話は後だ」

「は？　どっちでもって、」

「もう一度弾け」

「は？」

目の前に迫った端整な顔に、思わず真澄は尻込みする。だがお構いなしにアークは二の句を継いだ。

「今日これから騎士叙任式がある。そこに俺の楽士として立て」

「え、やだ」

即答してしまった。つい。不可抗力で。

アークが黙る。聞こえた言葉に間違いがないか、斟酌《しんしゃく》しているように見受けられる。そのまま視線を滑らせて後ろを確認すると、控えているカスミレアズも似たような表情を浮かべていた。

すう、と深呼吸の音が響く。

次いで細く長い息が吐かれた後、アークが目を眇めた。

「お前今なんて言った」

「え、やだって言ったけど？」

「……自分の立場が分かってないな」

やれやれとでも言いたげに、アークは執務机に収まっていた大き目の椅子を引き寄せた。そのまま、どかりと腰を下ろす。背もたれに身体を預け、足を組み、膝の上で指を組む。一つ一つは余裕の振る舞いに見えるが、苛立《いらだ》ちは隠しきれていない。

一度は組んだ指を解き、アークは自身のこめかみをその長い指でとん、と叩いた。

「いいか、どんな事情であれ俺の天幕近くに認証なしで入り込んだという事実の前に、その場で斬り殺されても文句は言えん状況だぞ。スパイなら、分かっているだろうが」

「だから違」

「昨晩俺は伝えたはずだ。お前自身が危険ではないことを証明してみせろと。だがお前は違うと言葉で主張するだけで、なんの行動も取りはしない。容疑を晴らしたくば、こちらの要求を呑むのが最低条件だ」

鋭い視線に、まるで喉元にナイフを突きつけられているような錯覚に陥る。

騎士とかいう単語が先ほど聞こえてきた。ということはおそらく彼らは軍人になるのだろう。やたらと気迫に溢れた表情は、やはりその手の荒事に慣れているからか。

だがしかし。

既にあの世にいる状態で脅されても、一体なにを怖がれと。

生前の真澄ならばもう少し殊勝な態度を取っただろう。命あっての物種、危ない人間は極力刺激しないのが鉄則だ。だって死にたくないもの。

だが残念なことに真澄は若くしてあっさり逝ってしまった。自分視点では来てしまったとする方が正しいのかもしれないがそれはともかく。

「だからなんで私がそっちの要求を呑まなきゃならないのよ。違うって言ってんのに信じないのはそっちでしょ?」

「怖いもの知らずなことだ。蛮勇は身を滅ぼすぞ?」

「滅ぼすもくそも、どうせもう死んでるんだから怖いもへったくれもないでしょうが」

それともなにか、あの世のさらにあの世があるのか。

真澄がキレ気味にまくし立てると、一瞬アークが面食らったように黙り込んだ。次いで、意味ありげに後ろを振り返り、控えていたカスミレアズと顔を見合わせる。

おかしなタイミングで黙り込むものだ。

時が止まった二人を見ながら、真澄もまた首を捻る。少し待つと、特に言葉も交わさないままアークが真澄に向き直った。

「お前、今『死んでる』と言ったか？　どういう意味だ？」

「言葉のとおりよ。ここってあの世なんでしょ？　で、二人とも死んでから五百年以上は経ってるんでしょ？　だから良く分かんない火の玉とか光とか出せるんでしょ？」

「なにがどうしてそういう理解になったんだ」

「だってヴァイオリンも知らないんだから、そりゃかなり昔に死んだんだなと」

「ヴァイオリンとやらは知らんが、だからそれはヴィラードだろう」

「ごめん、だからヴィラードが分かんないんだってば」

「あ？」

「は？」

最後は疑問符の応酬となり、互いに頭を抱える羽目に陥った。

ついさっきだ。同じような会話をしたのはほんの数分前で、それで何故《なぜ》もう一度一連の流れをおさらいせねばならないのか。

意味が分からない。

似たような会話を繰り返しているにもかかわらず、互いになにを言っているのかが理解できないというまさかの事態だ。

困惑の空気が幕内に広がる。

アークが額に手をやり目を閉じる。渋い顔だ。頭が痛いんだろうなと一発で分かるくらい、苦渋の顔をしている。どうやらその原因は会話の嚙み合わなさというか真澄自身の発言にあるようだが、そうはいっても話の通じなさに頭が痛いのは真澄も同じだ。

気を取り直したようにアークが座り直して腕を組んだ。仕切り直しとばかり、咳払《せきばら》いのおまけ付きで。

「ちょっと待て。お前、ここがどこだか分かってるか？」

「だからあの世でしょ？」

「は？」

「は？」

だから疑問符の応酬で終わる会話ってどうなのか。しかしアークはそこで諦めなかった。

「ここはアルバリーク帝国だ」

「アル、……は？　なんて？」

真澄が初めての単語を聞き取れなかったのは致し方ない。

しかしなぜかそれも「想定の範囲内だ」と言いたげな顔で、アークは辛抱強くもう一度同じ言葉を繰り返した。

「アルバリーク。中央大陸の最北に位置する、歴とした現存する国だ」

「中央大陸ってヨーロッパのこと？」

「違う」

「じゃあユーラシア大陸？」

「違う」

「んん？　まさかのアフリカとか？」

「それも違う」

ここまで否定されると、残るアメリカ、オーストラリア、南極大陸という候補を挙げても無駄な気がして、思わず真澄は黙り込んだ。

時代が合わないだけで、こんなに難しい顔をされるものだろうか。

それとも目の前にいる二人は、まさか自分が死んだことに気付いていないのか。そんなまさか。

死んでから五百年以上も気付かないなんて、さすがにどうかしている。ぼんやりしすぎだ。

気付いていないならば不慮の事故とかで突然死したのかとも思うが、そういうやつは地縛霊とか怨霊になるものだと日本では相場が決まっている。

しかし話が嚙み合っていないのもまた事実。

真澄が色々と考えを巡らせる目の前で、同じように慎重な姿勢を見せる大の男二人。

明らかに互いに探り合う空気だ。

「お前、出身はどこだ」

「日本だけど、五百年前はなんて名前だったっけな？　ジパングとか言えば分かる？」

「名は」

「藤堂真澄ですが」

「トードーとはまた妙な名前だな」

「名前っていうか藤堂は姓ね。名前は真澄。西洋とは名乗りの順番が姓名逆なのよ。ていうか妙とか失礼だっつの、あんたのアークレスターヴなんとかっていう長ったらしい名前も大概でしょうが」

遠慮しない相手に遠慮していたら負けである。

とりあえず真澄は言いたいことは余さず言って、相手の出方を窺った。しかしアークは腕組みをしたまま動かず、首を傾げて真澄を真正面から見据えてくるばかりで口を開かない。

半歩後ろにいるカスミレアズも同様だんまりを決め込んでいる。

そんな状況で仕方なしに、真澄が話を進めることにした。

「私は階段から落っこちて頭打って死んだのよ。持ってたはずの荷物はなくなってるし、駅にいたのに気付いたら全然知らない原っぱだし、身体中痛いのは多分死因が全身打撲だからだと思うし。これで死んだと思わない方がどうかしてるわ」

死にたくなかったのは山々だが、死んでしまったものはどうしようもないのだ。

「あの世初心者で右も左も分からないのにいきなりここに連れてこられて、散々脅された挙句に話が噛み合わなくて今ここ、なのよ」

「……お前多分死んでないぞ」

「我ながら残念な死に方だったとは思うけど、だからって問答無用でスパイ扱いもどうかって思、は？　死んでない？」

「詳しくは後で調べるが、おそらくお前死んでないぞ」

ほぼ同じ台詞がアークの口から繰り返された。淡々と、感情の読み取れない声だ。

真澄は口籠って目を瞬いた。

意味が分からない。死んでいなければ説明のつかないことだらけだというのに、この男はなにを勘違いしているのだろう。

「死んでないって、なんで？」

「何度も言うがここはあの世じゃない、アルバリークだ」

口の中で真澄はオウムのように繰り返す。


ここは黄泉の国ではなくアルバリーク。

聞き慣れない単語だが、明らかにアークはあの世があの世だと理解した上で、二つの単語を並べている。

「俺たちは亡霊でもなんでもない、生きている人間だ」

「ダウト」

「あ？　ダウト？　なんだそれは」

「騙《だま》されないわよ。じゃあなんで人魂連れてたり認証とかいう得体の知れない芸当ができるの？」

「魔術も知らんって、本気で地図にも載っていない辺境から出てきたのか？」

「確かに極東の島国出身だけど、そこまで辺境でもないと思うけどなあ」

田舎を飛び越えて辺境呼ばわり。未開の地でもあるまいし、さながら珍獣でも見るようなその目は甚だ遺憾である。自然と真澄の口は尖《とが》った。

アークがくは、と喉を鳴らして苦笑する。

「しかし見事に嚙み合わねえもんだな」

「その点についてだけは激しく同意するわ」

「記憶喪失なのか錯乱してるのか原因は不明だがな」

「ちょっと、一方的に私だけが頭がおかしいみたいな言い方やめてくれる？」

「いきなり駐屯地に忍び込んできた不審者の台詞じゃねえぞ、それ」

「私にしてみりゃあんたたちの方が突然目の前に現れた状態ですけど？」

「口の減らないやつだな。普通の女はここで震えたり泣いたりするもんだぞ」

「だって死んでるなら命乞いしたところで無意味でしょ」

「……とりあえずその認識を改めるべきだな」

おもむろにアークが立ち上がり、座っていた真澄の腕を引いた。

痛いと抗議の声を上げる間もなく、真澄の頰は固く引き締まった胸板に押し付けられた。離れようともがくが、頭と背中を固定されて——つまり真正面から抱きすくめられて、逃げられなかった。

どういう状況だ。

高校生くらいの頃であれば、長躯のそれも整った顔立ちの男に抱かれて平常心ではいられなかっただろう。可愛らしい悲鳴を小さく上げるか頬を赤らめるか、そんな甘酸っぱい対応になった自信がある。

だが真澄は成人している。

おまけに生娘でもあるまいし、可愛らしい初心《うぶ》な仕草はまったく出てこない。

怪訝さを露わに真澄が見上げると、高い位置から見下ろしてくる黒曜石のような瞳と目が合った。

鋭かった漆黒の瞳は、伏し目がちになると少しだけ柔らかさが滲んでいる。それは意外な発見だった。

しかし変わらない体勢と見えない意図に、真澄は抗議の声を上げた。

「ねえ、苦しいんですけど」

「そうか？　ほとんど力は入れてないぞ」

「体格差を考慮に入れてもらえませんかね」

「こうしたら痛いか？」

「ちょっ、いたたたた！」

悲鳴が出た。思いっきり胴を締め上げられたのだ、そりゃ悲鳴も出る。

やめろという強い意志表示として、真澄は右手に拳を作って脇腹を殴った。しかしアークはびくともしない。この男、無駄に頑丈にできている。

悔しくて二度三度と殴っていると、不意に締め上げの手が緩んだ。吸うこともままならなかった息がようやく戻る。

「急になにしてくれんのよ!?」

「お前が生きているということの証明」

「……は?」

「死んだ人間に痛覚なんぞあるわけがない」

痛かったんだろ?

重ねて問われ、真澄は押し黙った。

確かに痛かった。昨日も今日も痛いことだらけだ。死んでからも痛いなんて聞いてない、そう毒づいたのは他でもない自分である。

そういう台詞が即座に出る程度には、生者と死者の境目は明確だ。

「当たり前だが俺たちも生きている」

言うが早いかアークは真澄の手を取り、それを自身の首筋に当てた。

指先に温かさが伝わる。そして、規則正しい拍動も同時に伝わってくる。疑うべくもなくそれは、目の前の男が生きている、そう証明している。

「素性は知らんがいずれにせよお前は生きているというわけだ。そして俺たちも生きている、つまりここはあの世じゃない。分かったか?」

言い切られた内容に言葉を返せなかった。

今一納得がいかないが、否定できるだけの材料が真澄にはない。死んでいなかった、生きているというのが事実であればそれは嬉《うれ》しいことだが、この状況では素直に喜べない。なんせ、まるで勝手の分からない場所にいるという有難くない現実が圧し掛かってきたのだ。

頭が痛い。

生きているのはいい、しかし自分になにが起こったのかちょっと把握できない。

一体ここはどこなのか。

額に手を当てつつ、真澄は寝台にもう一度腰を下ろした。アークとカスミレアズの視線が集まるのが分かったが、茫然《ぼうぜん》としている真澄は、すぐに反応することができなかった。

「それで、話を元に戻そう」

目線の高さを合わせるように、アークも再び椅子に腰を下ろす。

「お前は捕えられた不審者であって、処遇は俺の判断一つだ。その俺が、容疑を晴らすための最低条件が叙任式での演奏だと要求している。この際その楽器がヴィラードかどうかはどうでもいい」

そうだった。

真澄の勘違いというか思い込みのせいで話が横道に逸れたのだが、元々はその騎士叙任式とやらの会場で、ヴァイオリン演奏をするように求められていたのだ。

それを真澄が即答で断ったものだから、話がこじれている。

アークはこの状況でなぜ断られるのか理解に苦しんでいるようだが、真澄には真澄の理由がある。ただそれは、ほぼ初対面の相手に明かすような話ではない。気持ちの整理がついていないし、割り切れてもいない。そのあたりの説明にも苦慮し結果としてだんまりを決め込んだ真澄に、アークが次の一手を打ってきた。

「この期に及んで弾けないとは言わせない。俺もカスミレアズも外で聴いていた」

あっさり退路が断たれる。

どっこい、ここで諦めるくらいなら、昨晩の内にさっさと陥落されているというものだ。

「大の男が二人揃って聞き耳立てるとかやり方が汚いわよ」

「なにか言ったか」

「いいえ、なにも」

「いい加減観念したらどうだ。それ以上痛い思いをしたくはあるまい」

「それでも嫌だと言ったら？」

往生際が悪いとは自覚している。だが粘らずにはいられない。

土俵際の粘り腰に、後ろに控えているカスミレアズが意外そうな顔をしてみせた。多分それは、ここまで脅されれば頷《うなず》くだろうと予想していたからに他ならない。

片やアークは盛大なため息を吐いた。

「さっきも言ったが、選べる立場だと思っているのか」

椅子のひじ掛けに腕を置き、そこで頬杖《ほおづえ》をつく。黒曜石の瞳が眇められた。

「スパイ容疑がかかっているヤツは牢にぶち込むのが当たり前だ。むしろ俺の陣地に無断で入り込んだ時点で、問答無用に首を刎《は》ねられても文句は言えない状況だと理解した方がいい。それをわざわざ紳士的に同意を求めてやってるんだ、破格の条件だぞ」

「その言い方だと、ほぼ選択の余地がなさそうに聞こえるんだけど気のせい？」

「ようやく分かってきたか」

「ちなみに牢を選んだら？」

「却下だ。多少手荒な手段に訴えても弾いてもらう」

「選択肢ないじゃない！　聞いて損した！」

「最初からそう説明してるだろうが。死にたくはないんだろ？」

「死にたくないし痛いのも御免だわ。あんた端からこれ見越してたわね」

「ようやく理解したか」

半目になったアークが大儀そうに背もたれにふんぞり返った。

「……お陰様で」

不本意極まりないものの、真澄としてはそう答えるより他にない。

この場所に於《お》いて異分子なのは、どうやら自分の方であるらしいからだ。片や国の名前も現在地も知らず、片や確実に生活基盤を築いてかつ組織で動いている。どう見ても軍配はアーク側に上がる。悔しいが認めざるを得ない。

と、黒曜石の瞳と目が合う。

アークはなにかを考えるように右手を顎に添え、そして続けた。

「ついでに言っておくが、隙を突いて逃げようとは考えない方がいいぞ」

「えっなんで？」

「お前やっぱり馬鹿だな」

正直すぎていっそ清々《すがすが》しいわ。

そう言ったアークの顔は完全に人を小馬鹿にしており、言い返せない真澄の額には青筋が浮かび上がった。

この流れはさっきもやった。やったことは覚えているのに、なぜもう一度同じようなトラップに自分は引っかかるのか。気持ちが前のめりすぎていけない。

「そもそも俺とカスミレアズの目を盗めるやつはいないが、まあそれは横に置く。仮にここを逃げ出したところで、魔術も知らない、魔力もないお前がどうやって生きていくつもりだ？」

「どうやってって、そりゃ働いてとしか」

「生きて街まで辿り着けると思っているのか？」

「え、そんな遠いの？」

「近い遠いの問題じゃない。魔獣が闊歩《かっぽ》する街道を剣も術も使えない人間が無傷で通れるなら、騎士も魔術士もいらん」

そんなことさえ忘れたのか、そう言いたげなアークの視線に真澄はぐ、と詰まる。

「疑って命を懸けてもいいが、お勧めはしない。碌《ろく》な死に方できねえぞ」

涼しい顔でどうしてそう激烈に脅しをかけてくるのだろう。

魔獣がいるとか嘘を吐け、と自信を持って否定できないのが泣き所だ。原理は不明だが魔術とやらがあるらしいここでは、なにが出てきても確かにおかしくはない。

冷静になって考える程に、自分の置かれた窮状が露わになる。

「隠蔽術が効きすぎたのか、それとも記憶喪失かなにかは知らん。が、お前はこの世界の基本さえおぼつかない状態だ。悪いことは言わない、俺の監視下にいた方がいい」

「スパイだって疑ってるくせに、傍に置くの？」

「無論、容疑を晴らすのが一番の目的だがな。他の騎士団にちょっかい出されても面倒だ。いずれにせよ本当にスパイではないのなら、その証明として我がアルバリーク帝国に楽士として貢献してみせろ。そうすれば面倒を見てやらんこともない」

一気にそこまで畳みかけられて、誰が異議を唱えられるだろう。

完全に寄り切られた。

そして、明らかに対等ではない雇用契約が――契約と呼べるかさえ甚だ怪しいが――ここに締結されたのである。

◇4　そもそも前提からして噛《か》み合わない

その聞き捨てならない台詞《せりふ》は、真澄《ますみ》が渋々ながらも働くこと、つまり叙任式での演奏を呑《の》んだ次の瞬間に吐き出された。

事の発端は真澄の抱いた単純な疑問だ。

式典の開催は昨日今日で決まったわけではなかろうに、なぜ楽士とやらを準備しておかないのかと。

手荒な手段に訴えてでも演奏させると宣言したくらいだ、相当重要な役割なのだろうと推察する。たまたま真澄が転がりこんできたから良いものの、そうでなければ一体どう埋め合わせをしようとしたのか、他人事《ひとごと》ながらその計画性のなさが心配になる。

ご利用は計画的に、という言葉を知っているか。

そうあてつけてやりたい気持ちを抑えつつ問うてみれば、アークが苦虫を噛み潰したような顔になった。

「いいか。この状態はあくまでも不測の事態の結果であって、誓って俺たちに計画性がないわけじゃねえぞ」

力説する目力がすごい。

曰《いわ》く、楽士が重要な役割を果たすことは周知の事実であって、当然、契約に基づいた楽士を当初は帯同していたらしい。ところがその楽士はあろうことか昨晩、逃亡を図ったのである。

尚《なお》、見張りはカスミレアズが担当しており盤石の態勢を敷いていた、はずだった。

それがなぜまんまと逃げられたかというと、不審者の侵入を感知したからに他ならないのであって、その確認のためにカスミレアズが席を外さざるを得ず、結果としてその隙を突かれたのだ。

「元を辿《たど》れば元凶はお前だ」

そういう意味でそもそも尻拭いをして然《しか》るべきだとアークは凄《すご》んできたが、真澄にしてみれば尻拭いの前にそもそも問い質《ただ》したいことがある。

「契約してたって言ったわよね？　それなのに直前に逃げるってどういうことよ？」

確かに騒ぎを起こして逃げるきっかけを作ったのは真澄かもしれないが、逃げるということはすなわち、契約内容に納得がいかない部分があったとしか考えられない。

まさか美人局《つつもたせ》を使ったわけでもあるまいし。

そんな穿《うが》った見方はさておき、労使の揉《も》める最たる例は給料が安いことだが、果たして。

「まさか払いがものすごく渋いとか？」

「言いがかりはよせ。前金で言い値を全額払っている」

それはまた破格の条件だ。

となると、なにかどうしても外せない急用ができたのだろうか。

「家族になにかあったの？」

「その線はない。天涯孤独の独身楽士だった。そうなられると困るから、わざわざそいつと契約したんだ」

なるほど、むしろ考え得る危機管理をした上での人選だったらしい。

ただしその厳重な危機管理を敷くに至った経緯が若干気にはなる。が、うん、まあ、ここでは言うまい。

「ふうん。じゃあ体調崩して、体力的に自信がなくなったとか？　でもそれなら一言くらい断ってもいいわよね」

「……」

「え、なんでそこ無言？」

それまで淀《よど》みなかった否定がぴたりと止《や》んだ。見れば、アークは若干視線を逸《そ》らしている。考え込むような素振りで自然さを装っているが、明らかに不自然だ。

これはなにかを隠している。真澄の勘が閃《ひらめ》いた。

「もしかして病気の人間を無理矢理連れてきて弾かせようとしてたわけ？　信じらんないサイテー」

「おい人聞きの悪いことを言うな。楽士はしっかり健康体だった。晩飯もしっかり二人分腹に収めてたくらいだ」

「じゃあなんでさっき目逸らしたのよ」

「それは、……」

アークが口籠った。そこで注意深く真澄はアークの言葉を斟酌《しんしゃく》した。

用意していた楽士は体調を崩していたわけではないという。そこに関する疑いはたった今、明確に否定された。

すると残るは後半、「体力的に自信がない」という部分だ。この点についての否定は今もってアークの口から一切出てきていない。やましいことがあるとすれば、敢《あ》えて触れないここだ。

自身の雇用条件にも関係するわけで、この点をうやむやにはできない。

狙いを定め、真澄は口を開いた。

「そんなにきついの？　全額前金で貰《もら》ってもやっぱり辞めたくなるくらい？」

否定はなかった。

アークとカスミレアズが無言で顔を見合わせる。どうやら真実を言い当てたらしい。同時に真澄の血圧が微妙に上がった。

「ちょっと待って。そこは嘘《うそ》でも『そんなことないよ』くらい言う場面じゃないの!?」

今まで淀みなく否定してたくせにそこでだんまりとか、明らかに最初から理由知ってたなこの野郎共、と口汚くなったのは見逃してもらいたい。胸の内での悪態くらい許されていいと思う。

完全に詐欺だ。

それも「白紙に署名捺印《なついん》した後で、色々と契約条項を加筆される」典型的な。今の今まで逃げた相手を心配していたが、心配すべきはむしろ自分の身だったらしい。が、しかし。

「……」

「……」

弁明が一つも出てこない。

あまりにも気まずそうに押し黙る大の男二人を目の前にして、早々に真澄の気炎は削《そ》がれた。話が違うと叫びたいのは山々だが、過程はどうあれ叙任式での演奏を承諾したのは真澄自身だ。どうせやるのだ、内容の如何《いかん》は関係ない。

おまけにスパイ容疑を晴らさねばならない立場である。勝手の分からない土地で、あまり強気なことばかり言うのも憚《はばか》られる。

「——まあいいや。今さらどうしようもないし。で、そんなにきついってなにをすればいいの？」

さっさと切り替えた真澄に対し、アークが驚きの視線を投げてきた。

「やると決めたら潔いな」

「そりゃまあ、あれだけ脅されれば」

「お前な、脅すもなにも事実を言ったまでだ。叙任式は曲を弾き続けるだけでいい。なんでもいい、同じ曲の繰り返しで構わん」

「え、それだけ？」

肩透かしの要望だった。鬼気迫る顔で絶対に弾かせようとしていたから、もっと無理難題が来るのかと思っていた。たとえばパガニーニのような超絶技巧の曲を初見で完璧に弾いてみせろ、とか。

しかしアークは難しい顔をしている。まだなにかあるのだろうか。

「おそらく今の台詞、後悔することになるだろうがな……」

「二十四時間飲まず食わずで弾けとかだったら確かに後悔しそうだけど、そのまさか？」

「いや。時間はせいぜい三十分もない」

「……ふうん？」

更なる肩透かしを食った気分だ。

たかだか一時間もなく、まして難易度を求められるわけでもなく。

些細《ささい》なミス一つで石を投げられるとかだったら多少は緊張もする。だが式典においてそれはないだろう。前任の楽士が逃げ出したという事実に多少身構えたが、やるべきことを理解すればさしたる不安はなくなった。

少なくとも真澄には。

頼んできた側の約二名が未《いま》だに浮かない顔をしているのが気がかりだが、口が重い彼らにこれ以上尋ねてもあまり収穫はなさそうだ。そう判断して、真澄は深く訊《き》くのをやめた。

一通りのやりとりを終えた後、僅かばかり会話の間が空く。

無言の空気の中、ふと真澄に安堵《あんど》が押し寄せてきた。

いまだ分からないことも多いが、少なくとも自分は生きていた。その実感に、ふと五感が戻ってきたように思う。そこで身体《からだ》にまとわりつく不快感が気になった。

「ねえ。働く条件も分かったし、逃げも隠れもしないから、とりあえずお風呂に入らせて」

「風呂？」

「入らせてくれないなら弾かない」

言い切ると同時に、音がしそうな勢いでアークとカスミレアズが真澄を凝視してきた。

子供なら一発で泣き出すであろう激烈な視線だが、ここは譲れない一線だ。容疑者にも人権はある。

「てめえ、足元見やがって……」

アークの額に青筋が浮かんだ。それはもうくっきりと。

しかし真澄は涼しい顔で受け流す。そもそもこの要求をせねばならない理由のほぼ十割は、目の前の男にあるのだ。それを理解できないほど子供ではないだろう。

意趣返しでふーんとそっぽを向いてやると、「く、」といういかにも悔しげな呟《つぶや》きが聞こえた。

「調整時間を考えると正午にはとても間に合いません」

間を取り持つように、この中で最も冷静なカスミレアズが言った。

顔を曇らせながら彼はアークを窺《うかが》う。

「開始を遅らせますか」

「……今回ばかりはさすがにやむを得ないか」

たっぷり十秒は保留してから、苦渋の決断といった様子でアークが答えた。

二人の悲壮なやりとりを目の当たりにして、真澄は首を捻《ひね》った。たかが風呂である。そこまで深刻になられるような過大要求はしていないつもりだ。

「ねえ、なにを調整するの？　私に関係すること？」

「楽士は音合わせだの集中だの、式典前には一時間以上欲しがるものだろう」

怪訝《けげん》な顔でアークが返してきた。それを受けて真澄の方も怪訝な顔になる。二人の様子を見たカスミレアズまでもが怪訝さを隠さない。

三者三様に「なに言ってんのお前？」状態で沈黙すること十数秒。

最初に金縛りが解けたのはカスミレアズだった。

「落ち着きましょう。おそらく文化や習慣が違うがために噛み合ってないと思われます」

そう指摘されて初めて、真澄とアークははたとお互いを見合った。

死んだと思っていた真澄と、敵国のスパイだと疑っているアーク。ここにきてスパイ容疑は棚上げになりつつあるが、それでも真澄の常識は彼らのそれとはかけ離れている。

もう少し丁寧に歩み寄るべきだ。

そうカスミレアズが提案し、彼が改めて口を開いた。その目は真澄を真っ直《ます》ぐに捉えていた。

不思議な熱を持つ視線だ。急に変わった温度を不可解に思いながらも、真澄はカスミレアズの説明に耳を傾けた。

「楽士というものは、大きな式典には入念な準備で臨む。魔術士や騎士に捧《ささ》げる演奏そのものに大変な労力を伴うからだ。それゆえ、楽士は式典の数時間前には会場に入るものであるというのが私たちの認識であるし、その邪魔をすべきではないと考えている」

なるほど。

説明を聞いた真澄の感想はそれだった。そして、彼らがこの世界の楽士を尊重している現実も同時に理解した。

渋い顔をされながらも駄目出しされなかったのが腑《ふ》に落ちた。

かなり強引に脅された経緯はともかくとして、演奏を受ける――つまり楽士として立つことに同意した時点で、彼らは一定の配慮をすべきだと当然に考える文化的背景を持つらしい。

荒事の中で生きる騎士という人間が、それと対極にあるような楽士に敬意を払う。

真澄にしてみれば不思議な感覚だ。両者にはとてもじゃないが、共通項など見受けられない。

それはともかく、真澄には国際コンクールの舞台に立った経験がある。値踏みされながら弾くのは初めてではない。わざわざ数時間もかけて精神統一や音合わせをする必要はない。

「そういう話なら大丈夫。調整時間は要らないから、その分お風呂時間に回して」

軽い口調の真澄に対し、アークとカスミレアズは重い空気で互いの顔を見遣《みや》った。

本当に大丈夫なのか、こいつなにも分かってないんじゃ。

そんな声なき声が聞こえたので、真澄はそれならばともう一声かけた。

「会場での立ち位置と演奏始めるタイミングだけ教えてくれればいいから。あ、あと終わりも」

「立ち位置は心配ない、カスミレアズが先導する。開始は光があふれたら弾き始め。俺の色は青だ。最後の騎士に光を与えたらそこで適当に終わっていい」

「ごめんここ異文化だってこと忘れてた。私の訊き方が悪かったわ。それだけだとちょっと状況が想像しづらいっていうか全然分かんないから、もうちょっと詳しく」

光があふれるのを合図にと言われても、まさかスポットライトが当たるとは到底思えない。良く分からない技術による人魂《ひとだま》のような灯《あか》りが存在する世界だ。魔力だの魔獣だの魔術士だのとかいう怪しげな存在も確認しているし、どんなびっくり演出が待ち構えているのか完全に未知数である。

頭を掻《か》いた真澄への説明は、やはりカスミレアズが請け合った。

曰く、叙任式というのは騎士として立つための儀式であり、彼らにとっては極めて重要な位置付けなのだという。

騎士団総司令官の下に若い男たちが集い、帝国への忠誠と引き換えに剣と盾を授けられる。次いで戦うに足る魔力を与えられ、彼らは騎士として生きることを誓う。

一人前の男として認められ、同時に社会的な責務を負う瞬間でもある。

崇高なる忠誠心を祝福するのが、総司令官の楽士が奏でる選ばれた曲だ。

祝福はその騎士たちの生涯を守るとされている。美しいほどに生き様は鮮やかに、勇壮なほどに武勲が輝く。叙任式には騎士たちを一目見るのはもとより、その祝福の曲を聴きにくることを目的とする民衆も多い。

アークの言う「青の光があふれる時」とは武具の下賜の後、総司令官が魔力を分け与える場面を指す。

叙任式のクライマックスでもあり、これがなければ騎士としては認められない重要な儀式だ。

なぜか。

それは誰しもが生まれながらに戦える強い魔力を持つわけではないからである。

むしろそんな人間は極めて稀《まれ》で、魔術士であれ騎士であれ戦闘職種に就こうとするものは、その力を高位の者から分け与えられねばならず――つまり、叙任を受けて力を得る必要がある。

叙任権を持つ総司令官の魔力は、熾火《おきび》と表せばふさわしい。

その熾火から騎士たちに分け与えられた種火はやがて、その鍛錬に見合って大きく燃え盛っていく。素質のあるものはより強力に、生来あまり恵まれていないものでも加護を元に研鑽《けんさん》に励めば、一級の騎士になることも決して夢物語ではない。

そんな叙任権は、誰彼構わず持てるものではない。

絶大な力を誇る者から譲り受けた魔力の色は生涯変わらない。それを見れば、騎士は誰に忠誠を誓ったのか、魔術士は誰に師事しているのかがたちどころに分かる。

それぐらい、魔力の熾火を持つ者は希少だ。

本来であれば国力に直結する騎士や魔術士はいつでも数を増やせて然るべきであるが、人手不足ゆえにそれはままならず、こうして年に一度各地方まとめての叙任となる。

「大まかな説明はこんなところでしょうか」

話し終えたカスミレアズに、アークが「いいんじゃねえか」と投げた。適当だ。しかしさして気にした素振りもなく、カスミレアズは真澄に視線を向けてきた。

「他に訊きたいことがあれば答えるが」

「とりあえずなんかすごい大事だってことは分かったから大丈夫、もういいよ」

「本当に確認しなくていいのか？」

困惑の表情を隠さずに、カスミレアズが念押ししてくる。

「うん、別にいい。弾ける曲を弾くだけだし。まあ終わりは曲の切れ目があるから、ぴったり合わせられるかっていうと微妙。少し遅れて終わるだろうけど、その辺はぶっつけ本番ってことで大目に見てよね」

「弾くだけ、とはいうがしかし」

「ここで押し問答したって上手《うま》い下手はどうせ変わんないもの」

真澄は肩をすくめた。

カスミレアズは最後まで難しい顔をしていたが、続いたアークの「本人がいいって言ってんだからもういいじゃねえか」という投げっぱなしの一言に渋々頷《うなず》いた。

「ではこちらに」

カスミレアズが真澄を振り返る。案内をしてくれるのだ。彼について行こうとして、真澄の足はしかし止まった。

額に冷や汗が滲《にじ》む。

怒濤《どとう》の展開でつい忘れていたが、この状態で演奏を承諾したのは無責任だったかもしれない。

黙り込んで動かない真澄を不審に思ったのか、アークが「どうした」と声を掛けてきた。突っ立ったまま、真澄は顔だけを彼に向ける。

「あー……と。叙任式って結構歩いたりする？」

「ん？　式典中は楽士は動かんが、……控え場所から会場までは歩く」

アークの答えは想定の範囲内だった。そして真澄の顔は曇る。

「ごめん。やるって言ったけど、やっぱり無理かも」

一度は頷いたことを反故《ほご》にする、その申し訳なさに声が沈む。

しかし罵倒は飛んでこなかった。

不思議に思い、落ちていた視線を上げると、意外にも静かな表情のアークと目が合った。眉間に僅かに力は籠っているものの、それは怪訝な顔というより人を心配する瞳そのものだった。

次いで出たのは、

「……どうした？」

責めるようななぜという詰問ではなく、尊重してくれようとしている言葉だった。

それを受けて、真澄もすぐに足を指差した。

「足が」

「足？」

「痛くて長くは歩けない。昨日、どこかで捻ったみたいで」

体重をかければ電流が走るかのようだ。歩くどころか、本当は立っているのも辛《つら》い。

自分が頼んだことながら、天幕を出てどこにあるとも知れぬ風呂に行く、近かろうと遠かろうとこの痛みの前に気が遠くなる。見れば足首は赤く腫れ上がっていた。

彼らがこれほど力を入れる式典は、民衆の大変な耳目を集めるだろう。立ち居振る舞いは洗練されていなければならないはずだ。

誰かが真剣に大切だと考えているものを、適当には片付けたくない。

相応の理由があるのだと真澄は信じている。不審者である真澄の手を借りねばならないほど、彼らが困窮する切実な理由が。

そうであればこそ、応える姿勢は真摯にありたい。

「式典なのに足を引きずるなんて、格好がつかないでしょう。やっぱり私じゃふさわしくない」

「見せてみろ」

アークが椅子から腰を上げた。カスミレアズも踵《きびす》を返し幕内に戻ってくる。

立ったまま待っていると、しゃがみ込むと思われたアークが急に真澄を抱き上げた。

「えっ、ちょっ」

「大人しくしろよ。痛いんだろう」

「でも」

そんなに大切そうに横抱きにされると、調子が狂う。心配されているのに暴れるわけにもいかず、真澄は身体を硬くするしかなかった。

降ろされたのはアークの広い寝台だ。

どこだ、との問いに指で左足首を示すと、すぐにアークがしかめっ面になった。手は触れないがつぶさに検《あらた》めているのが雰囲気で分かる。ややあって、小さなため息がもれた。

「どうやら司令部の拘束術はしっかり仕事をしたらしい」

「……そのようですね」

苦い顔でカスミレアズが同意する。

「伊達《だて》に司令部を気取ってねえな。魔力がないからこの程度で済んだか」

「おそらくは。いずれにせよこの状態では歩けないでしょう。治癒、かけますか」

「あんま得意じゃねえんだよなあ」

「それは私もです。むしろ第四騎士団全員に当てはまることですから、同じ下手なら、効率を考えてアーク様です」

「まあ、……必然そうなるな」

唸《うな》るような素振りでアークが腕組みをした。話についていけないのは真澄だけだ。

唯一分かるのは、替え玉を探すという方向にはなっていないらしい、という部分だけである。あまり迷惑をかけたり、恥をかかせたりしなくて済めば良いのだが、どうだろうか。

彼らの脳裏にどんな青写真が描かれているかは定かでない。

気になるのは「得意じゃない」とか「下手」とか、不穏な単語が会話に交じっていることだ。

「しょうがねえ、俺がやるか」

アークの右手、指の関節がばきばきと鳴らされる。寝台の上で思わず真澄が後ずさったのは、不可抗力というものだ。

「なっ、なにがどうなるんでしょうか！」

顔が盛大に引きつるのを感じつつ、真澄は尋ねた。

これまでの常識が通用しないこの場所では、なにをされるにせよ心の準備というものが必要なのである。

気付けばアークの右手が青い光を帯びている。サファイアのような深い青が輝く。海の底から海面を見た時、太陽の光がきらめいて青が揺れる、そんな光のあふれ方だ。

綺麗《きれい》だ。

優しく穏やかな光に目が釘付《くぎづ》けになる。

「その光って……」

「治癒の光だ。その足、治してやる」

「そんなことできるの？　へえ、す」

「多分」

「多分!?」

素直に感心しかけたせいで、余計にすっとんきょうな声が出た。

予想が完全に裏切られた。

本来であればこういう場合、「この程度朝飯前だ」「わあすごい！」となって拍手喝采に繋《つな》がるのだろうが、そうは問屋が卸さなかった。

「大丈夫だ、問題ない」

絶句している真澄に、カスミレアズが胸を張って頷いた。安心させてくれようとしているのだろう。それは分かる。分かるのだが、しかし。

多分って言い切られた言葉のなにをどうしたら大丈夫になるんだ。錬金術か。問題が山積しているような悪寒しかしないが、どうなんだ。さっき、得意じゃないとか下手とか聞いたばかりだが。斯様《かよう》に言いたいことは山ほどある。

しかし真澄が安全性を問い詰める前に、アークの準備が整ってしまった。

「こんなもんか」

男らしく武骨な手のひらには、先ほどより厚みを増した光がある。

それを掲げたまままずいと歩み寄ってくる姿は、得体の知れない治療を施されるという観点から考えても、マッドサイエンティストそのものだった。

びびりすぎて動けない。

蛇に睨《にら》まれた蛙《かえる》状態である。瞬《まばた》きも忘れて手の行方を注視していると、それは真澄の左足首にかざされた。音もなく光が吸い込まれていく。少しだけ、うっ血が薄くなったような気がした。

「どうだ?」

「少しはましになったような……でも駄目、まだ痛い」

「やっぱ効率悪いな。それなりに奮発したんだが」

ぶつぶつ呟きながら、再びアークの手には青い輝きが膨らんでいた。

カスミレアズが眩《まぶ》しそうに目を眇《すが》める。

「っ、アーク様。それはさすがに多すぎでは」

「ただでさえ不得手なんだ、細かく調整なんてやってられるか面倒くせえ」

現代医療の現場だったら卒倒レベルの大雑把会話である。

聞かなくても分かる。この男、効果が薄かったからとりあえず次は五倍にしとけばそれなりだろ、的な決断を下したのだ。そして部下は部下でそれを止めずに見守っている。

大丈夫か。

本当にそのさじ加減——明らかに大さじ小さじじゃなくて、お玉レベルっぽい——で、大丈夫なのか。

不安を口に出すこともできず、真澄は固唾を呑んで成り行きを見守る。

先ほどと同じように手がかざされる。光がまたしても足首に吸い込まれていく。音もなく消える。光の仰々しさとは裏腹に、それはすぐに終わった。

良かった、特に何事もなかった。

真澄が胸を撫《な》で下ろしたのも束《つか》の間《ま》、身体に衝撃が走った。どん、と。身体中が一つの心臓かのごとく、拍動したような気がした。

「んんっ!?」

心臓を押さえて前かがみになる。痛みはないが、動悸《どうき》が一気に激しくなった。

「明らかに注ぎ過ぎですね」

「まあいいじゃねえか。今度こそ良さそうだぞ」

ばくつく心臓を押さえる横で、この冷静なやりとりもいかがなものか。

「おい、足動かしてみろ」

肩で息をしている横でそう言われても、すぐにはできそうにない。

「ですから申し上げたのです」

「その説教は聞かん。そういう加減ができるんだったら、俺は魔術士団長になってた」

「正論ですね」

だからその冷静な会話。突っ込みたくても呼吸が忙《せわ》しなく、それは叶《かな》わなかった。

しばらくすると真澄の動悸は治まり、呼吸の乱れも落ち着いた。恐る恐る窺うと、左足首の腫れとうっ血は綺麗さっぱり消えている。力を込めても痛みはまったく感じない。まさに健康体に戻っていた。

「すごい、痛くなくなった……」

感動のあまり足首をくききと動かしてみるが、痺《しび》れもなにもない。

「歩けそうか」

「むしろ走れそうね」

「その体力は演奏に使え」

「うん。これならできる、大丈夫。真面目にやるわ、ありがとう」

途中のやりとりには不安しかなかったが、結果を見れば身体の不調が全て取り除かれていた。

真澄にしてみれば礼を言うことにためらいなどなかったが、なぜかアークは素っ気なくそっぽを向くだけだった。

「そういえば、なんでもいいから弾けとはいうけど」

浴場へ案内するというカスミレアズの手が幕の切れ目にかかった時だった。ふと思いついたことがあり、真澄は足を止めて振り返った。

見送りをさっさと切り上げ執務机に向かっていたアークが、声に反応して目線を寄越《よこ》してくる。なにかの書類に伸ばそうとしていた手が止まった。

「あれでいい。名は知らんが、美しい曲だった」

「カンタータのこと？」

「それが名前か」

「違う違う、曲名は『主よ、人の望みの喜びよ』っていうの」

感心した風でアークが僅かに瞠目《どうもく》した。曰く、旋律だけでなくその名さえも美しいから、宮廷音楽と比べても遜色ないと驚いたらしい。

その繊細な感覚に今度は真澄が驚く番だった。

誰がどう見ても体育会系なのに、音楽を美しいと評す感性。偏見かもしれないが、新鮮だ。これまでの経験上、ことに彼らのような体育会系やアウトドア派などからは、音楽を嗜《たしな》むイコール軟弱扱いされる場面が多かったものだ。

この男がどんな背景を持つのか、少しだけ興味が引かれる。

騎士と楽士。

住む世界のまるで違う両者であるにもかかわらず、尊重する姿勢はなにゆえだろうか。その内に訊いてみようと心に留めつつ、真澄は最初に尋ねようとした質問を投げかけた。

「まあその辺はお風呂入りながらちょっと考えさせて。大事な式典なんだろうし。それより野外で、それも沢山人がいるんでしょ？　片や私一人って、さすがに音が届かないと思うんだけど」

懸念は的外れではないはずだ。

いかにヴァイオリンが見た目に反して大音量で歌う楽器とはいえ、限界はある。オーケストラのように頭数が揃《そろ》うのならば良いが、そもそも楽士一人を確保するのにこれほど苦労している現実を鑑みるに、それは期待薄だろう。

ところがアークは慌てる素振りも見せずに言い放った。

「俺が適当に増幅するから問題ない」

「は？」

「俺の魔力で音を増幅するから、心配しなくても全員に届く」

「魔……？　は？　意味が分からないんだけど」

「こういうことだ」

アークが紙をつまむように、親指と中指を合わせた瞬間だった。

「こういうことってどういう、え!?」

驚いた。普通に喋《しゃべ》っているはずの自分の声が、突然オペラ歌手並の声量になった。

自分の声なのに、思わず耳をふさぐ。心の準備ができていなかったため、心臓に悪い。またこの音量が出るかと思うと発声がためらわれ、結果真澄は「分かった分かった！」と首を激しく縦に振る羽目になった。

アークがすい、と指を擦る。

「解除したから喋っていいぞ」

「ほんと？　あ、戻ってる。あーびっくりした」

「分かったか？」

「原理は良く分かんないけど、どうなるのかは分かった」

つまり心配は杞憂《きゆう》だった。合わせて色々と常識が通用しないということも。

「それにしても便利ね」

素直な感想が口から零《こぼ》れ落ちる。しかし返ってきたのは素っ気ない一言だった。

「少し鍛錬すればこの程度誰でもできる」

「褒めてんだから素直に受け取っとけば？」

なぜかアークが、ぐ、と黙り込む。

カスミレアズが珍しいものを見る目でそんなアークに視線を投げていた。

◇5　風呂と行進曲と公然わいせつ？

アークの天幕を退出してカスミレアズに案内されたのは、巨大と評して差し支えない大浴場だった。

脱衣所からしてだだっ広い。

鏡のある洗面台以外は壁という壁一面に棚が設《しつら》えられ、中央には数人が腰かけて休めそうな四角い切り出しの石がいくつも置かれている。石は茶と白のまだら模様で、落ち着く風合いだ。

その雰囲気は温泉を彷彿《ほうふつ》とさせた。

浴場の入口からは、湯煙がふわりふわりと漂ってくる。

この分だと数十人を問題なく同時に受け入れることができるのだろう。ここまで文化レベルが高いとは正直思っていなかった。

「あなたの存在はごく一部のものしか知らない。見張りには立つが、外浴場までは目が行き届かないから注意するように」

「外？　露天風呂があるってこと？」

嬉《うれ》しい情報を耳にして、思わず真澄は訊き返す。しかしカスミレアズは生真面目な顔をしかめた。

「裏手側にあるとはいえ目隠しなどなにもない風呂だ。男所帯だから必要がない」

確かに男だけならば、そんな気遣い無用の長物である。

「てことは、ここって男風呂？」

「そうだ。このヴェストーファ駐屯地に女騎士は一人もいない。気乗りはしないだろうが、こればかりはどうしようもない」

「違う違う、女風呂がいいとかわがまま言うつもりはなくてね。むしろ申し訳なかったなと思って」

真澄は頭を掻いた。

しかしカスミレアズは眉間を寄せるばかりで、いまいち分かっていない風だ。

「ごめんね。もっと簡単に済む話だと思ってたから」

こういう状況だと知っていたら、もう少し違う頼み方をしていた。今さら反省しても遅いが、困らせるつもりだったわけではないのだ。

まあ本をただせばおたくの上司の責任十割ですが、とは言わないまでも、手間を掛けさせたことに違いはない。

「……いや、」

言葉少なに会話を切り上げ、カスミレアズはそそくさと出て行ってしまった。その背に多少思うところがありつつも、尋ねている時間はない。深く考えることはやめ、真澄はまっすぐに露天風呂へと向かった。

そして。

「あー……」

じいさんのような唸り声が出たのも致し方ない。身体の強張《こわば》りが解けていく。用法は違うがまさに五臓六腑《ごぞうろっぷ》に染みわたる、そんな心地なのである。気が付けば、感じていた身体の痛みは軒並み取れていた。

湯の温度に慣れるまで閉じていた瞳を、ゆっくりと開ける。

無骨な岩がいくつも組み上げられた露天風呂、湯煙がふよふよと風に揺られている。薄白い湯は温泉さながらだが、つきものの玉子が腐ったような匂いはしない。それどころか微《かす》かに柑橘《かんきつ》のような、爽やかな香りが立っている。

周囲には確かに衝立《ついたて》や目隠しといった類は一切なかった。まさに裸一貫で勝負の風情である。

さすが男所帯。

露天そのものは裏手に設えられているとカスミレアズが言ったとおり、人の気配はまったくない。どうせ皆仕事中だろうと適当に読んで、窓のない屋内浴場よりも露天に入ることにしたのだが、これは正解だった。開放的で実に気分が良い。

静かだ。

時折、鳥がぴーちくぱーちく鳴き交わしていく。

端の岩に頭を預け、空を見上げる。綺麗な青空だ。おそらく多くの若者にとって人生の門出となるであろう晴れの日を、この空は祝福しているかのようだ。

「祝福、ねえ」

呟いて先ほどの説明を思い出す。

カスミレアズは言った。騎士たちがそう在ることを宣誓する式典。そうすると美しい優雅な旋律よりは、勇壮で誇り高い曲調がよりふさわしいだろうか。

「勇ましい……といえば、行進曲とか？」

まさに軍隊を彩るために作られる曲種だ。

一口に行進曲といっても色々ある。華やかな式典の行進であったり、将軍を称《たた》えるものであったり、主眼は戦意高揚に置かれているものの、そのテーマは多岐にわたる。

たとえば、ヨハン・シュトラウス一世が作曲した『ラデツキー行進曲』。

将軍を称えるために作られ、最初の小太鼓とシンバルの勇壮な節から一転、管弦合わせた前奏が大変に華やかな曲だ。その主部は装飾音がふんだんに使われており、軍隊の英雄を彩るにふさわしい。

ちなみに彼の長男であるヨハン・シュトラウス二世は「ワルツ王」と呼ばれ、『美しく青きドナウ』が代表作になっている。

こちらも華麗で優雅な曲だが、ワルツという曲種の性質上、今回の場面には少しそぐわない。式典余興としてのダンス曲ならば、これ以上ないほど輝くだろうが。

行進曲に思索を戻す。

ジョン・フィリップ・スーザの『ワシントンポスト』は最初から軽快で親しみやすいメロディーラインを持つ。行進曲ではあるものの作曲された背景は表彰式用だった為《ため》、イメージは物々しい軍隊というより、パーティー会場でかかっていてもおかしくないような、華やかで軽い音が連なる。

スーザは「マーチ王」という二つ名でも称えられる作曲家だ。

彼が手掛けた百を超えるマーチ曲の中でも、同じく有名なのが『星条旗よ永遠なれ』、『雷神』などがある。

「ラデツキーとか色々あるけど、でも」

ふむ、と手を口元に当てて考え込む。

曲を授けるタイミングは全ての騎士が長剣と盾を拝受した後、騎士が騎士である為に授けられる魔力を受ける時。まさに最後の締めくくりらしい。総司令官からの祝いに相当するのだという。

それならば、華やかながらも勇壮な曲が良さそうだ。

抱くであろうその誇りに、敬意を表すような。

叙任式の後に催されるらしい騎馬試合の最中に演奏となれば、終始疾走感のある曲を選ぶところだ。が、想像するに重厚な儀式の色合いが濃そうである。となると、

「やっぱりエルガーの『威風堂々』かな」

通しで暗譜もしているし、これがいい。繰り返しも比較的しやすい構成だから、状況を見ながら主部と中間部どちらで終わらせるかを見極めればいいだろう。

短時間とはいえ深く悩んで肩が凝った。湯舟に浸《つ》かったまま両腕を伸ばすと、凝りが解《ほぐ》れるようで気持ち良かった。

だから気付くのが遅れたのは不可抗力なのである。

真剣に考えたから、しばらく目を瞑《つぶ》っていた。唸る勢いで考えていたともいう。

その流れで伸びをする時もそのままだった。

輪を掛けて悪かったのは湯温が高めで、軽くのぼせたことだ。

最初に立ちくらみのようになって、そちらに気を取られてしまった。めまいが落ち着いた頃にようやく顔を上げると、

ばっちり目が合った。若い男三人衆と。

騎士らしい格好をした彼らは、完全に停止している。その顔は明らかに信じ難いと言いたげな——たとえばツチノコに代表される未確認生物を発見したかのような——凍り付いた表情だった。

一方の真澄も固まる。

露天とはいえ深さがあったので、一応下半身は隠れている。薄く濁り湯でもあるわけで、だから多分大丈夫だ。

だがしかし残念なお知らせもあって、上半身は力いっぱい惜しげもなく晒《さら》しているという状況だ。どう贔屓目《ひいきめ》に見てもこちらは大丈夫とは言い難い。ちなみに「大丈夫」の基準視点をどこに持っていくかというのは、議論の余地がまた別にあるというのは余談だ。

これはどうすべき状況か。

悲鳴を上げるべきか。しかし公然にわいせつな格好をしているのは真澄なのであって、それは「盗人猛々《ぬすっとたけだけ》しい」を地で行く対応ではないのか。

気まずい沈黙の中、鳥がちーちーぱっぱとご機嫌に鳴いて飛んでいく。

「あ、あの」

とりあえず両腕を交差させて胸を隠す。不可抗力とはいえ恥じらいを捨てたわけではない。

そして、いざ弁明。

と意気込んだのも束の間だった。

「う、わああっ!?」

三人衆のうち真ん中の一人が腰を抜かさんばかりの悲鳴を上げた。

心外だ。人をまるで幽霊みたいに。

しかし真澄が内心抱いた抗議は、日の目を見ることはなかった。真ん中の一人が脱兎《だっと》のごとく駆け出したからである。

「あっおい!」

「ちょっ待てよリク! おい、待てったら!!」

両脇にいた二人は目を白黒させながらそれを追っていった。名残惜しそうに二度三度と振り返ってきたのは見間違いじゃない。

一人取り残された真澄は、釈然としないものを抱えながら露天風呂を後にした。

そんな悲鳴上げて逃げられるほど残念な身体だったんだろうか。確かにぼんきゅっぼんとまではいかないですよ? でもぽんきゅぽん、くらいはある、ハズ。

ないのか。

希望的観測すぎたか。

だから逃げられたし、二度見三度見もされたのか。

色々なことにひっそりと傷付いたが、慰めてくれる相手は誰もいなかった。

＊　＊　＊　＊

「マスミ。お前この短時間で一体なにをやらかした」

天幕に戻るなり、アークが訊いてきた。

「は？　なんのこと？」

「だからそれは俺が訊いている」

まったく身に覚えがないことを訊かれ、真澄は首を捻った。

隣にいたカスミレアズを見上げると、彼もまた真澄を見下ろしていた。しかしその目は答えを知っているそれではなく、同じくなんの話かと怪訝さが露《あら》わになっている。

「湯浴《ゆあ》みの間、特に異常はありませんでしたが」

入口を見ていてくれたカスミレアズが答える。昼の日中、それも叙任式を控えたこの時にその辺で油を売っている騎士などいない。声にはそんな響きが含まれている。

しかしアークは腕組みをして「どうだかな」と目を眇めた。

「駐屯地に女がいる、嘘をつけ、いや確かに見たあれは女神だ、天女だ、なんだと俺も見たい。そんなことを叫びながら兵どもが急に浮き足立ちはじめたぞ。近衛《このえ》騎士長の戻りを待てず報告に来る始末だ。駐屯地司令にじゃない、俺に直接、だぞ。これで異常がないなどありえんだろう」

式典前のこのタイミングで、この落ち着きのなさ。完全に苛《いら》ついた様子で、アークが指で執務机を叩《たた》いた。

「ただでさえ楽士が急場しのぎだっていうのに、儀仗兵《ぎじょうへい》くらいまともになれんのか。これ以上騒ぐようなら力ずくで黙らせてやる」

「っ、アーク様、さすがにそれはお待ちください。私が収めて参ります」

「それはいいがその前に」

マスミ、と名が呼ばれる。本当に心当たりがないのかと目線で問われ、真澄は思いついた心当たりを口にした。

「そういえば露天風呂に入ってるところを三人組に見られました」

正直に申告すると、アークが片手で頭を抱え、カスミレアズが目を剝《む》いた。

「や、でも悲鳴上げられた上に逃げられたんですけど」

会話なんて一切なかった。

それどころか、女一人で男風呂を満喫している場面に対する弁明さえもさせてもらえなかった。

そういう意味でどちらがより変態かと問われれば、現時点ではぶっちぎりで真澄に軍配が上がる状況である。

「……なるほど。やはり女に飢えた下っ端の見間違いではなかったということだな」

アークの声が一段低くなった。

いやでもアンタ、最初から疑ってかかってたでしょうが。

なにをそんなに怒ることがあるのだろうか。とりあえず額に青筋浮かべ過ぎだと思うがどうか。

ちらりと横を見上げると、カスミレアズがなんとも言えない微妙な顔をしていた。大魔神が怒りのオーラを隠さないので、真澄はこっそりカスミレアズの腕をつつく。

「ねえ、そんな怒ること？」

渋い顔の近衛騎士長は、しばし考え込んでから口を開いた。

「まあその、手順が狂ったというか」

「手順？　なんの？」

「あなたが他の騎士から手を出されないための」

思わず真澄は絶句した。内容の割にさらりと言い過ぎだ。

どういう意味だ。

ここはそんなに貞操の危機を懸念せねばならん場所なのか。野獣の巣か。でもまあ男所帯なんてそんなもんか。いやでも、それに納得したら駄目だろ普通。食い散らかされるのは御免だ。

思考が一回転して、ようやく真澄は再起動を果たした。

「ちょっと待って。まさか顔を合わせた瞬間に押し倒されるとかそんなんじゃないわよね？」

騎士たるもの、まさかそこまで野獣じゃないよな。心の片隅に道徳観くらいあるだろ、あってくれ！　そんな期待を胸にカスミレアズに詰め寄るも、それは次の瞬間に木端微塵《こっぱみじん》に粉砕された。

「そうならないように善処する」

「いやそれおかしいでしょどんだけ理性の切れた野獣なのよ！」

突っ込みの瞬発力が過去最高記録を叩きだした。

が、しかし。

「お前は騎士になにを期待してるんだ。鎧《よろい》を着ていようがただの男だぞ？　まして相手が楽士となれば一石二鳥、既成事実を作ってしまえば欲しいものが同時に手に入る。そりゃ目の色変わるわな」

呆《あき》れたようにアークが言ってのけた。

ため息付きであるのを鑑みるに、どうやらそれなりに憂慮すべき事態らしい。ていうか冷静になって考えてみれば、目の前にいる総司令官自身が超絶手の早いケダモノだった。となればその部下も推して知るべし、か。悟り、またの名を諦めの境地に達しそうになる。

とんでもないところに来てしまった。

肩を落とした真澄を気遣うように、カスミレアズが続けた。

「だから露出を極力控えるようにとあれほど」

「嘘でしょ？　あの一言でそこまで理解しろとか超能力者じゃないんだから……」

「騎士団の駐屯地だ、理解しているものとばかり。婉曲《えんきょく》すぎたようだな」

申し訳なさそうにカスミレアズが眉を下げるが、これは真澄の方にも非がある。

気をつけろと注意はされていたのだ。

背景説明が足りなかったのはカスミレアズの落ち度だが、異文化にいることを念頭に置いてよくよく確認しなかったのは真澄の失態である。

「参考までに聞きたいんだけど、正しい手順だったらどうなってたわけ？」

今更聞いても後の祭りだが、念のため確認しておきたい。すると、「単純な話だが」と前置きしつつカスミレアズが口を開いた。

曰く、最初に通達を出すことがなにより肝要だったと。

変更となった今般の楽士は臨時の雇い入れではなく、アークの専属であると知らしめることによって、騎士団の人間は手を出してはいけない相手だと認識する。認識した上で本物を見れば、喉から手が出るほど欲しくても自制は利く。

ところが通達は間に合わなかった。

総司令官の専属楽士がいないのは周知の事実であって、つまり真澄は大多数の騎士にとっては、当初から予定されていた単発契約の楽士だと認識されることになる。

単発契約であれば次がある。

言い換えると、下っ端騎士であっても交渉次第では、総司令官クラスにつり合う高位の楽士を手に入れられる可能性がある。ただでさえ楽士不足に困窮している騎士にとっては千載一遇のチャンスと呼ぶほかにない。

「今から通達出したら駄目なの？」

「時間切れだ」

アークがまさにその通達を書いていたところに、浮き足立った騎士が転がり込んできたのだという。

本来であれば真澄が風呂に行っている間に通達を完成させ、それを司令部経由で全体の騎士に回す予定だった。真澄の支度と同時進行で進めるつもりが、完全に後手に回った状況だ。

既に儀仗兵たちを叙任式の会場に向かわせねばならない時間帯になっている。

大騒ぎしている彼らを落ち着かせるだけで手いっぱいだ。ただでさえ筋肉バカ揃《ぞろ》い、こんな興奮状態では全員が通達を理解するまでに何時間かかることやら。

しかも間の悪いことに、式典の後にアークは会場となるヴェストーファの市長と会食が控えている。

近衛騎士長であるカスミレアズは、次いで開催される騎馬試合の監督がある。

さらに良くないのはその騎馬試合はこれから七日間催されることと、連日夜の宴《うたげ》が催されることだ。明らかに日常と異なる動きであって、祭りに突入してしまったが最後、通達を出しても全騎士に行き届かない恐れは十二分にある。

だからこそ最初が肝心だった。

が、その目論見《もくろみ》は脆《もろ》くも崩れ去ったというわけだ。

「叙任式後に一人で駐屯地に返すわけにもいかん。騎馬試合の会場に連れていけ」

「それは構いませんが……儀仗兵以外にも彼女を晒すことになりますよ」

「これだけ騒ぎが広まったらどうあれ同じだ」

完全に投げやりになったアークの言葉に、カスミレアズはそんなことはない、とは言わなかった。

残念ながら無言のうちに肯定している。

「なんかごめん」

思わず真澄は謝ったが、二人の男は力なく首を横に振った。

「お前のせいじゃない。そもそも楽士が足りない現状に問題がある」

軍人である大の男がそろいもそろって悲痛な顔をするくらい、彼らの騎士団は人材不足であるらしい。かわいそうにとは思うが、かけられる言葉を真澄は持っていなかった。

そして後に、真澄は激しく後悔することになる。

なぜそこまで楽士が必要とされているのか、その理由を問い質さなかったことを。

◇6　その誓いに払うべき敬意

良く晴れた空の下、駐屯地からヴェストーファの街へと延びる石造りの街道には、爽やかな風が吹き抜けていた。

高い空を悠然と翼を広げた鳥が弧を描く。

どう見てもトンビの五倍はありそうな大きさだが、まあのんびりとしている。

大地に目を転じると、街道の横には柔らかな草の緑がどこまでも続く。遠くにはまばらに木立が並んでいる。幹が白く美しい。北の大地に自生するという、白樺《しらかば》のようである。

実にのどかだ。

ただしそれは後ろを振り返らなければ、という条件付きで。

「いやあぁぁあなにあれえぇぇ!?」

牧歌的な空気を切り裂くのは真澄の悲鳴だ。

「喋ると舌を噛むぞ！　乗り慣れていないんだろう！」

真澄を抱き込んで手綱を握るカスミレアズが鋭く叫ぶ。

「そっ、そんなこと、言われたっ、て、てぇっ！」

「だから言っただろう！」

「ぐ……！」

冷静すぎる突っ込みに涙目になるも、カスミレアズの脇腹から後ろを窺うのは止められない。

だって、明らかに野犬よりも強そうなでかい狼《おおかみ》みたいなのが猛然と追ってきているのだ。それも五頭以上の群れで。石で舗装されていない道なら土煙が上がるレベルの勢いだ。

これで現代人に動揺するなという方がどうかしている。

吠《ほ》え声《ごえ》も激しいが、なによりよだれがすごい。明らかに食う気満々である。

駐屯地から一歩出たらこの惨劇だ。

これは確かに死ねる。逃げ出そうとしない方がいい、アークから刺された釘が今は金の助言に思えてくる。確かに馬にも乗れない、剣も扱えない真澄にはこんなの絶対に無理だ。

そうこうしているうちにも、群れはどんどん膨れ上がっていく。次から次へとよくもまあゴキブリみたいに。

しかし、気持ちが悪いプラス不衛生程度の害しかないゴキブリなんかより、よほど質《たち》が悪そうな相手である。明らかにあの牙に捕まったら即死できそうでいただけない。良くて再起不能だ。あれ、ほぼ一緒か。

いずれにせよ自衛隊でもちょっとどうかと思う相手である。想像するに、多分きっと、遠慮したい相手だろう。

「あの程度、辺境の方が見慣れているだろう!?」

「だからにっ、日本はっ、そんな人外魔境じゃ、あだっ、ないっつの！」

喋ると舌を噛むとか警告しておきながら話しかけるとか鬼畜か。

しっかり二回目を噛みつつも、断じて辺境出身ではないのでその辺の訂正はきっちりしておく。

「お前が旨《うま》そうだから匂いにつられて出てきたんだろ！　さすが魔獣、良く利く鼻だよなあ！」

先を走るアークが叫んできた。

それ今言うことか。振り返ってまで、わざわざ、あまつさえ楽し気に。

軽く殺意を覚えるものの、ここで抗議の声を上げるとまた舌を噛む羽目になる。

馬上に荷物さながら積まれているこの状況ではなにをどうしようもない。やむなく真澄は口を噤《つぐ》み、震度七かと勘違いしそうなほど揺れながら、ひたすらこの鬼ごっこが終わることを祈った。

命をかける鬼ごっことか笑えない、本当に笑えない。

真澄の尻の衝撃吸収がそろそろ限界を迎えそうな頃、ようやく家々の建ち並ぶ景色が見えてきた。

駐屯地で見た石造りの風呂や天幕とはまた違う、素朴な白壁造りだ。屋根には橙《だいだいいろ》色のレンガだろうか、角形の石が連なっている。それが雨風に晒されて少しくすんだ白壁によく馴染《なじ》んで、落ち着きのある佇《たたず》まいに好感が持てる。

目を転じると、入口には門柱のように重厚な石が組まれていて、そこに衛兵らしき人間が二人立っていた。

彼らの目は一様に見開かれる。

当然だ。真澄の目でこれだけ見えているのだから、相手からもこちらの状況がどうなっているのか、手に取るように分かるだろう。

背後の分厚い咆哮《ほうこう》に度胆《どぎも》を抜かれてるんですね分かります。

騒ぎを聞きつけてか、門の奥に見える詰所のような小屋から兵がわらわらと出てくる。だが誰も彼もが一瞬呆《ほう》けた後、明らかに顔を引き攣《つ》らせている。そして傍目《はため》に分かるほど腰も引けている。

衛兵がそれでいいのか。

なんのための門番か。

変なところに突っ込みたくなったが、真澄自身もこんな場面を見せられたら一目散に逃げ出す自信があるので、彼らのことは責められない。

「いかがしますか!?」

「俺が片付ける、お前は先に入れ!」

短いやりとりの直後、前後が入れ替わった。

アークの青鹿毛が歩様を落としていく一方、カスミレアズが手綱をさばき、栗毛《くりげ》の速度が上がる。

その瞬間に真澄はもう一度舌を噛んだ。もはや抗議のこの字もなかった。

街を囲む柵の下は水を張った外堀になっていて、架けられた石橋を馬蹄《ばてい》が激しく叩く。邪魔にならないようにか勢いに気圧《けお》されたのか、馬が突っ込む充分な余裕を持って道は開けられていた。

門柱を抜けてすぐ、カスミレアズは馬首を返した。

栗毛がいななき後ろ足で立ち上がる。落とされる、と震えあがったのも束の間、真澄の身体はカスミレアズの胸に危なげなく受け止められていた。

栗毛の四肢が大地を踏みしめる。

その瞬間にまたしても舌を噛んだのは余談だ。振動衝撃はようやく収まったが、未だに脳みそが揺られている。これでは船酔いの方がずっと優しい。

それで、門の外はどうなった。

腰に差していた長剣でばったばったと切り倒しているのか。それはそれで流血の大惨事、ちょっと怖い。でもそうでなければあの狼もどきが大挙してなだれ込んでくるわけで、それはそれで有難くない。

ええい、ままよ。

素人ながらに心の準備をしつつ真澄が目を向けると、そこには予想外の光景が広がっていた。

こちらに背を向けるアークは、青鹿毛にまたがったまま長剣を引き抜いてさえいない。

だがその身体は青白い光に包まれて輝いていた。

右手に一際強い光が湛《たた》えられている。大浴場に漂っていたのんびり気なそれとは一線を画している。

初めて見る真澄が本能的に理解できるほど、その輝きは鋭利だった。

その光球を、アークの手が前方に放り投げた時だった。

球は弾《はじ》け、青白い光が地平線に平行に走る。音もなく。

衝撃波が目に見えるとすれば、まさにそれだと言えそうな。

青白い光は一息で群れを薙《な》ぎ払った。

道中ずっと轟《とどろ》いていた吠え声は消え去り、悲鳴を上げる間もなく狼もどきは四散した。残るかと思われた肉体は、燃え尽きた灰のように宙に溶けてなくなった。

長剣は使わなかったが、違う意味で無双だった。

＊　＊　＊　＊

激烈すぎた洗礼に、真澄はしばし放心状態になった。

燃え尽きたぜ真っ白だとは言わない。だがあまりにも先が思いやられる衝撃ゆえ、こんな訳の分からない場所で迷子になるくらいだったら、素直に昇天していた方がよっぽどマシだったんじゃないかという思考になる。

罰当たりなのは百も承知。

でもそれぐらい度胆を抜かれてしまった。今しばらくは立ち直れそうにない。

「大丈夫か」

カスミレアズが銀杯を差し出してくる。簡素な木椅子に座りながらも背もたれにがっくりとうなだれていた真澄は、ありがたくそれを受け取った。

未だに内臓をぶちまけそうだ。

おまけに散々噛んだ舌のお陰で、口の中が血の味しかしない。それを洗い流すべく飲み物に口をつけると、ただの水ではなくほんのりと酸味のある口当たりだった。その爽やかさに、額に滲んでいた冷や汗が少しだけ引いていく。

ここは叙任式会場のすぐ傍《そば》に設えられたアーク専用の控え天幕である。

二人の見事な早駆けのお陰で、正午には若干の余裕を持って会場入りすることができたらしい。

だがしかし、馬という移動手段にまったく慣れていなかった真澄が盛大に酔ったため、体調を整えるという名目で結局開始は一時間遅らせることとなった。

叙任式が前代未聞の後ろ倒し。

この時点で会場からのざわめきは大きく聞こえている。直前で体調を崩すなどどんな楽士か、好奇心と詮索が入り乱れている様子が手に取るように分かる。

ただの替え玉なのに、無駄に好奇心を煽《あお》ってしまった態《てい》だ。

「正直三回くらい死ぬかと思った」

最初は追手がいると気付いた時。次は不慮の事故とはいえ、自決の勢いで舌を噛んだ時。最後はカスミレアズの馬が後ろ足で立ち上がった時だ。

「それでよく辺境で生きてこられたもんだな」

「だから辺境じゃないっつってんでしょ……」

他人事感が半端ないアークの言葉に訂正を入れる。毎度自分も律儀だなと思いつつ、語尾には勢いが出ない。

「あれができるなら最初からやってくれたら良かったのに」

そうすればあんなに絶叫することもなかったし、舌を四回も噛む必要はなかった。

多少の恨み言をぶつけてやると、アークが肩を竦《すく》める。

「街道途中にやってもどうせ次から次に湧いてくる。最後にまとめて片付ける方が早い。それに」

「それに？」

「叙任式前だ、無駄撃ちはしたくない」

「ふうん。あれって何回でもできるんじゃないんだ？」

かなり無造作に光球を放り投げていた。適当感あふれるその動作から、さして難しい話ではないのかと思っていた。

いや、真澄自身がやってみろと言われたら、確実に無理な相談なのだが。

「簡単そうだったから、てっきりできるもんだとばっかり思った」

「辺境……いや、魔獣さえ住めないような秘境からきたのか？　あの術、回数以前に撃てる者がそういない術だぞ。アーク様だから涼しいお顔でできることだ」

カスミレアズが驚愕《きょうがく》の視線を真澄に寄越してきた。見開かれた碧眼《へきがん》は、こんなことも知らんのかと遠慮なく語っている。目は口ほどにものを言う、その通りだ。

真澄は真澄で微妙な反応とならざるを得ない。何度も辺境出身じゃないアピールをしたせいなのか、もう一段階上の秘境出身認定をされた。

まさかの展開である。

次に秘境じゃないと否定してみたところで、どうせ魔境出身とか駄目な方向に勘違いされるんだろう、きっと。そう考えると、互いの常識が通じない現状ではいくら訂正しても無駄と判断し、真澄は甘んじてその認定を受けた。

いちいち突っかかるのを止めた、ともいう。

「別に何度撃ってもいいが、一応気遣ってやったんだぞ」

「は？　なにを？」

「お前を」

「は？　なんで？」

「俺の魔力が目減りして苦労するのはお前だ」

だから、供給が間に合わなくても最悪足りる分を温存した。確かにアークはそう言った。

しかし真澄はその意味をまったく理解できなかった。初めて授業で微分積分に出会った時、教師がなにを喋っているか分からな過ぎて衝撃だった。今、それと同等の衝撃が真澄を貫いている。

結果、

「はあ、そうですか」

当たり障りのない返事しかできなかった次第だ。

本音を言えば、良く分からん原理を前提とした気遣いをしてもらうより、のんびり歩く馬に乗せて欲しかった。まあ今さら言っても意味がないので飲み込むが。

「どうあれ余裕ができたんだ。気晴らしついでに弾いたらどうだ」

さっさと説明を畳んだアークが、簡易に設えられた木机の上を指す。そこに置かれているのはヴァイオリンケースだ。道中、真澄はカスミレアズに摑《つか》まるのに必死すぎたので、アークに運んでもらったのである。

提案ももっともだ。

一時間単位の集中や調整はいらないが、調弦は必須である。もらっていた杯の中身を飲み干し、真澄は立ち上がった。弓を張りつつ、ヴァイオリンに肩当をつける。顎と肩で本体を挟み、右手に弓を持てば後は鳴らすだけだ。

正確なA《アー》の音を探す。

例外はいくつかあるが、本来であればしっかりと調律されたピアノのラに合わせて基準を取る。オーケストラであれば基準はオーボエが出すそれに。

ところが一口にラといっても、色々なラが存在する。同じ音でも基準の周波数《ヘルツ》が異なると、微妙に高低が生じてしまうのだ。

「伴奏っていないのよね？」

間違いなく自分一人だけの独奏か。

念押しを兼ねて振り返ると、カスミレアズが頷いた。

「通常、叙任式では総司令官の専属楽士だけが演奏する」

「おっけー」

ならば他の楽器との調和を考えずに基準を決めて問題ない。

基準というが、実は国際規格はないに等しい。

それは人の耳が心地よいと思う周波数がどこか、百人いれば百通りの回答があるからに他ならない。例えばアメリカならば４４０ヘルツだが、ヨーロッパなどでは華やかさを求めて４４４ヘルツ以上の基準で演奏されることもままある。４ヘルツ違えば同じラでも半音近く違い、同じ曲でも受ける印象はまったく異なってくる。

基準をどこに置くかは、音楽をやるにあたっては永遠の命題なのだ。

ただこういう時に、ラベリング能力である絶対音感が役に立つ。いわゆる人間音叉《おんさ》の能力だ。

独奏に限りというただし書きはつくが、いつでもどこでもこれと決めた基準の音に合わせることができる。

世間一般では絶対音感という言葉だけが有名になり、その実態がなにかという議論は置き去りにされている。絶対音感があるというだけで羨望の眼差《まなざ》しを受けることもしばしばだが、真澄にしてみれば絶対音感があれば無条件に音楽的な耳だとは当然思っていない。

あくまでもこの音感は、ドレミと名付けられた一オクターブに十二ある音の区切りを、正確に把握できるだけの能力なのである。

訓練で身に付く相対音感とは違い、幼少期に習得できなければ一生手に入れられない能力である絶対音感。ことに日本においては後者の方がもてはやされる風潮にあるが、真の音楽性はどれだけ豊かな相対音感を持つか、だと真澄自身は思っている。

「どうしよっかな……442《よんよんに》にしとくか」

「ヨンヨンニ？」

独り言のつもりだったが、カスミレアズが首を捻って真澄を見ている。

真澄は基準A、ラの音を取りながら解説した。

「442《よんひゃくよんじゅうに》ヘルツのこと。基準ピッチをどこにしようかなって」

「基準？」

「あー、分かんないよねえ」

音楽家でもない人間に基準ピッチの話をしたところで、すぐには理解できないだろう。

口で言うより耳で聴かせた方が早い。

慰問演奏で幼稚園などに行ったときには、興味を引く摑みのために同じ曲をピッチ違いで聴かせたりしたものだ。若い耳は反応が良くて、きゃあきゃあ騒いで「ちがーう」だの「すごーい」だの、大層な盛り上がりを見せる余興でもあった。

懐かしい記憶に真澄は少し頬が緩むのを感じながら、大男二人に真っ直ぐ向き直った。彼らの視線もまた、真っ直ぐに真澄を捉えてくる。

「基準をどこに置くかで、同じ音でも高い低いが変わってくるのよ。例えば、」

真澄は右手の弓でA線を鳴らしながら、左手でペグ——弦の張力を変える部分——を少しだけ緩めた。

基準440ヘルツのラを取って、弾いてみせる。

「これがラの音なんだけど」

次に、ペグを奥側に少しきつく巻く。両者の差が分かり易《やす》いように、次は444ヘルツのラを取る。

「こっちも音名としては同じラ」

「全然違うじゃないか」

「違ってて当たり前なの。基準ピッチが違うんだから」

納得がいかない顔で黙り込むカスミレアズに、真澄は丁寧に説明を重ねた。

「だからどこに基準を置こうかなっていうのはそういうこと。絶対に正しい、この音こそがラっていうのはある意味ナンセンス。同じ譜面でもその曲をどう解釈するかで、重厚な低め基準に合わせるか、華やかな高め基準に合わせるかを決めるのね。まあ華やかだからって調子乗って基準を高くし過ぎると、弦が切れやすくなっちゃったりするんだけど」

「そういうものなのか」

「うん、そう」

言いながら、もう一度ペグを回して聞き慣れた442ヘルツ基準のラを拾い出す。

正しい音に合わせれば、後は順にD《デー》線、G《ゲー》線、E《エー》線とそれぞれ二弦ずつ鳴らして調和を見つける。程なくして弦が最もよく震える響きに到達し、調弦は終わった。

彼らは二人とも真澄の一挙手一投足に注目している。そして、全ては飲み込めていないのだろうが、少しだけ説明した音の違いに「なるほどそういうものか？」と理解しようとする姿勢も見て取れた。

そんな彼らを前に、さてなにを弾こうかと真澄は思案する。

「そうねー、指慣らしに……ありがたくリクエストもらったバッハにしましょうか」

「あの曲か」

それまで黙っていたアークが急に反応を見せた。

よほど気に入ってくれたらしい。真澄自身も大好きな曲だから、仲間が増えるのは素直に嬉しかった。

だが思い浮かべたのは別の曲なのである。

「ううん。同じ作曲家だけど、今度の曲は『G線上のアリア』っていってね」

バッハの曲には数多くの有名どころがあるが、先に演奏した『主よ、人の望みの喜びよ』と並び多くの人間に知られているのはこの曲ではあるまいか。

正式には『管弦楽組曲　第3番　ニ長調　BWV1068　第2曲　アリア』である。名前のとおりオーケストラで演奏されることが多い曲だが、独奏でもその美しさは変わらない。

むしろヴァイオリン独奏であれば、重なる音の力強さと引き換えに、優美さと繊細さが殊のほか際立ちもする。

「面白いのよ。名前のとおり、このG線だけで最後まで弾けるの」

最低音を担うG線を指で爪弾いてみせて、真澄は目を閉じる。

ファのシャープから始まる最初の長音。少しずつクレシェンドして、次の高いシに繋がる部分が最も盛り上がる。そして寄せては返す波のように強弱を繰り返しながら、その旋律は静かに豊かさを増していくのだ。

今でこそ美しく清廉なその旋律が世界中から愛されている曲だが、作曲家であるバッハが生きていた頃は見向きもされなかったという。彼の死後百年ほど経《た》ってからようやくその価値が認められ、評価された曲でもある。立役者はアウグスト・ウィルヘルミ。バッハと同じ生国、ドイツに生まれた後世のヴァイオリニストで、彼がバッハの原曲をハ長調へ移調し編曲したことにより、G線のみで演奏できるようになり『G線上のアリア』という通称が定着した。

どこまでも透明な音色が胸に迫る。

透き通る湖に沈むように、その透明さはやがて切なさに変わる。その美しさは四重奏やオーケストラでなくとも同じだ。

途切れさせないように音を丁寧に繋ぎながら、真澄はゆっくりと目を開ける。

二人の騎士は今はこの時とばかり、目を閉じて深く聴き入ってくれていた。

それがなぜかとても嬉しかった。

その終わりは小さな音楽会のようだった。

真澄が『G線上のアリア』を弾き終えると、アークとカスミレアズが拍手をくれたのだ。ただの指慣らしなのに、驚きを隠さず真面目に褒めてくれたことが面映《おもは》ゆくて、真澄はドレスの裾を摘まんで礼を返した。

それから簡単に何曲かを弾くことで充分な休憩と指慣らしの時間が取れ、真澄の状態は万全となった。

衣装は慰問演奏で着ていたドレスが役に立っている。あの男所帯で式典に間に合わせるよう新調するのは無理難題だった。

式典で歩くべきところは、真紅の絨毯《じゅうたん》が敷かれていると聞いた。

丁度クリスマスだからと光沢のある孔雀《くじゃく》色《いろ》のドレスを選んでいたが、良く映えるだろう。化粧道具も何もない中、これだけは不幸中の幸いだ。

「基本的に全て私がエスコートする」

だから不安に思うことはない、そうカスミレアズが請け合った。

最初に幕から出て待機場所まで赴くのも、出番となって定位置へ案内するのも、全てタイミングを見計らって万事滞りなく運ぶように整えるのが彼の仕事だという。

「じゃあ私はなにも考えずに演奏に集中していいってことね」

「ああ」

カスミレアズの淀みない肯定に、真澄は胸を撫で下ろした。

準備が整ったのは真澄だけではない。アークは華やかな制服に着替えている。

常装は濃紺だが、今は眩しいほどの白い生地に、あちこち煌《きら》びやかな装飾がついている。いわゆる礼装だそうだ。肩章も袖章も金を基調として目立つことこの上ない。

「狙ってくださいって言わんばかりの派手さねー」

「これで戦場に行くやつがいるか。こんなもん式典の時にしか着ない」

うんざり顔で、アークが襟に手を伸ばした。

「まだ礼装だからマシだ。正装だともっと面倒くさい」

「ごめん、違いが分かんない」

「正装だと飾りが増えて重い」

なるほど分かりやすい愚痴だ。

そんな文句が出る正装は、基本的に帝都において皇帝主催となる式典に出席する際に着用するという。皇帝関係であれば正装、それ以外の式典はそれに次ぐ礼装という決まりが騎士団にはあるらしい。

正装はまさにフル装備。

今は肩章と袖章が通常と異なる程度だが、正装にはこれに肩鎖だの胸帯だの色々なオプションが付く。見た目は華麗なため、女性陣からは黄色い歓声が上がるが、着ている本人にしてみればさっさと解放されたい代物だとか。

そうまでして嫌がられる正装となれば、逆に興味が湧く。「見たい」「断る」「いいじゃない減るもんじゃなし」「俺の体力が減る」「訓練だと思えば?」などと会話を重ねていると、ため息が間に割って入った。

ん？

そう思って出所を辿ると、それはカスミレアズだった。

「重さ暑さは儀仗兵の方が上ですよ」

額に汗を滲ませながら、憮然《ぶぜん》とした声を出す。

彼もまた既に着替えを済ませており、こちらは最初に出会った時と同じような白銀の鎧に身を包んでいる。それは式典用らしく磨き上げられており、傷一つない。

腰に長剣を差し、小脇に兜《かぶと》を抱えている。

両肩からは純白のマントが足首に届く長さで流れている。儀礼用の鎧ということで、さすがにいくつかの部分は軽量化のため省かれているらしいが、それでも全身を覆うその見た目だけで暑苦しいことこの上ない。

まして晩春とはいえ午後一時。

最も暑くなる時間帯で、にもかかわらず背筋を伸ばし折り目正しいカスミレアズは騎士の鑑《かがみ》といっていい。真澄とアークは彼と比べたら軽装なので、まあその恨み言は妥当だ。

と、アークが不敵に笑った。

「確かに暑かろうが、今年の式典は過去最短で終わるだろうよ。良かったな」

「それは確かにありがたい話ではありますが……」

語尾を濁したカスミレアズが、ちらりと真澄を見た。

なにごとかと真澄は小首を傾《かし》げる。が、カスミレアズはすぐに目を逸らし、首を横に振った。

「諸手《もろて》を挙げては喜べません。おっしゃるとおり、彼女は類稀な腕を持っていると思います。しかしどれほど彼女が優秀な楽士であろうと所詮その場しのぎ、我が第四騎士団の抱える問題の根本的な解決にはならないのですから」

諦めたように言い切ってすぐ、カスミレアズが「参ります」と立ち上がった。アークはなにかを続けたそうにしていたが、結局は肩を竦めるだけでそれ以外は口に出さなかった。

真澄の目には、カスミレアズが頑《かたく》なに見えた。

まだ出会って一日だが、この二人の間には明確な上下関係がある。カスミレアズは丁寧な姿勢を崩さないし、アークは尊重するものの接し方は命令がベースになっている。

頑なに見えた理由は、カスミレアズが会話を切り上げたからだ。

それ以上の問答を重ねることを拒んだ風にも取れた。

彼がなにを思い悩むのか、真澄はまだ推し量ることさえできなかった。

＊　＊　＊　＊

先に会場へ向かったのはカスミレアズ先導の真澄だった。

近衛騎士長のエスコートで総司令官の楽士が入場する、そういう決まりらしい。

真紅の幕で仕切られた通路を無言のまま歩く。徐々に近くなる会場からのざわめきの他は、目の前を歩くカスミレアズの鎧がこすれる微かな金属音しかしない。

オーバーラップ文庫＆ノベルス
NEWS
文庫注目作
『聖女アリスの生配信』、異世界から配信中！
バズれアリス1
【追放聖女】応援（いいね）や祈り（スパチャ）が力になるので動画配信やってみます！【異世界⇒日本】
著：富士伸太　イラスト：はる雪
ノベルス注目作
公爵様や精霊たちに見守られながら、魔道具屋さんはじめます！
魔道具師リゼ、開業します1
～姉の代わりに魔道具を作っていたわたし、倒れたところを氷の公爵さまに保護されました～
著：くまだ乙夜　イラスト：krage
2304 B/N

数回曲がり角を過ぎた後、目の前に仕切りの幕があり、そこで通路が途切れていた。

同じように白銀の甲冑《かっちゅう》をまとった兵が控えている。違うのはマントの色が青いことだ。彼は真澄たちに気付くと、恭しく片膝を折った。

カスミレアズが頷く。

それを確認した兵もまた頷き返し、閉じられた幕の向こうへその身を滑り込ませた。

「この先が叙任式の会場だ。鐘が鳴らされたら入る」

簡潔な説明に真澄は頷く。

少し待つと、高く澄んだ鐘の音が一度響いた。間違いない、合図だ。カスミレアズが真澄を振り返る。

「行くぞ」

「ええ」

左手のヴァイオリンを握り直し、真澄は白銀の背を追った。


飛び込んできた光景は、壮観の一言だった。


会場の中央に、白銀の鎧をつけた騎士の一団がいる。マントは身に着けていない。長方形に並ぶ彼らはおよそ三十名ほどだろうか。位置的に、これから叙任を受ける今日の主役たちだろう。

その両脇には青いマントの儀仗兵が整然と並んでいる。彼らは長剣を胸の位置で天に向かって掲げており、それが陽《ひ》の光を反射してきらきらと眩しい。

儀仗兵は片側二列で、それが会場の後方まで途切れることなく続いている。

真澄たちが出たのは会場の最奥、騎士たちより三段ほど高い祭壇だった。

目を転じると、騎士たちと祭壇を取り巻くように多くの人間が詰めかけている。良く見えるようにとの配慮からか、スタジアムのように後ろに下がるにつれて少しずつ目線が上がるよう設営されているらしい。

裾から出て、祭壇の中央に差し掛かった時だった。

歓声ともどよめきともつかない音が会場に響いた。

おそらく歓声はカスミレアズに向けたもの。そしてどよめきは真澄に対するものだろう。だがカスミレアズは反応する素振りも見せず、祭壇の端まで真澄をエスコートし、控えるべき位置を指し示した。

止まってから、真澄は軽くドレスの裾をつまんで礼を取る。その直後、またしても鐘が鳴った。今度は三回、先ほどよりも気持ち高らかに。

そして、鐘の余韻が空に消えた。

次の瞬間、割れんばかりの歓声が轟き、本当に会場が揺れた。

白い礼装に身を包んだアークが裾から歩いてくる。泰然とした歩みはある種の気品さえ感じさせるものだった。その間にも歓声は途切れず、アークが祭壇中央に立った時それは最高潮に達した。

あまりの大音量に思わず真澄は片目を眇める。

横をちらりと窺うが、慣れているのかカスミレアズは動じた様子もなく直立不動だった。

アークが片手を上げる。

歓声がすぐに萎《しぼ》んでいき、やがて数百人はいるであろう会場に静寂が訪れた。

この男、それだけ人心を掌握しているのだろう。そのカリスマ性を垣間見《かいまみ》て、真澄の肩は知らず震えた。

儀式は静寂からなんの宣言もなく流れるように始まった。

カスミレアズが動き、アークの横に控える。

長方形の祭壇に、ずらりと並ぶ長剣と盾。その真ん中の一本をアークが手に取り、その刀身に口付ける。それを合図に一人の騎士が前に歩み出て、祭壇下でひざまずいた。

その目は真っ直ぐに総司令官であるアークを見上げている。迷いのない、まさに信念に殉じようとする燃えるような瞳だ。

見下ろすアークは満足げに僅かに口の端を上げ、長剣の切っ先をその騎士の右肩に当てた。そして、その門出を寿《ことほ》ぐ言葉が美しく青い空に放たれる。

まさに騎士になろうとする者に祝別す。

正しき力に従え。勇敢であれ。誠実であれ。寛大であれ。信念を持て。

国を守り、弱きを守り、真理を守るべし。

我より与えし力、邪心を断つ剣、邪念を払う盾、邪悪を挫《くじ》く魔、彼らが全ての者の守護者となるように。


高らかな宣言は苦もなく真澄の胸に沁《し》みこんできた。

なぜか視界が滲んだ。

彼らの生きる世界がどんな風なのかはまだ知らない。それでも、この誓いを立てて生きると決めることそれ自体が、賞賛されていいような気がした。

最初の宣誓の後は騎士が次から次へと入れ替わり、長剣と盾を受けていった。

全員への受け渡しが終わると、新しい騎士たちは長剣を引き抜き、儀仗兵と同じようにそれを空へと掲げた。アークが彼らの真正面に立つ。

洗練された動きに見惚《みと》れていた真澄は、カスミレアズが戻ってきていることに気付くのが遅れた。

「マスミ」

小さく呼ばれ、初めて自分の周囲に意識を戻す。目の前には真澄の前にひざまずき、左手を差し出すカスミレアズがいた。

エスコートを受ける為に、右手で持っていた弓を左手に持ち変える。

そっと右手を重ねると、冷たいかと思われた甲冑の手は僅かに温かかった。

真澄がエスコートされたのは祭壇の前だった。会場のまさに中心と呼べる場所だ。アークは既に祭壇を降り、騎士たちと同じ高さにいる。カスミレアズは真澄をエスコートした後、流れるように三段ある階段の中段にひざまずいた。

白いマントが真紅の絨毯にふわりと広がる。

腰に差していた長剣を引き抜き、その抜き身を最上段に捧げる。

その向こう、背を向けたアークの身体が青白い輝きに包まれた。合図だ。真澄は弓を力強く滑らせた。

イギリスの作曲家であるエドワード・エルガー。

彼の作である『威風堂々』は六番まであるが、とりわけ有名かつ親しまれているのは一番だ。イギリス第二の国歌とも言われるこの曲は管弦楽であり、その主部は翻るように続く金管と木管楽器が勇壮かつ華やかさを添える。しかしメインは弦楽器、行進曲の中間部《トリオ》は特にその重厚さ、素晴らしさが全面に出る。その壮麗な旋律には後年、歌詞がつけられるほど愛されている。

テンポの速い華やかな主部と、緩やかに壮大な中間部。

これを繰り返しながら曲は少しずつ細部を変化させつつ進んでいく。

真澄は全身全霊を込めて弓を走らせる。

たった一人の独奏。いかに彼らが原曲を知らないとはいえ、この晴れがましい舞台に貧相であってはいけない。

本来の譜面とは異なるが他楽器のパートも埋めながら、出来得る限り二弦でハーモニーを作り、音に厚みを持たせてやる。優雅さよりなにより、力強さがここでは欲しい。

一回目の主部の終わりは、丁度一列目の騎士全てにアークが光を分け与えたところと重なった。残り二列。

ひたすら同じ曲を繰り返せば良いとアークは言ったが、思った以上に進行が早い。『威風堂々』は主部と中間部がほぼ同じ長さで、それぞれ二回繰り返される。この分だと、繰り返すまでもなく一度の演奏で充分に賄えそうだ。

二列目は最初の中間部とぴたり同じに終わった。

最後列に入った時、再び華やかな主部に曲は戻る。最初よりは短い主部と中間部を繰り返して、全ての光が騎士たちに宿った。

未だ青白い光を全身にまとったままアークが祭壇へと戻ってくる。

その顔はなぜか驚きに満ちていて、真澄を真っ直ぐに見つめてきていた。だが真澄には反応を返す暇がない。曲の終わり、式典の集大成が間近に迫っている。

最後のコーダは主部をもう一度高らかに歌い上げる。

祈りを込めるとすれば、彼らの誓いが誰かを守れる勇敢な手になってほしい。

どうか始まりの日に抱いた純粋なその決意を、これから続くであろう戦いの日々に流され忘れて

しまわないように。

誰かのために強く在る。

きっと誰にでもできることではない。自分には到底無理なことで、そんな自分はせめて彼らの武運を祈る。どうか届けと連なる音を言葉に換えて。


最後の音が消えるまで、耳を澄ます。空気の震えが止まる。弾ききったことを確信して、真澄は弦から弓を離した。

ゆっくりと目を開けると、目の前には静寂があった。無音の中、肩で息をしながらヴァイオリンを降ろす。もう一度礼を取るべきか考えていると、かしゃん、と軽い金属音が足元で響いた。

視線を落とす。

兜の目庇《まびさし》を上げたカスミレアズと目が合った。彼は少しだけ上体を起こし、真澄のドレスの裾を両手で戴《いただ》いた。次いでキスが落とされ、その瞬間に大歓声が会場を満たした。

戸惑いを隠せない。

弾くだけで一目置かれるような技巧的な曲を弾いたわけではない。だから達成感が飛び抜けている、というのとは違う。自分の人生を左右する大舞台でもない。プレッシャーなど少しも感じてはいなかった。

手を抜くような真似《まね》はしていない。

だがそうであってもこれほどの勢いで賞賛されるべき理由が、真澄には分からなかった。

どこに視線を投げても笑顔と拍手しか映らない。
下を見ると、真っ直ぐに真澄を見上げて拍手しているアークがいた。

第3章　騎士というもの

◇7　騎馬試合

今日のメインイベントであった叙任式は、つつがなく終わりを迎えた。

その時間、およそ小一時間。

どうやら破格の早さでの進行だったらしいが、その理由を尋ねる間もなく真澄《ますみ》は次の会場に急《せ》き立てられた。カスミレアズが騎馬試合の指揮監督を担う統括者であり、彼がいないといつまで経《た》っても試合を始められないというのが理由だ。

もれ聞くところによると、叙任式の会場に入れなかった人間が既にかなり集まっているらしい。帝都と違い娯楽の少ない地方都市ゆえの現象である、そうカスミレアズは言う。その説が正しいのだとしても、随分な人気を誇るものだと真澄は感心しきりだ。

道を歩くだけで、こんなに揉《も》みくちゃにされるのだから。

これら全てが叙任式を見たくても見られなかった一般人の波だというからすごい。訊《き》けば叙任式の閲覧席を確約されるのは近隣に居を構える貴族と、叙任を受ける新米騎士の縁者だけだという。他の一般人は抽選であり、その倍率は例年十倍は下らない。そんな説明を、真澄はお祭り騒ぎの雑踏の中で途切れ途切れに聞いた。

尚《なお》、今回の移動は急いでいるとはいっても激走する馬ではなかった。正直、真澄としては助かった。

ただそれは真澄を慮《おもんぱか》ってくれたのではなく、人出の多い市街地ゆえ、そんなことをすれば怪我《けが》人《にん》が出ること必至という至極単純な理由だった。ちなみに最初こそ「そんな大げさな」と真澄は疑っていたが、今となってはまったくもって大げさではなかったと痛感している次第だ。

一歩進む度に足止めを食らい、こんなに揉みくちゃ以下略。

交通整理など単語からして存在していない。大鍋で煮転がされる大量のじゃがいも宜《よろ》しく、大通りは人の頭があちらこちら自由に行き交っている。それが見慣れた黒や茶のみならず、金銀赤毛と目に鮮やかなものだから不思議だ。

我ながら思う。記憶喪失にしても程がある迷子だ。

元に戻れるのかどうかなど気がかりは山ほどあるが、人ごみに酔って正直まともな思考回路は残っていない。苦行よ早く終われ、もはやその一心しかない。

そんな道中で分かったのは、実はカスミレアズが若い婦女子方に結構な人気を誇っているということだった。

黄色い声がすごい。

その一部は他の騎士たちにも向けられているのだろうが、喧騒《けんそう》から明確に拾える単語が全て「こっち向いてくださいカスミレアズさまー！」「エイセルさま素敵！」などなど、固有名詞が入っているものばかりだ。

他の騎士たち涙目。同時に真澄も若干涙目である。

なぜなら黄色い声とセットで赤い嫉妬、もしくは黒い怨念の声が届いてくる。「なにあの女」「カスミレアズ様から離れなさいよ汚らわしい」「エイセル様の馬に乗るなんて、馬の脚が折れたらどうしてくれるのよ」などなど、内容がかなりえげつない。

違う誤解だ聞いてくれ！

別に自分はカスミレアズに惚《ほ》れているわけでもなんでもない。たまたま替え玉楽士として叙任式に立ち会って、たまたま長剣とか魔術とかが使えないから一人で駐屯地に帰れなくて、たまたま馬に乗れないから一緒に乗せてもらってるだけで、そこにいかなる下心もないのだ。

そんな必死の弁明は市井の彼女たちには届かない。

悲痛な思いで叫びたいのは山々ながら、この状態では歓声にかき消されて無駄に終わるからだ。ただでさえ馬上で高い位置にいる。おまけに四方を別の騎士に囲まれていて、筋肉の壁ができている。大変不本意ながら仕方なし、真澄はカスミレアズの逞《たくま》しい腕の中で黙り込むしかなかった。

そうこうするうちに辿《たど》り着いたのは、街の外れにある石造りの頑強な建造物だった。

いわゆるスタジアムのような円形の造りをしていて、高い位置に据えられた段状の観客席と、今回の騎馬試合が行われる土の競技場に分かれている。見た目はローマのコロッセオそのものだ。

ちなみにアークは叙任式が終わるや否や迎えが来て、市長との会食へと連行されていった。

こっそり嫌そうな顔をしていたのを真澄は見逃さなかった。理由は多分あれだ、堅苦しい礼服でそのままってのが嫌なんだろう。

真澄は今、カスミレアズの隣に座り騎馬試合の開始を待っている。最初の競技である個人戦の準備が整えられたら、統括官である彼が開会宣言をするのだという。

技術レベルは同じくらいであるものの、さすがに全天候型ドームは存在しないらしい。観客席にはひさしなどなく、観客はそれぞれに布やらを頭に被《かぶ》ったり手にした持ち物で適当に日差しを防いでいる。

この暑い中ご苦労なことだ。

それでも客席は八割方が既に埋まっている。近場の観客に目を転じると、彼らは親子連れであったりご婦人方の組だったり、老若男女問わずだ。さすがに割合で見れば男性の方が多いようだが、見るからに男の祭典というわけでもない。

皆、頬を紅潮させながら楽し気に言葉を交わしている。なんというか非日常、お祭りだ。

そこから考えれば、ここは仮設とはいえ日よけのテントが設営されており、なんともありがたい話である。まあ騎馬試合を運営する騎士団の控え場所だから、それくらいあって当たり前と言われればそれまでだが。

生真面目ゆえか、あまり多弁ではないカスミレアズと隣同士で座っていても、さして会話は盛り上がらない。

しかし騎士団ナンバーツーである近衛《このえ》騎士長の傍《そば》にいるということで、一定の抑止力にはなっているらしい。会場入りするなり周囲の騎士から激烈に盗み見されているのだが、表立って近づこうとする者は皆無だった。

「ねえ、カスミちゃん」

「……なんだその呼び方は」

整った顔が思いっきりしかめっ面に変わった。それでも整っているから、これはこれで凄《すご》い。

「呼びやすくて。ねえ、それより」

ぐぎゅるるる。

「……腹が減ったのか」

「面目ございません。でも昨日の夜からなにも食べてなくて……」

鶏《とり》足にかぶりつきたいと切望したのが昨夜。これだけ色々あって、まだ二十四時間経っていないことに驚愕《きょうがく》だ。

カスミレアズがしまった、と言いたげに苦い顔になった。

虚を衝《つ》かれた顔にも見えるのだが、それはどういう意味だろう。まさか忘れてたとか言われるのかと身構えていたら、本当にそのまさかだった。

「すまん、スパイ騒ぎで完全に忘れていた」

「断固、断固抗議する……容疑者にも人権というものが……」

一曲だけとはいえ、真剣にヴァイオリンを弾いたのがとどめだった。

忘れられていたという衝撃も相まって、これ以上はもう動けそうにないし、蚊の鳴くような声しか出せない。

カスミレアズが立ち上がる。その瞬間、周りの騎士たちの動きが大きくなる。がたがたがたと立ち上がったり背筋を伸ばしたりぶつかったり忙しい。

指の動き一つで手近にいた騎士が一人、すぐにカスミレアズの傍に寄ってきた。

「外の露店で適当に食事を見繕ってくるように」

食えないものはあるか、とカスミレアズが真澄に訊いてくる。

ゲテモノは遠慮したいが、基本的に好き嫌いはない。真澄はふるふると首を横に振り、「なんでもいけます」と意思表示をした。それを確認したカスミレアズが下っ端騎士に向き直る。

「可及的速やかに頼む」

「支払いはいかがしますか」

部下の確認に、近衛騎士長は「あ」となった。

ぱたぱたと両手で胸やら脇腹やらを触る。どこを触っても立派な鎧《よろい》しかない。ややあって、諦めたようにカスミレアズがため息を吐《つ》いた。

「請求は駐屯地にまわしてもらえ。私の名を出して構わない」

「かしこまりました」

与えられた指示に、下っ端騎士が脱兎《だつと》のごとく駆けだしていった。


「失礼します、お待たせ致しました」

背中からかけられた声に真澄が振り返ると、そこには両手に紙袋を抱えた騎士がいた。先ほどカスミレアズから食糧調達を言い渡された彼だ。肩で息をしているところを見るに、かなり急いでくれたらしい。

若いせいか線が細く、優し気だ。しかしそんな見た目に反し、彼は真澄の隣にずいと座ってきた。

その席は先ほどまでカスミレアズが座っていた場所だ。当の本人は、彼が戻る少し前に下の競技場に降りていった。準備が整ったので、開会宣言を行うのだと言って。

「どうぞ」

抱えていた薄茶色の紙袋を二つ同時に渡される。

手を伸ばして受け取ると、ほんのり温かさが伝わってきた。

「ありがとうございます、お手数おかけしました」

「お口に合うといいんですが」

「なんだろう、楽しみ」

開いた口からふわりと香ばしい匂いが漂ってくる。パンだろうか。それに、焼けた肉の匂いも混ざっている。

「ありがたく頂きます」

「はい！」

「……」

「……」

「あの」

「はい？」

「手、離してもらえますか」

状況はこうだ。

渡された紙袋を両手で受け取ったのはいい。なぜか真澄の手は、上からがっしりと若い騎士に摑《つか》まれている。押しても引いても動かない。にっちもさっちもいかないとはこのことだ。

どうぞと言いつつ食うなってか。

嫌がらせか。それとも生殺しのつもりか。

あまりに空腹で突っ込みに勢いが出ないが、食べたい一心で真澄は手を引いてみる。が、もれなく騎士が身体《からだ》ごと付いてくる。近い。ならばと押し返そうとしてみるも、今度はがっしり受け止められて微動だにしない。

「僕、あなたに訊きたいことがあって」

ずずい。

近い。顔が。そして目の色が真剣で笑えない。とって食われそうだ。

「総司令官との契約は、これっきりなんですよね？」

「え、っと」

良く分からんが困った事態になった。

叙任式前にアークとカスミレアズが頭を抱えていた通達。彼らの話を鑑みれば、おそらくここでは「違う」と答えるのが正解なのだろう。しかし、その後どうあしらえば良いのか分からない。どんな追加質問が来るかも読めない。結果、盛大なボロが出そうなので不用意な回答はできない。

困った。

助けを求めて競技場を見る。歓声にかき消され気味だが、そこには出場する騎士たちと向き合い、まさに開会宣言をやっている最中のカスミレアズがいた。

駄目だ、遠い。

視線を戻すと、さらに距離を詰めてきている茶の瞳と目が合った。

「答えてください！」

「ちょっ、近い近い！」

あまりの力に普通に押し倒されそうである。

アークなどに比べたら細いというだけで、至近距離だとガタイの良さはありありと見て取れた。

「誰か、助け……！」

ざざっ。

苦し紛れの台詞《せりふ》に、空気がすごい勢いで動いた。なにごとか。一瞬呆《ほう》けて周囲を見ると、およそ半径五メートル以内にいる騎士たちが一様に真澄を凝視していた。

目が真剣だ。虎、ワシ、狼《おおかみ》。そんな表現が似合いそうなほど鋭く、それぞれに殺気立っているというか血走っている。

待って。なんでいきなりそんな臨戦態勢。

空気が水を打ったように静まる。いや、会場内の歓声は確かに聞こえているのだが、この一帯だけそれが遠くなったような錯覚に陥る。そして、

「助けたら俺の専属な！」

一人が叫ぶと同時に、雄たけびが爆発した。

抜け駆けか貴様うるせえ黙れなにいてめえはすっこんでろやんのかおらあてめえ上等だあの楽士は俺のもんだ勝手に決めるな俺がもらういや俺だ俺だ俺だおれだオレダオレオレオレオレオレオレ……

阿鼻叫喚《あびきようかん》。もう手が付けられない。

とりあえず差し迫っていた目の前の脅威は、怒号が爆発したと同時に取り除かれた。別の騎士が
それからは真澄に近付こうとする騎士がいると、別の騎士がそれを力ずくで止める、その繰り返しである。もらった紙袋を抱えながら、腹が減っているのに手を付けることもできず、真澄はただ茫然《ぼうぜん》と目の前で繰り広げられる乱闘騒ぎを眺めていた。

なにがどうしてこうなった。

自己主張が強すぎじゃないのかこの集団。そう思いつつ、真澄には為す術《すべ》がない。

とりあえず食料だけは手放さないように抱きしめていると、一人の騎士が真澄の足元に辿り着いた。先ほどの若い騎士より二つ三つ上のように見える彼は、真澄の足首をがっつり掴んできた。

「いたっ」

走った痛みに思わず顔をしかめる。

見れば屈強なその手は、真澄の足首を一回りしてまだ余りある。ひざまずいてはいるが、身体はちょっとした山のようだ。いわゆるレスラー体形、明らかにアークやカスミレアズより一回りはごつくてでかい。

そんな大男に足首を摑まれて、びびるなという方が無理だ。

恐怖に喉が張り付く。

せっかく治してもらった足首だが、今度は折られそうで怖い。しかしその騎士は見た目に反し、随分と低く良い声で言い放った。

「どうか私めの専属になってはいただけないでしょうか。生涯をかけてお守りしますゆえ」

言葉もかなり丁寧だ。

これは真面目に答えなければ駄目なんだろうか。いきなり一生の付き合いは腰が引けるんで、お友達から始めましょう、とか。

見た目に反した思わぬ低姿勢に真澄が回答を吟味していると、不意に奥の方から怒号が一つ一つ消えていくことに気付いた。丁度、ひざまずいている騎士の背中の向こうだ。

なにごとかと思って目を転じると、海が割れるようにそれまでの人だかりが左右に分かれていく。

その中心を歩いてくる男が一人。

白いマントがその威容を示すように、見事にはためく。

掲げた右手には、アイアンクローを極められた騎士が一人。降ろした左手には、首根っこを摑まれて引きずられる騎士が一人。

修羅だ。

顔色一つ変えていないものの、その格好を見れば修羅以外のなにものでもない。その外見と宗教観がまるで合致していないが、この際それは置いておく。

やがて修羅――近衛騎士長のカスミレアズは、真澄の傍に到達した。

そこでようやく見せしめのように捕まっていた騎士二人が解放される。ただしやり方がかなり雑で、後ろに放り投げるという力技だった。

真澄の足首を掴んでいる騎士は、背後の怒気に一切気付いていない。

これはこれですごい。

教えてあげた方がいいんだろうか。多分半殺しになりそうですよ、と。しかしこの様子だと言っても聞かなそうだ。

さてどうしたものか。真澄が迷っている内に、カスミレアズの腕が伸びた。

「楽士への個別交渉は禁ずる。そう私は通達したはずだが?」

襟首を掴み、ゆっくりと巨体が宙吊《ちゅうづ》りになっていく。片手一本で。安定感が半端ない。建築現場か造船所のクレーンか。

すごい。

口がぽかんと開く。真澄は度胆《どぎも》を抜かれてその光景をただ見ていた。

「ひえっ、き、騎士長!?　これはその、」

「ほう、申し開きがあるのか」

ぱ、とカスミレアズが手を離す。巨体がどさりと地に落ちた。

多分、震度2を観測した。

「聞いてやろう。いかなる理由で近衛騎士長である私からの指示に従わなかったのか。よほどの理由なのだろうな。言ってみろ、さあ」

良い笑顔だ。多分ご婦人方が目にしたら大騒ぎになるだろう、それくらい爽やかだ。

ただし目が笑っていない。

そしてなにが恐ろしいって、その笑顔のままで真正面から下っ端騎士の頭をわしづかみにしたことだ。

この人わざわざアイアンクローやり直した。

普段の紳士な丁寧さはどこにいった。

結局、悲鳴を上げた騎士からは言い訳一つ出ず、その場にいた騎士全員がカスミレアズからの激烈な説教を食らうこととなった。どうやら連帯責任という言葉はこの異文化にも存在しているようだった。

近衛騎士長の名は伊達《だて》ではなかった。

カスミレアズのお陰で場の混乱は収まった。

肉体言語が八割を占める激烈な説教の終わりに、騎士たちは楽士から一定の距離を開けるよう再度言い渡され、ようやく真澄の周りには平和が訪れた。

いそいそと紙袋を開けて、まだ温かい中身を確認する。そして頬張ったパンの美味《おい》しさにひたすら真澄は感激した。

「五臓六腑《ごぞうろっぷ》に染みわたるぜ……！」

ただのパンではない。

薄く焼き上げた生地の中に、香ばしく焼かれた肉が挟まっている。淡泊ながら力強い味は地鶏《じどり》に近いだろうか。歯ごたえのある引き締まった身に、絡まっているソースが絶妙なピリ辛で食が進む。

他には豚っぽい塊肉の長串焼きや、茹《ゆ》でた腸詰め肉ハーブ入りなどが紙袋に入っている。

これでもかというほど肉体派嗜好《しこう》のチョイスだが、文句はまったくない。急激に腹が減りすぎて倒れそうだったのだ、いっそ肉尽くしの方がありがたい。

腹が減っては戦はできぬとはよく言ったものだ。補給、大事。断食ダメ、絶対。

眼下では既に騎馬試合が始まっている。

先ほど叙任を受けたばかりの新米騎士たちが、若い声をたぎらせて真正面からぶつかり合っている。一撃を交わす度、互いに距離を取る。向かい合い、円を描くように様子見して、また駆けだして木槍《きやり》を交える。

ややあって、片方が馬上から叩《たた》き落とされた。

衝撃に驚いた馬がいななき、後ろ足を跳ね上げる。振り落とされた方は、避《よ》けるどころか頭を抱えて縮こまっている。興奮した空馬をなだめたのは勝った方の騎士だった。それも片手で御している。

どちらも新人だろうに、落ち着きがまるで違う。

手綱を絞られて落ち着いた空馬は、尻尾を左右に大きく振る。四肢は落ち着きなく土を踏んでいるが、もう暴れる素振りはない。深い青の旗を掲げた審判騎士が、二頭を操る騎士に勝利判定を下した。

歓声が膨れ上がる。

「この個人戦……一騎打ちって、相手を馬から落とせば勝ちなの？」

興味を引かれて真澄はカスミレアズに訊いてみた。

真澄が肉食獣と化している横で、彼は飲み物に口をつけるのみである。

「そうだ」

「その割には、みんな同じような動きばっかりね」

落として勝ちなら、もっと激しくもつれ合いになりそうなものだ。

ところが多彩な攻め手はついぞ見られない。先ほどから何組かの試合が行われているが、彼らは皆一様に直線でぶつかり合う。そして勝負が決しなければ互いに距離を取り、再び同じように突撃するのだ。

「実戦だとここまで行儀よくはならないな、確かに」

「じゃあこれって、ある種のお作法ってこと？」

「作法というよりは、――他に気を取られるべき要素がなければ、正面打ちが最も実力に即した結果になるから、と言った方がより正しい」

銀杯を傾けながらカスミレアズがその知識を語った。

実際の戦場は、不確定要素にあふれている。相手が魔獣であっても魔術士であっても、どこからどのような攻撃が飛んでくるかは未知数なのである。守勢と攻勢はふとした瞬間に入れ替わり、となれば騎士の実力は純粋な剣術と魔術に加え、状況判断や経験といった要素がものをいう。

だが競技場はその限りではない。

その場に立つのは自分と相手のみ。どちらにも助けは来ない。この日を迎えるまでに重ねた鍛錬だけが試される。

そして鍛錬の成果が集約されるのが、まさに目の前で繰り広げられている一撃必殺の突きだ。相手の盾の中心もしくは喉元を正確に狙い、また同時に撃ちこめるか。

言うは易く行うは難し、なのだという。

木偶《でく》を狙うのではない。相手も動き、攻撃をかわそうとするし仕掛けてもくる。ぎりぎりまで引きつけて相手の筋を見極められるか、恐怖に打ち勝てるか。

そういう胆力を試されるのが、この一騎打ちらしい。

「最も個人の資質が出る試合だ。見てみろ」

カスミレアズの指が、ほど近い観客席を指し示した。

その一角は赤い幕で他の席と区切られている。中に座る人間は、良く見れば身なりの整ったものばかりだ。

「あれは？」

「ヴェストーファの貴族や商家の人間だ」

「上流階級ってやつ？　へえ、そんな人たちも見に来るんだ」

「将来の娘婿探しだ。あるいは養子」

「なにそれ」

思わず真澄の食べる手が止まった。

まさかの人身売買か。知られざる社会の闇がここに。一瞬真澄は身構えたが、続いた説明に緊張を解いた。

七日間行われるこの騎馬試合。

最初の三日は個人戦。まさに目の前で繰り広げられている単騎のぶつかり合い、いわゆる一騎打ちが催される。

中でもこの初日は、今回叙任を受けた騎士同士でのトーナメントで、お披露目を兼ねた新米同士の対戦である。新米同士とはいうが、騎士団側から見れば、現時点での実力と素質を同時に量る絶好の機会だ。

そして観客にとっては出世頭を占う場となる。

力のある優秀な騎士ならば、代々の財産を守れると貴族の当主は考える。自分の息子が騎士であればいいが、娘しかいなければ将来の当主——娘婿に誰がふさわしいか、早くから目星をつけるのだ。

実子がいなければ養子として迎え入れてもいい。

夭逝《ようせい》するものも多い中、頑強な騎士はそれだけで価値を認められるのだという。

「馬の競り市じゃあるまいし、みんな正直すぎない？」

「こちら側に利点がないわけではないからな」

「そうなの？」

「裏を返せば平民出身でも貴族になれる機会が転がっている、ということだ」

騎士になるもの全てが貴族ではない。

平民、あるいは貧しい出であったとしても、強さがあればのし上がれる。騎士団はそういう場所だ、そうカスミレアズが断じた。

当たり前のように言われるその感覚が、真澄には理解できなかった。

そういう階級社会が形成されていたことは知っている。あくまでも過去の知識として。

しかし真澄は身分差のない社会に生きていた。だから彼らの上昇志向は感覚が違い過ぎた。即座に同調できるわけでもなく、かといって全否定するだけの信念を持つでもなく。


互いのなにをどれだけ知っているというのだろう。


そんな問いが不意にせり上がって、即座に言葉を返すことができなかった。

真澄にしてみればここは知らない世界だ。

地球のどこかであったとしても、どこか異次元に飛ばされたのだとしても、習慣や文化が明らかに異なっているという現実は変わらない。知らないなにかに自分の尺度を押し付けるほど、子供ではなくなった。

逆にいえば、分別をつけることと引き換えに距離を取る癖がついた。

「……ふうん」

そんな背景が、どっちつかずの相槌《あいづち》になった。

目の隅でカスミレアズがなにかを言いたそうにしていたが、真澄はあえて気付かないふりをした。

＊　＊　＊　＊

「明日以降はもう少し楽しめるはずだ」

カスミレアズの言葉は唐突だった。

目では試合を追うものの咀嚼《そしゃく》に神経の九割を使っていた真澄は、言い訳じみた台詞に違和感を覚え、眉を寄せた。会話もなく食事に没頭したから、興味がないと思われたのだろうか。

食事そのものはあらかた食べ尽していたので、頃合いと見て口を拭う。

「今日となにが違うの？」

「二日目と三日目は古参騎士が出てくる。新米に比べれば攻め手は多い」

魔術使用が解禁されるがゆえ、見た目も派手、動きも多彩なのだという。

なるほど、トーナメントが分けられるわけだ。

昨日今日ようやく魔力を手に入れたものと、日々鍛錬を積んでいるもの。誰もがアークのような術は使えないとは聞くが、それでもまかり間違えば取り返しがつかないことになるだろう。

「個人戦の後は?」

多分、団体戦だろうなと予想しつつ先を促す。カスミレアズが手にしていた銀杯を横に置いた。

「四日目と五日目は団体の騎馬試合だ」

「だと思った」

「ちなみに個人戦と団体戦の優勝者は、最終日に上位者への挑戦権が与えられる」

真澄は目を瞬いた。

「優勝して終わりじゃないの?」

「そうであるからこそ、例年これほど盛り上がりを見せるともいう」

その上位者への挑戦とやらは、目の前にぶらさげられたニンジンと読み換えることができるらしい。

挑戦と銘打つからには、土俵はそのまま騎馬試合なのだろう。気になるのは挑戦を受ける側が誰なのかということだが。

「上位者って優勝者より強い人でしょ?　一番強いから優勝するんじゃ」

ロジックが矛盾している。真澄の指摘に対し、カスミレアズは肩を竦《すく》めた。

「同じ枠で勝負しても結果は見えている。だから上位者は試合には出ない」

「てことは、端《はな》から負けるって分かってるのに挑戦するってこと?」

カスミレアズの言葉を真に受けるのならば、力量差がありすぎて勝負にならないからこそ、その上位者は試合本戦に出場せずエキストラステージの位置付けにいる。

挑戦するだけ無駄じゃないのか。

真澄の言いたいことを読み取ったらしく、カスミレアズは苦笑した。

「勝ち負けというより、腕試しの意味合いが強い。模範試合とでも言えばいいか」

「男ってそういうの好きよねえ」

単純明快な思考回路だ。その手の輩《やから》は喜々として殴られにいくのだろう、きっと。

自分がやるとなると御免だが、見ている分には嫌いじゃない。楽しそうでいいわねー、元気ねー、そんな感想を抱いて微笑《ほほえ》ましくなる。

暇つぶしなのか気を遣っているのか、その後もしばらく、存外にカスミレアズが喋《しゃべ》ってくれた。彼の語りは淡々としているが、このアルバリークという国の顔を垣間見《かいまみ》ることができて、蓋を開けてみれば有意義だった。

素朴の一言が浮かぶ。

お祭り騒ぎが好きで真正直な国民性、というのが真っ先に真澄の脳裏に浮かんだイメージだ。

なぜそんな認識になるのか。カスミレアズは真面目に話しているのだが、真面目ゆえ、いらんことまで余さず詳細に語ってくれるからである。

例えば、さっき話題に上った団体騎馬試合。

これも最初の説明は至極真面目だった。どういう説明だったかというと、こうだ。

『二組に分かれた参加者はそれぞれに指揮官を持っている。勝利条件は、相手の指揮官を馬上から叩き落とす、もしくは敵陣の最奥に立てられた旗を取る。

これがまた盛り上がる。

目玉は、騎士団同士の対決だ。ここヴェストーファ駐屯地の所属騎士と、アークの供として帝都から帯同した第四騎士団の対決である。

駐屯地側は地方騎士の意地をかけて全力で挑む。他方、第四騎士団は総司令官であるアークの名に泥を塗らないよう、誇り高くこれに応じる。

地方騎士団と中央騎士団の矜持《きょうじ》がぶつかりあう、それが団体騎馬試合なのである』

ここまではいい。

なるほど、「絶対に負けられない一戦」のような煽《あお》り文句が似合いそうだと真澄も感心した。騎士という言葉の持つイメージそのものでやたらと格好良いな、とさえ思った。

だが続いた説明が駄目だった。どうだったかというと、こうだ。

『……などと格好良いことを言ってはいるが、観客席では毎年どちらの陣営が勝つかの賭けが盛り上がっている。

アルバリーク帝国では賭博は表立って認められていない。しかし現状はお目こぼしされている。年に一度の祭り。勝っても負けても恨みっこなし、乱闘騒ぎさえ起こさなければ寛容だ』

そんな内容のことをカスミレアズは至極真面目に言ってのけた。

いいのかそれで。思わず真澄は突っ込んだ。

ところがカスミレアズはなにが駄目なのか良く分かっていない顔で首を傾《かし》げた。真澄は説明した、賭けの対象になって騎士の誇りとかそういうのは傷付かないのかと。

答えは「別に」とあっさりしたもんで、さらに「親しみを持たれるのは悪いことではない」と続いた。

優等生然としたカスミレアズがこれを言ってのけるのだ。寛容さが突き抜けているのか適当なのか真澄には判断できなかったため、「お、おう」としか返せなかった。

「六日目は趣向が若干変わる」

「なにするの？」

今度はどんな面白説明が飛び出すのか、期待を込めて真澄は相槌を打った。

カスミレアズは気付いた様子もなく、変わらず一定のペースで声を出す。多分、話を盛るとかしないタイプだ。それでこの面白さだから、余計にギャップが目立つ。

「試合ではなく競技が行われる」

通称、クアッドリジス。

略してクアッドと呼んでいる、という前置きをしつつ、説明（真面目な部）が始まった。

『この日ばかりは騎士は長剣を抜かない。磨き上げられた大盾を掲げ、馬術の巧みさを競うのだ。そして日頃から重んじられている礼節を全面に押し出し、社交界にも劣らぬ優雅な所作を披露する。野趣あふれる試合ではないのに、観客の興味を引けるのか？

答えは意外と盛り上がる。

前日までは賭けをする男たちや貴族、商家などの当主とお付きなど、主だった観客は男性が占める。最終日についてもそれは同じ、むしろ騎士団最強を間近で見られるとあって、もはや男の祭典以外の何ものでもない。

しかし六日目だけはそれが様変わりする。

最も女性客が多くなるのがこのクアッドリジス。

特に未婚の若い女性陣が大挙して押しかける。理由は二つある。一つ目は、血なまぐさくないこと。二つ目は、煌《きら》びやかな礼装をまとった騎士を間近に見られること。

理由はなんでも良い。幅広い層の国民に、騎士というものを知ってもらうには絶好の機会なのである』

ここまでは良かった。

なるほど、血沸き肉躍る白熱した戦いだけではなく、騎士というもののもう一つの面をアピールする。結果として職業に対する理解が深まるのであれば、それは素晴らしい催しだ。素直に同意できるし、良く考えられた構成に舌を巻く。

しかしそこから雲行きが怪しくなってきた。追加の説明（残念な部）が始まる。

『女性客がなだれ込むのはつまり、結婚相手を見定めにきているのだ。

兜《かぶと》着用の個人戦は、顔が良く見えない。団体戦は兜着用もさることながら、入り乱れすぎて誰が誰かも分からない。ところがクアッドは兜なしの礼装で、その動きの正確さ、優雅さを競う。

特に後者は重要で、ここでの印象がその後の関係の発展に大きく関わってくる。

いわゆる制服効果というやつだ。顔は普通でも一発逆転。それなりの格好で見事な馬術を披露すれば、それだけで五割増しに見える。つまり女性を落としやすくなる黄金期間であり、男所帯で出会いの少ない若手にとっては千載一遇の好機。

それを後押しするように、夜には一般にも開放される宴《うたげ》がある。

五日目まではただの乱痴気騒《らんちきさわ》ぎだったのが、この日の夜は若者ばかりの婚活会場に早変わり。既に配偶者を得ている年長者たちは、この時ばかりは空気を読んで違う場所に繰り出していく。

目の上のたんこぶがいない夜。

むさくて出会いの少ない日々に訪れる、ご褒美の夜。

よって、特に若い独身騎士たちは六日目には並々ならぬ決意を持って挑むのが恒例となっている』と。

「……ねえ、だからそれでいいの？」

真澄の口からは、やっぱり同じ突っ込み文句しか出てこなかった。

ぶっちゃけすぎではあるまいか。

つい老婆心で訊いてはみたものの、やはりカスミレアズの答えも先ほどと一緒で、「会いに来てもらえないよりは余程ましだ」と謙虚極まりないものだった。

騎士といえば相手に困らないように思えるが、そんなもの想像の産物でしかないらしい。

現実の彼らは最前線に駆り出され危険を真っ先に請け負い、地方回りが多く不在がち。それでも一部は持ち前の容姿や家柄などで絶大な人気を誇るが、多くは恋愛はできても結婚相手としては敬遠される悲しい運命を背負うのだとか。

「ふうん。まあいいならいいけど。カスミちゃんも楽しむの？」

「私は最終日しか出ない」

「いや、試合の話じゃなくて」

真澄は訊いてみた。独身なんでしょう、と。

彼ならばクアッドとやらに出場せずとも、宴に顔を出すだけで引く手あまただろう。叙任式会場からこの競技場までの道中で、それを嫌というほど目の当たりにした。

しかし当のカスミレアズは遠い目になった。

「私が出ると収拾がつかなくなる。無論アーク様は私以上だが」

だから六日目だけは、二人とも別の場所に雲隠れするのが恒例らしい。

「モテるのも考えものってわけ。大変ねえ」

「……ありがたい話ではあるんだが……」

言葉と表情が力いっぱい辟易《へきえき》している。

確かに選ぶ権利はあるだろう。寄せられる好意の全てが嬉《うれ》しいのかというと、そんなことはないはずだ。だって人間だもの。

それでも最後まで言わなかったあたりが偉い。

「そういう相手より、専属楽士が欲しいというのが正直なところだ」

本音がぽろり。

そしてさっきから何度も耳にしている単語に真澄は引っかかりを覚えた。

「ねえ、ずっと気になってたんだけど。その専属楽士ってなんなの？」

そもそも逃げ出したという前任は言わずもがな。屈強な騎士たちが仲間割れを起こすほどに専属楽士を欲しがる理由には、ただならぬものが見え隠れしている。

ただ優雅に音楽のある生活を求めているわけではないはずだ。

彼らは一体なにを渇望しているのだろう。

「初対面なのに、やたらと専属になってほしいって言われたんだけど」

少し考えて、カスミレアズが口を開く。

「それだけの腕を持ちながら、あなたは」

言葉は最後まで続かなかった。高く澄んだ音が割り込んできて、会話が中断したのだ。

響いているのは叙任式でも鳴らされた鐘の音だ。しかし今回は伸びやかに歌う音ではない。


カンカンカンカンカン……


短く、激しく、ずっと鳴らされている。

周囲の騎士たちが、一気に鋭い視線に変わった。カスミレアズが立ち上がり、競技場と観客席を隔てる柵に歩み寄る。競技場では、一騎打ちをしていた騎士たちもその動きを止めていた。

大歓声の波が引く。

静まり返っていく会場をよそに、鐘の音は鳴りやまない。やがて誰もが口を噤《つぐ》む。それを待っていたかのように、カスミレアズが口を開いた。

「本日の試合をご覧頂いている皆様」

マイクもなしに、その声は会場全域に響き渡る。叙任式でのアークと同じように、魔術を使って増幅しているのだろう。

「せっかくお越し頂きながら甚だ遺憾ですが、本日予定されているこれ以降の試合はただ今をもって中止とさせて頂きます。警戒警報が発令されました。これより第四騎士団は魔獣討伐に出ます。こちらの会場については、ヴェストーファ騎士団の守護下に置かれます。警報解除まではどうか会場の外にはお出にならず、待機くださいますようお願い申し上げます」

簡潔に、しかし丁寧に状況が説明される。

カスミレアズは観客席に向かって折り目正しい礼を取った。その動きと説明が洗練されているからか、会場は静まり返ったまま、怒号一つ飛ばなかった。

◇8　薄氷を踏む戦い方

観客への説明を端的に終え、カスミレアズが振り返る。

その顔は常以上に引き締まっている。観客への説明から間髪入れず、近衛騎士長はすぐに命令を下した。

「総員第一種戦闘配備。五分後に競技場に集合。足のないものは試合用の馬を各自借り受けろ」

聞くが早いか、騎士たちはものすごい速さで散っていった。

顔つきが全然違う。打って変わった雰囲気に気圧《けお》されていると、そんな真澄の手首をカスミレアズが摑んだ。

「不本意だがやむを得ない、ついてきてもらう」

「え」

「忘れるな。あなたのスパイ容疑はまだ晴れていない」

だから一人にするわけにはいかない。

そう言いながら、真澄はあっという間に膝裏をすくわれ横抱きにされた。

「首に手を」

次の瞬間、カスミレアズは観客席の手すりをひらりと飛び越えた。なんの溜《た》めもためらいもなかった。

「うっ嘘《うそ》でしょおおお!?」

束《つか》の間《ま》の浮遊感。すぐ後に、胃がせり上がる落下感。

恥も外聞も捨てて、というかそんなことを斟酌《しんしゃく》する余裕さえなく、ここで真澄はカスミレアズの首筋にしがみついた。

この場合の絶叫は許されると思う。

いくら緊急事態とはいえ、詳しい説明も心の準備もなく、飛び降りの道連れにされるなんて。目測二階から三階くらいの高さはあったはずだ。

生身なら軽く死ねる。良くて複雑骨折なんじゃ。

目を瞑《つぶ》って衝撃に備えた真澄だったが、着地は存外に軽かった。

とん。

音と共に、風がふわりと髪を撫《な》でていく。恐る恐る目を開けると、目線の高さが変わっていた。

端の方から一人の騎士が栗毛《くりげ》を連れて駆けてくる。聞き分けよく手綱を引かれているのは、駐屯地からこの街まで乗せてもらったカスミレアズの愛馬だった。

競技場は引き出される騎馬、装備を検《あらた》める騎士でごった返している。怒号が飛び交う雑然とした中でも落ち着いているのは、訓練された軍馬だからだろうか。

力強く歩を進める四肢は筋肉が盛り上がり、近衛騎士長を乗せるに相応しい風格が漂う。そんな愛馬に、真澄を抱きかかえたままカスミレアズが颯爽《さっそう》とまたがった。

「後は頼む」

すぐ横に来ていた壮年の騎士に、近衛騎士長は短く告げる。

「お任せを」

意匠の異なる鎧をつけた彼は力強く頷《うなず》いた。短いやりとりだけで、彼はこの競技場を預かることとなるヴェストーファの騎士だと分かった。

そんな彼も、真澄が馬上にいることを当たり前のように見ている。

競技場の中央に立つ。

既に騎士たちは整然と並んでいた。精悍《せいかん》な頬、決意の滲《にじ》む眼差《まなざ》し。長剣を腰に差し、手綱を握り、大盾を掲げている。

そして誰も異を唱えない。戦えない真澄が、彼らと共にいることを。それどころか彼らは驚きさえ表さない。ただただ熱のある視線を注いでくるばかりだった。

「出るぞ！」

近衛騎士長が高らかに右手を挙げる。栗毛が後脚で立ち上がり、出立を告げるようにいなないた。防衛に残る騎士が、正面の巨大な引き戸を左右に開けた。

栗毛が力強く疾走を始める。

水を打ったように静まっていた会場が、歓声に割れた。それを遠く背中で聞きながら、真澄は厚い胸板にしがみついた。


激しく揺れる馬上で、真澄は振り落とされないよう必死になって腕に力を込めた。

駐屯地から街へ駆けた時より確実に速い。今回ばかりは声を出す余裕さえなく、ただひたすら目を瞑って激震に耐えるばかりだ。

そんな中、小さくない疑問が湧き上がる。

絶対に足手まといに違いないのだ、自分は。そうと分かっていて尚、こうして帯同させられるのはなぜだ。

確かにスパイ容疑は晴れていない。

だが、どうしても置いていけないわけではなかったはずだ。カスミレアズたちは討伐に出るにしても、ヴェストーファ駐屯地の騎士たちは競技場の守備に当たるのだ。後は頼む、その言葉は間違いなく信頼を意味している。そんな彼らに一言伝えおいて、真澄の身柄を拘束させれば済んだ話なのである。

それを、なぜわざわざ。

輪をかけて首を捻《ひね》るのは、カスミレアズが一体なにを考えているのかということだ。真澄を疑っているのに、呼びかけは「あなた」と丁寧さを崩さない。スパイはその場で斬り殺されても文句は言えないとアークが断言していた。それほどに力関係が決まっているのならば、もっとぞんざいな対応をされてもいいだろうに。

考えるほどに矛盾が大きくなり、不可解だった。

＊　＊　＊　＊

「数と種類は！」

馬上からカスミレアズが声を張る。

街の入口を守っていた衛兵が、慌てふためきながら駆け寄ってきた。真澄が目を瞑っているうちに、あっという間に街中を通り過ぎてきたらしい。

先ほど見た石造りの柱周りに衛兵が群がっている。彼らは一様に、街道から迫りくる黒い塊を注視していた。その奥には、避難してきたらしい一般人の塊も見える。

「ウォルヴズです！　ただ厄介な群れで、街道を通る商隊が幾つもやられています！」

「……人食いか」

カスミレアズの声が一段低くなった。

「この近辺で最大の群れですが、一か所にこれほど集まるなど初めてのことで」

衛兵の視線は街の外とカスミレアズを往復し、忙《せわ》しない。その視線を辿った真澄は、思わず悲鳴を上げそうになった。

黒い大波が迫ってきている。先ほど追われた群れとは比較にならない多さだ。それだけでも逃げ出したくなるのに、さっき聞こえたのは「人食い」とかいう単語だ。

本気で勘弁してほしい。

完全に腰が引けている衛兵と真澄をよそに、一方のカスミレアズは動じる素振りをまったく見せない。

「慌てなくていい。先ほど片付けた中に、この群れのものがいただけのことだ」

「仲間、ですか」

「そうだ。いないと気付き取り返しにきたのだろう。叙任式だからと外観を気にしての配慮だったが、跡形もなく消したのは失敗だったな。死体を投げつけてやれば尻尾を巻いて退散しただろうに」

近衛騎士長が物騒なことを口走っている。ワイルドにもほどがあると思うがいかがか。

そんな真澄の心境をよそに、ワイルドな会話はさらに続く。

「群れの規模は？」

「さ、三百は下らないかと」

「多いな」

カスミレアズの舌打ちが響く。その手が手綱をさばき、栗毛が後ろに向き直る。後ろにはやる気に満ち溢《あふ》れた筋肉集団がひしめきあっていた。

熱気がひしひしと伝わってくる。

誰一人として不安気な顔はなく、むしろ命令を今か今かと待っている。俺が行く、いや俺だ、そんな会話が聞こえてきそうだ。

彼らの熱い視線を一身に受け、カスミレアズが数十騎の部下を一瞥《いちべつ》した。

「アーク様が来られるまでこの場を凌《しの》ぐ。第一ランスから第三ランスは最前線に展開。防衛線を構築の上、可能な限り削れ」

必要最低限の言葉数で命令が出る。

向かって左側にいた一団が、すぐに街の外へと飛び出していった。その動向を最後まで見送ることなく、カスミレアズは残る騎士に再び向き合う。

「第四から第七は左右を守れ。第一防衛線を突破してきたものを片付けろ」

詳細な指示を待たず、また集団が動く。

そして喧騒の後に残った人間はなんと両手で数えられる人数だった。

カスミレアズを入れても十騎しかいない。馬が大きい上に乗っている人間も相応にガタイが良いので、空間が実数以上に埋まって見えていたらしい。想像よりはるかに少ない戦力を目の当たりにし、真澄は思わず背後を振り返った。

ちょうど、最前線に行けと言われた騎士たちが目的地についたらしい。

端から順に、持っていた盾をものすごい勢いで地面に突き立てていくのが見えた。確かに彼らの掲げていた大盾は下方が尖《とが》った五角形で、それだけ振りかぶればまあ地面にも突き刺さるだろう。

でもそれでいいのか。

盾って身を守るために使うものじゃないのか。そんな疑問がせり上がる。

が、真澄の心配をよそに、がんがんがんがん！　と音が聞こえそうな勢いで、盾が卒塔婆《そとば》さながら立てられていく。しかし数えてみれば端から端まで盾は九つ、最前線とか言いながらもやっぱり十人いないことが分かる。

本当に大丈夫なのか。

第一防衛線とか格好良いこと言われてたけど、たったそれだけの人数でなにができるのか。確か、相手は三百とか言ってなかったっけ。

真澄のこめかみに冷や汗が滲む。

広めの等間隔に展開しているものの、九人ぽっちではその距離もたかが知れている。成り行きから目を離せずにいると、最前線の騎士たちの身体が薄青く光り始めた。

やがて呼応するように、盾が光を帯び始める。

光は横に伸びていく。互いに手と手を取り合うような、そんな柔らかな動きが繰り返された後、そこには弧を描く大きな光の壁が出来上がっていた。光は盾を中心に厚く輝いて、向こう側の景色は青く染まって見える。巨大な水槽が出現したかのようだ。

カスミレアズは僅かに目を細めてその光景を見ている。

青い盾と黒い集団の間は、まだ距離があった。最前線に立つ馬たちの尾は風になびき、恐れる素振りは微塵《みじん》もない。

第一防衛線を担う彼らの手前には、左右を守るよう命令された騎士がそれぞれ控えている。最前線が第一と呼ばれるのなら、左右の彼らは第二防衛線か。

「エイセル騎士長、最終防衛線はいかがしますか」

と、斜め後ろから良い声が届く。そこにいたのは、真澄の足首を摑んで「どうか専属に」と乞うてきたあの大柄な騎士だった。

呼ばれたカスミレアズが目を転じる。先を促され、部下が進言する。

「街の入口だけを固めるので良ければ、私共が参ります」

「東西と北か？」

「はい。私の第八ランスが北に、第九と第十がそれぞれ東西を守れば良いかと。南は騎士長お一人にお任せすることになりますが」

「実力的には妥当だな」

「ではそのように？」

大柄な騎士が手綱を握る手に力を込めた。

今にも馬首を返そうとするその動きを、しかしカスミレアズが止めた。

「待て。やはりお前たちは第一防衛線の交代要員として待機を命じる」

言われた方の騎士は驚きを隠さなかった。

「騎士長？」

「砦《とりで》ならまだしも、街の最終防衛線に極小は許されない。住民になにかあってからでは遅い」

「ヴェストーファの外周全てに防衛線を張るのですか!?」

驚愕の声に、周囲から耳目が集まった。

待機している他の騎士もそうだが、門の衛兵も口と目を大きく開いている。誰もが呆気《あっけ》にとられた顔でぽかんとしている中、眉一つ動かさないのはカスミレアズただ一人だけだった。

「問題ない、私一人で充分だ」

「無論それは承知しておりますが、……騎士長のご負担がかなり重くなります」

「構わない。守らねばならない時に、守るための力を出し惜しみしてどうする」

言い切られた決意に、部下は強く殴られたような顔を見せた。だが次の瞬間にその頬は引き締まり、彼は敬服した。

進言の騎士は待機場所に戻る。

その動きを見届けたカスミレアズは栗毛を操り、街の入口となる石橋の手前に立った。

なにが始まるのだろう。

静かになった空気の中、真澄は固唾を呑《の》んでカスミレアズの動向を注視する。

彼は盾を掲げることも剣を抜くこともなく、静かに発声した。

「青き正義の国アルバリーク、恒久なる光の恩寵《おんちょう》、我が手を守護者とすべくこの生涯をかけた我が誓願に応えよ」

祝詞《のりと》だ。

直感で真澄は理解した。

「この街に祝福あれ。あらゆる災厄を拒む大いなる光の盾、その輝きで全ての邪念を払え」

祈りが光に変換される。

カスミレアズの身体は深く青く輝き、水の源泉を彷彿《ほうふつ》とさせる。次々に身体からあふれ出てくる光は、生きた蔦《つた》のようにそこかしこを這《は》った。栗毛の馬体、足元の石橋、その下を流れる堀。光は幾筋にも分かれうねりながら堀の水面を進んでいく。

やがてヴェストーファの街は、青い光に包まれた。


よくよく見れば、騎士たちは三人一組で動いているようだった。

てんでばらばらに動いているようで、その実、統制の取れた動きである。きっと「ランス」と呼ばれたのが組分けなのだろう。察するに日本語でいうところの「班」に近い意味合いか。

それを理解したところで、ちょっと待て、と冷静な自分が突っ込んでくる。

ランスとやらは全部で十までしか呼ばれなかった。単純計算で、三人かける十は、三十人。それしかいないのに、どうやって十倍の頭数を誇る相手と戦うのだろう。

単純計算で一人あたり十頭。

ただそれは「少なくとも三百」という前提の計算であって、おそらくそれ以上いるはずだから、実数はもっと多い。

千本ノックか。

素人目でも温《ぬる》いとは到底言えない状況のような気がする。ところがそんな真澄の心配も束の間、最前線が火を噴いた。

文字通りだ。色は青いが。

騎士らしく一頭ずつ相手取って切り倒していくのかと思っていたが、全然違った。そんな前時代的で非効率な真似《まね》やってられるかと言わんばかり、青い炎が繰り返し翻る。

騎士たちの攻勢を前に、迫り来ていた大波は勢いを削《そ》がれている。

炎の派手さに霞《かす》むが、光り輝く盾も良い仕事をしている。辛くも炎をかわした魔獣が突破を試みるのだが、その全てを無言のうちに弾《はじ》き返している。

映画さながらの光景に真澄が目を奪われていると、カスミレアズが身動《みじろ》ぎをした。

「第八から第十そろそろだ、配置につけ」

命令と共に、門の内側に待機していた残る三組が一斉に動き出した。

なにがそろそろなのだろう。あの勢いでいけば早々に片付きそうなものなのに、と思いかけたのだが、そうは問屋が卸さなかった。

光の盾が消えた。

そして最前線を担っていた騎士たちが、地面に突き立てていた盾を回収しつつ後退する。燃え盛る炎も鳴りを潜めている。当然、魔獣の群れが勢いづいて、黒いうねりとなって迫ってきた。

騎士たちが長剣を構える。

ほどなくして、両者は真正面からぶつかり合った。

「なんで!? あんな危ない、怪我しちゃうんじゃ、あっ!」

真澄の懸念はすぐに現実となった。

一人の騎士が馬上から落ちた。高い跳躍で飛びかかってきた魔獣が、肩に噛《か》みついて引き倒したのだ。

あっという間に黒い塊が膨れ上がる。

目を逸《そ》らせず息を呑んだが、周りにいた二人の騎士が集《たか》った魔獣を蹴散らし、倒れた騎士を助け起こした。

だが胸を撫で下ろしたのもその一瞬だけだった。

途切れることなく、食欲を全面に押し出した狼もどきが押し寄せる。最前線の騎士たちが長剣をふるうが、限られた間合いで取りこぼしが必然多くなる。それを二列目が引き受けるが、数に押されてじりじりと後ろに下がってきている。

魔獣の果ては見えない。

このままでは遠からず街に魔獣の波が押し寄せる。

「どうしてさっきの青い光で戦わないの!?」

馬上で上半身を捻り、真澄は厚い胸板を叩いた。

カスミレアズの顎が視界に入る。だが彼は真澄には一瞥もくれず、戦況を静かに見守るばかりだ。

「できるものならやっている」

視線を戦場に縫いとめたまま、カスミレアズが呟《つぶや》いた。

声に感情は見えなかった。

「専属楽士がいないとはつまりこういうことだ」

諦めにも似た簡素な説明は、カスミレアズらしからぬものだった。いつも丁寧なそれと違い、真澄が状況を理解する助けにはならなかった。

だが真澄はそれ以上の疑問を口に出せなかった。

真澄自身を責められているわけでは多分ない。それなのに、心苦しくなる。

なにかを渇望しながら、いつかそれを手にする未来は信じていない。覚悟の滲む声に、かけられる言葉が見つからなかった。


その後の戦況は一進一退を繰り返した。

大盾の光が消えてからは、騎士側が劣勢に立たされた。第一防衛線が物量に押し負けかけたのである。左右に展開した第二防衛線を担う騎士たちは、最前線を助けるどころか横を抜けられないようにするだけで手一杯。総崩れになるかと思われた最前線はしかし、交代要員として飛び込んだ第八から第十のランスによって持ち直した。

食い止めたのはやはり青の光だった。

あの大柄な騎士が率いる一つのランス――三人組が、先ほどよりも大きな炎を叩きこむ。色は冷たい青なのに、業火と呼んで余りある光景だ。

三頭の竜が大暴れするかのようだ。

炎は大地を舐《な》め、宙を舞い、黒い波を席捲《せっけん》した。

その後ろに新たな青い壁が出来上がる。残る二つの交代ランスが、それを造り上げたらしい。

そうこうする内に、今度は左翼が破られた。

ある程度の知能を持っているらしい魔獣は戦力を分散させてはいけないと学んだらしく、一人の騎士に群がった。

最初に騎馬が狙われる。サラブレッドというよりばん馬に近い体形を誇る大きな馬だが、多勢に無勢で抵抗ができていない。四肢に食らいつかれた馬は、寄って集って引き倒された。

いななきと唸《うな》り声《ごえ》が交錯する。

騎士の方は辛くも巨体の下敷きを免れたものの、崩れた体勢で襲い掛かられ、左腕を持っていかれそうになっている。若い顔が苦痛に歪《ゆが》む。彼を助けるべき他の騎士はその手を差し伸べようとするも、次々になだれ込む魔獣に阻まれる。

焦りが綻びを生む。

左翼にいるもう一人の騎士の背中に、魔獣が躍りかかった。地に伏した騎士に気を取られていた彼は、対応が一瞬後手に回る。

魔獣は大型犬より筋肉質な身体だ。

体当たりを受けた騎士は、もんどりうって地面に倒れこんだ。衝撃で兜が脱げ、露《あら》わになった首元に牙が迫る。だが騎士の蹴りの方が早かった。鈍い音と共に、黒い体軀《たいく》が宙に放り出される。その瞬間を縫って騎士は身体を回転させながら立ち上がった。

取り落とした長剣は遠い。

馬はもはや助け出せない。

どうするのか。見るに、年若い彼は青い炎で戦えるわけではない。奇《く》しくも先にカスミレアズが述べた通り、できるものならとっくの昔にやっているだろう。

だが彼の目は絶望するどころか、闘志がみなぎっていた。

落馬の際に同じく取り落した盾を拾う。四方を囲む魔獣に、彼は盾を振りかざして応戦した。盾の角が魔獣を抉《えぐ》り、なぎ倒す。金属の重量物は相応の攻撃力をもって魔獣の群れを蹴散らし続けた。

そんな戦い方もあるのか。

お行儀よく長剣で相手を切り倒し、盾で攻撃を防ぐ程度の想像しかできていなかった真澄は、鮮やかな動きに目を奪われた。

しかし善戦は束の間で終わる。

機動力に直結する馬を失った左翼は、とうとう魔獣の突破を許してしまった。

数頭の黒い巨体が街の入口に向かって疾走する。それはつまり、真澄とカスミレアズに一直線ということだ。食欲の塊を目の当たりにして、真澄の身体は硬直した。

と、真澄の腰に回されていた太い腕に力が籠もった。

「恐れるな。あなたには爪の一つも届かせない」

左腕は真澄を抱えたまま、カスミレアズは右手を突き出す。

小ぶりの青い炎が噴き出た。さながら不死鳥のように鋭く空気が切り裂かれる。最前線で大きくうねる竜の火ほど荒ぶってはいないが、動きの速さ、鋭利さは格段にこちらが上だ。

迫り来ていた数頭は灰と化し、役目を終えた不死鳥もまた宙に溶けた。

かすりもさせなかった力の差。

たとえ騎士たちがもう青い炎を出せないとしても、カスミレアズが前線に出れば形勢は一気に逆転できるのではあるまいか。魔獣掃討がどんなものか良く知らないながらも、真澄がそう思うに充分すぎるインパクトだった。

それが真澄に一つの問いを口にさせる。

「あなたがここから動かないのは、私が足手まといだから？」

胸が痛い光景を目の当たりにして、叫ぶような気力はなかった。

感情を抑え、真澄はカスミレアズに語りかける。

「私がスパイかもしれないから目を離せない。だからあなたが戦えないというなら、私を誰かに預けて。どこにも逃げないから。信じられないなら手足を縛っても構わない」

真《ま》っ直《す》ぐに真澄がカスミレアズを見ると、彼は虚を衝かれた顔になっていた。

純粋になにを言われているのか分かっていないらしい。違いはこんな基本的な部分で顕著だ。自分たちの距離は多分、思った以上に遠い。

誰かが傷付くと分かっていて、放っておけるか。

助けられると知っていて、なにもせずにいられるか。

真澄が生きた日本という国は、ともすれば平和ボケしていると揶揄《やゆ》されることも多々あった。やらねばやられる、戦わなければなにかを失う、過去はともかく現代においてはそんな厳しい国ではなかった。日々のニュースに死者や事件がなかったわけではない。それでも犯罪率は世界的に見て低く、治安は女性が一人夜歩きできるくらい良く、医療は最高峰のレベルで整い、教育は平等に与えられ、職業選択の自由が認められていた。

自分が生まれ育ったそういう世界を知っているから、尚のこと涙が出そうになる。

どうか誰も痛くなければいい。

そんな風に願うことそれ自体、戦うことが当たり前のような彼らにしてみればぬるい考えなのかもしれない。心が軟弱、頭が花畑なのだと一喝されれば話はおしまいだ。それでも真澄は、目の前で傷付いていく騎士たちを案じずにはいられなかった。

素直に頷くなど到底できない。

たとえそれが彼らの仕事だと言われても。

「なにを言っている?」

「私は戦えないけど、あなたは戦える。私がここにいることであなたの足かせになるのなら、邪魔をしたくない。たかがスパイ容疑より、人の命の方がずっと大事でしょう?」

視線の先では大乱闘が広がっている。

炎の竜は二頭に減り、引き倒された騎馬が増えた。馬という足を失っても騎士たちは戦い続けている。果てが見えない大波にひたすら立ち向かっている。

真澄の気が急く。

今は拮抗《きっこう》を保っていても、彼らの体力は無尽蔵ではないのだ。ここで問答をしている間にその膝は折れるかもしれない。

「まさかとは思うが、案じてくれているのか」

「なんでまさかなのよ当たり前でしょ?」

手助けできないならせめて邪魔をしたくない。

真澄にしてみれば至極真っ当な感情だが、カスミレアズは鳩《はと》が豆鉄砲を食ったようだ。確認せずとも分かる、これは絶対に真意を理解していない。

互いの認識の違いに頭を抱えたくなる。

だがどうあれこの期に及んで四の五の言うなら殴る。そう胸に誓って真澄がまなじりを決すると同時、その瞬間は訪れた。

見上げていたカスミレアズの背後から、青白い火球が空を走った。

大きい。

天をなぞるように弧を描く球は、そのまま魔獣の群れの奥深くに落ちた。閃光《せんこう》が空を照らす。直後、大地から半円に膨れ上がった光は大爆発を起こし、周囲の魔獣を薙《な》ぎ払った。

息を詰めて見入る。

衝撃波か爆風か、爆発の残滓《ざんし》に煽られた魔獣は宙に放り投げられ、その体軀は千切れて消える。

かろうじて騎士たちは地に伏せているが、騎馬ごと体勢を崩すもの、煽られて数メートル地面を引きずられるもの、いずれも必死に耐えている。真澄は身構えたが、幸いなことにカスミレアズの防御壁が衝撃をはね返してくれ、無傷だった。

圧倒的な力に、姿が見えずともその存在の到着をはっきりと認識する。

間違いない。総司令官のお出ましだ。

＊　＊　＊

青鹿毛を駆って悠々と姿を現したアークは、彼方《かなた》に広がる大混戦の様子に目を眇《すが》めた。

そして開口一番、

「随分と手間取ってるな」

これだ。

どう考えても規格外なのはこの男の方であって、必死に戦っている騎士たちはあれで精一杯のはずである。炎の規模というより、そもそも使っている魔術の位が根本的に違ってそうな両者の力の差は、あまりにも歴然としている。

呆《あき》れかけた真澄だったが、そのあたりは事情を良く知っているカスミレアズが事のやむなきを弁明した。

「およそ半数は叩きましたから、現時点の成果としては妥当かと。今回の帯同は特に若手を選んでいますゆえ、守勢でほぼ手一杯です」

攻勢などないに等しかった。そうカスミレアズは評する。

この辺りの丁寧さは中間管理職として理想的だ。自分たちがやらかした時の説教は激烈だが、必要な時にこうして盾になってくれる上司というのは希有《けう》な存在である。

「まともな戦力は十個ランスのうち三つしかありません」

交代要員と言われたあの大柄な騎士たちのことだろう。ちなみに、彼らがまともな戦力ではなかったとしたら、真澄はここでやっていける気がしない。なんというか、身体そして戦闘能力の桁が違いすぎる。

カスミレアズの言に対し、アークは咎《とが》めるでもなく顎に指をかけた。

「それはまあ、この物量相手じゃ勝負にならねえな」

「ご想像のとおりです。ご到着をお待ちしておりました」

「訓練としてはどうだ？」

「もう少し粘れるでしょう。市街地近くなので、温存気味に展開させています」

「俺がいない場合の勝算は」

「私が出ます。最終防衛線にしか力を割いておりません」

「つまりあいつらだけじゃ片付けられない、と。最後までやらせてみたいが」

「いえ、最悪私が出ずとも時間はかかるでしょうが完全掃討は可能な練度を持っています。ただしお勧めはしません。既に半分以上魔力は枯渇していますから、これ以上やらせると損耗が激しくなるでしょう。騎馬試合に支障をきたします」

「あー……それは良くねえな。実戦のまたとない機会だったが、諦めよう」

そうと決まればさっさと畳むか。

残念そうな様子を見せつつ、あっさり引き下がったアークが指をばきばきと鳴らす。

「しかし妙にしつこいな」

首を捻ったアークの目線の先には、衝撃波と暴風を耐え抜いた魔獣と騎士たちの乱戦が再び繰り広げられている。

言外には、最初の一撃で魔獣が退くであろうと見越していた思惑が含まれている。確かに圧倒的な力を見せつけられれば、尻尾を巻いて逃げ出すのが常套《じょうとう》だが。

「商隊を好んで襲う札付きの群れだそうです」

「人食いか」

アークの視線が鋭さを増す。

「とすれば適当に散らしても意味がねえな。まとめて消してやる、全騎退却させろ」

好戦的な黒曜石の瞳がぎらりと光った。

命令に異を唱えることなくカスミレアズが動く。胸元で右手の親指を人差し指と中指に当て、普通の声で「全騎退却」と短く発令する。拡声器ではなく無線のように繋《つな》ぐ術を使っているのか、少し遅れて騎士たちの動きに変化が現れた。

最初に街の防御壁内に駆け込んできたのは、最も手前に位置していた左右の騎士たちだった。

次いで、最初に第一防衛線を築いた組が辛くも戻ってくる。

最前線で戦っていた竜を操る主戦力たちは、退却に少し時間を食った。魔獣にとっての獲物が少なくなった関係で、分散していた魔獣が彼らに集中してしまったのだ。

しかしそこは「まともな戦力」と信頼を置かれるだけあって、危なげなく魔獣を切り倒しながら確実に安全圏へと彼らは生還を果たした。

総司令官であるアークの姿を認め、彼らの士気は一様に上がった。

まったく無傷なのは数人で、大体がどこかしらに傷を負っている。鮮やかな赤は激しい戦闘を物語るが、彼らは疲れも見せずに雄叫《おたけ》びを上げる。

声を一身に浴びるアークは怯《ひる》むことなく不敵な笑みを浮かべた。

「これまでの掃討ご苦労」

全ての騎士が、一糸乱れぬ動きでその場にひざまずいた。

「後は俺が請け合った。暴れ足りないだろうが、その分は騎馬試合での活躍に期待する」

胸に手を当て恭順の意を示す騎士たちの視線は、総司令官を捉えて離さない。

強固な信頼関係だ。

単身魔獣の群れを相手取ろうとするアークを誰も、カスミレアズでさえ引き留めない。それはひとえに彼らの総司令官が誇る力を認め、敬服しているからなのだろう。

アークに託された掃討は、その後日没を迎えるまでに終焉《しゅうえん》を迎えた。

それが長かったのか短かったのか、真澄には判断ができなかった。

◇9　騎士の窮状

その川の名は、ヴルタヴァという。


二つの源流がとめどなく湧いている。冷たく澄んだ一つと、温かく生を育む一つ。やがてそれらは膨れ上がり合流し、その国を南北に蛇行しながら進む。

川のほとりには様々な光景が広がっている。

流れ出した源流は森に入る。梢《こずえ》から差し込む光、深く静謐《せいひつ》な空気、野生動物の気配が漂う。命の恵みを与える川は、次に勇ましい狩猟の角笛を聴く。狩りの始まりに森は騒然となる。

森を抜けるとなだらかな牧草地がどこまでも続く。

人の暮らしが見え始める。進むにつれ、穏やかにせせらぐ川に明るい音楽が届く。混ざるのは陽気な歌声、華やかな嬌声《きょうせい》だ。いつもの働く手を今日ばかりは休め、彼ら農民は昼の日中から新しい夫婦の門出を祝っている。

　笑顔があふれ、幸せが花開く。宴は真夜中まで続くだろう。


　そして闇の帳《とばり》がおりる。

　一つまた一つと人里の灯《あか》りは消えていき、水面に見事な月が浮かんだ。豊かな白い光は夜空を藍に照らし、星はその姿を隠す。

　生きとし生けるものが眠る夜にも川は走り続ける。

　孤独かというとそうではない。友がいる。水の妖精たちだ。

　月光の下、生まれては可憐《かれん》に舞い、川の行く末を祈り、見送るように消えていく。川は瞬《まばた》きの間も流れを止めることなく、一途《いちず》に寡黙に全てを通り過ぎていく。

　夜の静寂《しじま》は何千年という悠久の時をかけ、それを見守ってきた。


　ヴルタヴァは下る。

　祖国への愛が、偉大なる自然の情景と共に繰り返し繰り返し謳《うた》われる。

　偉大な川は穏やかな表情だけを見せるのではない。

　幾筋もの流れが絡まり合い、渦を巻き、岩にぶつかり白い飛沫《しぶき》を上げ、その流れは聖ヨハネの急流と名付けられた。

荒ぶる川を見下ろすものがある。

廃墟《はいきょ》だ。岩に潰されて尚、その城は気高くそびえ立っている。かつて栄華を誇った宮殿も、時の果てに朽ちるのを待ちながら川の傍に侍《はべ》り続ける。


急流を過ぎれば川は幅広くなり存在感を増す。海のない内陸、百万の生活を支える物流を担うに相応しい風格が漂い始める。

その到来を心待ちにする首都に川は迎えられる。

大きく湾曲しながら、過去から続く人の生活をなぞるのだ。かつて王族が暮らした城跡、千年以上の歴史を誇る壮麗な城、祈りの大聖堂、古い橋には欄干に彫刻が並ぶ。

全てを見届けた後、やがて泰然とした流れは去ってゆく。次の流れと一つになるために。


その川に抱かれる国はチェコ、ボヘミアと呼ばれる地方が世界的に名高い。

鮮やかな四季に彩られ、夏は強い日差しが降り注ぎ冬は厳しい寒さに耐える、中欧の美しい国だ。

『わが祖国』と名付けられた作品は、六つの交響詩からなる連作交響詩である。全てを演奏すると一時間以上にもなる大作だが、中でも二曲目の『ヴルタヴァ』が非常に有名であり、単独で演奏されることが最も多い。

作曲者はベドルジハ・スメタナ。

現在のチェコの生まれで、曲名の『ヴルタヴァ』はチェコ語の河川名である。ドイツ語では同じ曲を『モルダウ』と呼び、世代によってはこちらの名前の方が知られている。

特筆すべきは、六曲のほとんどはスメタナの聴覚が失われた状態で作曲された点だ。

そのように不利な背景を持ちながらも、トーン・ペインティングを用いて表現された大河の情景は時を経ても尚鮮やかで、人々の心に鮮烈な印象と郷愁の念を抱かせる。


功績を認めてくれるのならば、美しく、長い曲を。

戦いが終わった日の夜にアークからそう所望され、真澄が選んだのがこの『わが祖国』から『ヴルタヴァ』だったのだ。

＊　＊　＊　＊

時間を少しだけ巻き戻す。

魔獣の掃討が終わってからも、アーク率いる第四騎士団は駐屯地には戻らなかった。

市街警備そのものはヴェストーファ駐屯地の騎士団に引き継いだが、不安定な大気の状態を嗅ぎ取った別の魔獣が襲来することを警戒し、街に残ることになったのだ。

ちなみに競技場の方は、駐屯地騎士団の誘導で既に解散しているらしい。

真澄たちがいるここはヴェストーファの中でも有数の大貴族の邸宅である。

メリノと名乗ったその貴族は、泥や埃《ほこり》、それに血で汚れに汚れた第四騎士団三十名を嫌な顔一つせず迎え入れてくれた。なんと出来た人たちなのだろう。ノブレス・オブリージュを地で行く対応に、真澄は感嘆するばかりだった。

邸宅と呼ぶに相応しく、三十人が入っても尚余りある大広間に一行は通された。

寝る部屋は別に準備を進めているが、まずは鎧などの装備を外し、傷の手当てをするためにそこが選ばれたのだという。普段の用途は豪奢《ごうしゃ》なシャンデリアや優美な壁の彫刻からも分かるとおり、夜会を催すための部屋であるらしい。

アークは特に気にしていない風だったが、カスミレアズの腰が思いっきり引けていた。

それぐらい、壮麗な部屋だったのだ。

部屋を間違えていないか、本当に大丈夫か。近衛騎士長は同じ台詞で三回当主のメリノ公に確認し、三回とも問題ないとの回答を得て、初めてその部屋に足を踏み入れるという慎重さを見せた。見た目は貴族然としているのに、中身は違うらしい。

大広間には騎士団の到着より先に医師が数人待機しており、到着するなり手際よく傷の手当てが開始された。

目を覆うような重傷者はいない。

まともな戦力と評された上位騎士たちは無傷だったので、早々に風呂へと案内されたくらいだ。外された装備は、若いメイドたちが入れ替わり立ち替わり別室に運び出す。騎士たちが休む間に汚れを落とし、手入れをしてくれるらしい。

長剣に大盾、鎧に兜。装備の種類は様々ながら、いずれも重量物である。

彼女たちにとっては重労働だろう。

しかし雇い主の人間ができているせいか、彼女たちは汚れることも厭《いと》わず天使のような笑顔で動き回っている。装備を預かる際には必ず持ち主に声を掛け、労《ねぎら》いの言葉とともに軽い世間話もしてくれるという完璧さだ。

至れり尽くせりの対応に、若い騎士は涙ぐんで鼻水をすする始末である。ごった返す大広間で邪魔にならないよう、真澄は端っこでその光景を眺めていた。

アークとカスミレアズは当主と話をしている。

年かさのメイドが手持ち無沙汰になっていた真澄に気付いてくれ、差し支えなければ入浴を、と勧めてくれた。この場でさしたる手伝いもできていなかったのでその申し出を有難く受けることにし、真澄は大邸宅の風呂場を堪能させてもらうこととなった。

案内された風呂は予想に違《たが》わず格調高かった。

水滴の跡を残すのがためらわれるほど磨き上げられた蛇口に、透き通るような白い床石。客人用の部屋に設《しつら》えられているあくまでも小さな個人用だと説明されたが、ちょっとした旅館の家族風呂並みに広い。

感激したのは、石鹸《せっけん》類が充実していたことだ。

身体を洗う石鹸は言わずもがな、シャンプーとコンディショナーに加えてオイルが用意されている。良く落ちるとはいえ一種類しか石鹸が置かれていなかった駐屯地と比べると、比べてはいけないのだろうが、雲泥の差である。お陰で実に優雅な入浴時間と相成った。

浴室を出てからは、更なる感動が真澄を待っていた。

着替えが準備されている。それも下着を含め、ちゃんとした女性ものだ。至れり尽くせりで涙が出てくる。これでは先ほどの若い騎士と同じだが、感動してしまったのだから致し方ない。

置かれていたのは純粋な寝間着ではなく、少しゆったりめの長袖ワンピースだった。

腕の部分は薄い生地で肌が透けるようになっていて、晩春という季節に配慮されている。色も百合《ゆり》の花を彷彿とさせる清楚《せいそ》な白で、上品だ。

袖を通しながら真澄ははたと考える。

当面の懸念事項――ここはどこなのかとか、日本に帰れるのかとか、スパイ容疑は晴れるのかとか――は、おいおいどうにかするとして、可及的速やかにどうにかせねばならないことがある。

それが、着替え。

自分と楽譜とヴァイオリン、三点セットのみで迷子になった真澄は、生活に必要な全てを持ち合わせていない。

「……明日、買い出しに連れてってもらわなきゃ」

スパイ容疑がかかっている身の上であるが、だからといって着たきり雀《すずめ》はいかがなものかと思う。もしも渋られたら、その時は伝家の宝刀「容疑者にも人権が」で寝転がりネゴをする所存だ。

費用についてはツケもしくは給与天引きにしてもらおう。現金を持ち合わせていない都合上、それ以外に選択肢はないともいうが、そこはそれ。

風呂から出た真澄を待っていたのは、先ほどと同じ年配のメイドだった。

彼女は冷たい飲み物が入った銀杯を勧めてくれ、真澄はそれをありがたく受け取った。

湯上りに火照った身体が、喉からすうと冷えていく。半分ほどを飲み下してからふと窓の外を見る。先ほどまでは夕暮れに淡く霞んでいた空が薄暗くなり、宵の闇が広がり始めていた。

邸宅の大きな窓、その向こうに細い三日月が低く輝いている。

その光は柔らかく薄闇に滲んでおり、見事なおぼろ月だった。

「綺麗《きれい》ですね」

銀杯を傾けながら、真澄は呟いた。

見慣れた色よりわずか青い。

特に輪郭、空との境界が深く濃く、溶け合うようだ。

見知らぬ土地にいても輝く月が見えるとは不思議な感覚である。しかしその美しさは間違いなく初めて見るものだ。ここに住まう人間にとっては当たり前の景色なのだろうが、真澄には静かな感動が押し寄せる。

どんな相槌が来るだろう。

少しはこの場所について語ってもらえるだろうか。

そんなことを考えて、期待というほどでもないが少しだけ真澄が待ってみると、ややあって彼女から応えがあった。

「あの……お閉め致しますか？」

「え？」

不意の流れに思わず真澄は振り返った。

まったく予想していなかった声かけだ。部屋の隅に控えていたメイドが申し訳なさそうに窓の端を指さしている。そこにあるのは、タッセルで留められたカーテンだった。

「こちらのお部屋は中庭に面しておりますので衆目はございませんが、光がお気に障られるようでしたら」

まくしたてるほどではないが、早口だ。

落ち着かない様子の彼女を不思議に思いながら、真澄は首を横に振った。

「いえ、月が綺麗なのでもう少しこのまま眺めていたいなと」

「左様でございますか」

「……なにか気になりますか？　私はアルバリーク人ではないので、まさか無作法を？」

「いえそんな、滅相もありません！」

どこか落ち着かない様子のメイドを見て、真澄は尋ねてみた。敢《あ》えて自分を落としてみる。が、問いに彼女は慌てて否を返してきた。

どういうことなのだろう。

真澄は首を捻る。なにもないにしては視線を感じすぎる。一挙手一投足を窺《うかが》われているようだ、とでも言えば良いだろうか。それをどう伝えたものかと真澄が思案していると、メイドは肩を縮めながらぽつりと呟いた。

「その、……こちらは田舎なので、つまらない景色ばかりです。そんなものをご覧になるより、別の娯楽などご用意した方が宜しいかと思いまして」

「つまらないなんてそんなこと。こんなに綺麗なのに」

勧められた内容が純粋に疑問だった。

「私はなにもいりません。ゆっくりお風呂に入らせて頂けただけで充分です」

その上で着替えまで用意してもらって、これ以上望むべくもない。

そんな真澄の言に、メイドは戸惑いを露わにした。

「これまでの楽士様には、ご希望の趣向をご用意しておりましたので……」

本当になにもいらないのか。

尻切れになったメイドの言葉には、なにかを怖《おそ》れているような響きがあった。


楽士様。

また同じキーワードだ。


そこでふと真澄は口を噤んで考え込んだ。

ここに来てからというもの、楽士というものが時折こうして存在感を増す。

逃げ出したらしい前任者といい、今まさに話題に上ったもっと前の人間といい、話の端々を窺い知るだけにもかかわらず、良い印象が浮かばない。そして気になるのは、真澄自身がその楽士というものである、と周囲に認識されているであろう事実だった。

と、そこでノックの音が割り込んできた。

真澄もメイドも互いにはっとなり、音の出所である入口の扉に目を向ける。一瞬の間の後、「少々お待ちくださいませ」とメイドが一礼して、するりとドアの向こうへ出ていった。

誰かが呼びに来たのだろうか。

用向きを考えた真澄だったが、しかしそれはすぐに遮られた。メイドが戻ってきたのだ。彼女は音を立てずに扉を閉めてから、意を決したかのように振り返った。

「……無礼を承知でお願い申し上げます。どうぞお嬢様にはお手柔らかに。メリノの家を量るのならば、それは私共にお申し付けくださいませ。なにとぞ」

一息で言い切った彼女に対し、真澄は返す言葉を持ち合わせていなかった。

ひとかたならぬ因縁が見える。

すぐに聞き返していいかどうかさえ憚《はばか》られる様子だ。真澄がどうとも答えられないでいるうちに、再びメイドが口を開いた。

「ヴェストーファ駐屯地司令殿より楽士様宛てにお預かりの品を、アンシェラお嬢様がお持ちしております」

「私宛てに？」

「はい。ご確認をお願い致します」

そう言って、メイドはドアノブに手をかけた。

大邸宅に相応しい大きな扉がゆっくりと開かれる。そこに立っていたのは、真澄より少し背の低い女の子だった。

少女というほど幼くはない。

ただ肩の華奢《きやしや》さや細い腰などから若さが見て取れる。彼女は真澄のヴァイオリンケースを大事そうに両手で胸に抱えていた。

「お休みのところ失礼致します」

洗練された礼と共に、彼女——アンシェラが部屋へと入ってくる。

その後ろで、メイドがそっと扉を閉めた。

「メリノ家子女のアンシェラと申します。第四騎士団叙任式のつつがなき進行と閉式につきお祝い申し上げますと共に、皆さま無事のお戻りをお喜び申し上げます」

淀《よど》みない挨拶と、再びの礼。まるで物語の中にいるかのようだ。

アンシェラは蘇芳《すおう》のような落ち着いた色味の絨毯《じゆうたん》の上を歩いてくる。進みがゆっくりとしているのは、抱えているヴァイオリンケースのせいだろうか。真澄のケースは恩師から譲り受けたもので、女性が持つには少し重いのだ。

そのまま彼女は窓際に設えられているテーブルの上にそっとケースを置いた。

音も出ない。ヴァイオリンケースもここまで丁寧に扱われたのはきっと初めてのはずだ。

「大事ないでしょうか」

テーブルから一歩離れ、「どうぞご確認を」とアンシェラが尋ねてくる。そこで真澄は真正面から彼女を窺った。

頬が硬い。

笑えばきっと可愛《かわい》いであろう容貌であるのに、真一文字に引き結んだ口元が彼女の緊張をありありと表していた。

恐る恐る真澄を見る目は、しかし決して合うことがない。下がりがちな視線の奥は、綺麗なとび色だ。後ろで一つにまとめられた髪も同じように上品な色で、しかし少しだけ明るい。さらりとまっすぐに伸びる髪は、艶やかに光を跳ね返している。

目を惹《ひ》く華やかさとは違う。

ただ、丁寧な所作と優しく穏やかな風貌が印象に残る。彼女自身がまだほとんどなにも語っていないにもかかわらず、気品がにじみ出ているとでも言えばいいか。

「……あの、……?」

「あ、ごめんね。えっと、確認ね」

アンシェラに戸惑いが浮かんだところで、真澄はヴァイオリンケースに手を伸ばした。

急な魔獣討伐というやむを得ない状況で預かってもらったとはいえ、問題がないかどうかは気になるところである。ざっと検めると、見慣れた深い青のケースには特に傷など入った様子はなかった。

安心しつつ、真澄はケースを開けて中も確認した。

弓も楽器もあるべき場所にしっかり収まっている。真澄はそれを取り出して、弓を張り調弦した。

音色にも特に変わりはない。

そこで止めても良かったが、ふと真澄は一計を案じた。

＊　＊　＊　＊

調弦のために出していた単なる音を、ある時を境に連なるそれ――音色に変える。

それは夕刻の霞《かすみ》から、宵の朧《おぼろ》へと時が移り変わる曲だ。


曲名を『朧月夜』という。


日本の作曲家である岡野貞一の作で、彼は姉の影響で熱心なクリスチャンになった。そんな背景もあり、朧月夜は讃美歌《さんびか》の影響を受けているとも言われている。

作詞は高野《たかの》辰之《たつゆき》とされ、春の夕暮れ時に菜の花畑を見ながら、その上に浮かぶ朧月が歌われている。

かつてどこにでもあったような、いわゆる里の風景を切り取った詞だ。

この短くも語りかけるような旋律が広く知られるようになったのは、一九一四年のことだった。

当時の尋常小学唱歌の第六学年用に取り上げられたからである。

その年、世界は第一次世界大戦に突入した。

片や日本は大正時代になってまだ三年目であり、明治に掲げられた富国強兵、殖産興業の道を突き進んでいた頃でもあった。

時代は進んでいく。

第一次世界大戦の終焉後、軍縮の動きが取られるも、発展してゆく経済に世界恐慌が影を差す。やがて第二次世界大戦が勃発し、日本はその総力戦に破れ、焼け野原からの再出発となる。戦後の傷は徐々に薄れていく。高度経済成長期が訪れ、バブルを迎え、日本は世界第二位の大国になる。元号が変わり、新しい象徴の下に、新しい時代が築かれる。

一言では表せられないほど長い時が流れた。

けれども『朧月夜』はずっと教育の場面に残された。

結果、その名を覚えてはいなくとも誰もが耳にしたことがある曲、懐かしく親しまれ続けてきた曲となったのだ。

＊　＊　＊　＊

ゆっくりと旋律を奏でながら、真澄は指板を叩く左手から、そっと視線を上げた。

アンシェラが釘付け《くぎづ》けになっているのが分かる。

それを見て僅かに安堵《あんど》した。

演奏を聴くこと、それさえ避けられるほど歓迎されていないわけではないらしい。本来であれば二番で終わる曲だったが、余韻を求めて真澄はもう少しだけ続けることにした。

歌ならば歌詞に難儀するところだったが、ヴァイオリンならば同じ旋律を繰り返すだけでいい。そして存在しない『朧月夜』の三番までを弾いて、真澄は弓を止めた。ヴァイオリンを肩から下ろし、アンシェラを見る。

綺麗なとび色。

今度は目が合った。

「――楽器は大丈夫のようです。音に変わりありません。丁寧に扱ってくれてありがとうございました」

手にヴァイオリンを持ったまま、真澄は軽く頭を下げた。

「耳慣れない曲だったでしょう？　私の故郷でよく知られた曲なんです」

「なんだか不思議で、ですが……素敵な、音色……でした……」

どこか呆けたような声で、アンシェラが呟く。

言葉は拙くともきっと真実純粋な感想であろうそれが、真澄は嬉しかった。

「ありがとうございます。あなたはきっと色々な楽士の演奏を聴き慣れているでしょうから、比べられると恥ずかしいなと思っていました」

「いえ、その……私が知っているのはヴェストーファ駐屯地の楽士様だけで、帝都の――第四騎士団の楽士様はあまり……」

「でも、こちらにいつも招かれていると聞きましたが」

「あ、ええと……！　申し訳ございません、誤解を招いてしまいました……！　確かに叙任式の演奏はいつも拝聴しております。ただ、これほどお近くでというのは初めてのことで、それで」

「そうでしたか」

焦るアンシェラに対し、真澄は一言でそれを止めた。

彼女に対して笑いかけた後、真澄はおもむろにテーブルに歩み寄る。弓を緩めて仕舞い、ヴァイオリンを拭く。それから開けていたヴァイオリンケースの中にヴァイオリンを入れ、蓋を閉めた。

手を動かしながら、「さっきも少し話したんですが」と前置く。

「私はアルバリークの外から来たばかりでして、そのあたりの事情に疎くて。もしかしたら不躾《ぶしつけ》でしたね」

「決してそのようなことはございません！」

アンシェラが慌てて首を横に振る。

彼女の艶やかなポニーテールが、動きに合わせてさらさらと揺れた。髪を留めているリボンは青い光沢を放っていて、髪の茶色と不思議なほど良く似合う。

「私の方こそ、楽士様にお楽しみ頂けるようなものはなにも持ち合わせておりませんで、穀潰《ごくつぶ》しで本当に申し訳なく……」

「――穀潰し？」

不穏な単語に思わず真澄の眉根が寄った。

すると、アンシェラが「やってしまった」とでも言いたげに目を泳がせた。うろたえる、というよりは明らかに怯《おび》えている。

どうしたものだろうか。

すぐに言葉を継がず、真澄は少しだけ考えた。

おそらく真澄は怖がられている。真澄自身が威圧的な態度あるいは攻撃的な口調や言葉を向けてはいないにもかかわらず、だ。なぜなのか非常に気になるところだが、訊いたところで答えは返ってこないだろう。

心懸かり。

誰かに簡単に打ち明けられるのであれば、それはそもそも懸かりにならないことを、真澄自身が知っている。そこまで考えて、真澄は自分の身の上を軽く語ることにした。

「社会の役に立つか立たないかで言ったら、私も似たようなものですけどね。この叙任式の仕事をもらうまでは、良い年して定職にも就かずにその日暮らしでしたし」

真澄はさらりと言った。

「アルバリークがどうなのかは知りませんが、私の故郷《くに》では音楽家――楽士なんて、ほんの一部を除いて食えない職業の代表でしたよ。だから私も楽士ではなくて別の仕事をしてましたし、まあそういうわけですから正直言ってこの叙任式が終わった後にどうなるかは五分五分です」

「五分五分……というのは？」

「クビになって路頭に迷う恐れも多分にあります」

「え、……えっ!?」

アンシェラが目を白黒させている。

楽士様なのに、と呟きつつ混乱を極めている様子だが、真澄は嘘偽りなく自身の心情をそこで述べた。

「私は楽士ではありませんから。ヴァイオリンを弾ける技能を持ってはいますが、それを仕事にするつもりはないので」

叙任式での演奏そのものは、スパイ容疑がかかっているがためにやむなく受けた仕事だ。今後をどうするかは決まっていない。スパイ容疑が晴れるまでは第四騎士団の監視下に置かれるだろうが、果たしてそれもいつまでになるか不透明である。

このあたりの事情は不穏すぎるので口には出さないが、真澄は「ですから」と頬を緩めた。

「こちらにお招きくださったことは一生の記念になりました」

物語の中のような大きく華麗な邸宅。そこに住まう優しそうなご当主と可憐なご令嬢、そして親しみやすい使用人の人々。

どれもこれも真澄の人生には縁がなかったものばかりだ。

「あなたのそのリボン、すごく素敵です。その髪の色と落ち着いたスカートの色によく似合っていて」

「……本当ですか」

一瞬だけ呆けてから、アンシェラは両手を胸の前できゅ、と握りしめた。

「これは亡くなった母の形見なのです。スカートは形を少しだけ変えて仕立て直して、リボンは染みが浮いてしまったドレスから使えそうな場所の生地を切りました」

「そうでしたか。お母さま、きっと喜んでいるでしょうね」

「――はい」

嬉しそうに破顔したアンシェラは、その時初めて年相応に見えた。

先ほどまで張りつめていた部屋の空気が柔らかく解ける。ふと窓の外を見ると、霞の月がもう少しだけ高く空に昇っていた。それから彼女は真澄のヴァイオリンケースにそっと触れた。

「ご確認頂きありがとうございました。「先にお部屋に運んでおきます」

「え？　部屋ってここじゃ」

「こちらはお仕度用です。お休みになるお部屋は別室をご用意しておりますし、今から晩餐《ばんさん》ですのでお預かり致します」

「そうですか。それじゃあ、お言葉に甘えてお願いします」

真澄がヴァイオリンケースを手渡すと、アンシェラはもう一つ嬉しそうに笑ってそれを受け取った。

ぺこり、と一度会釈をする。

そのまま歩きかけたアンシェラだったが、数歩進んでから彼女はふと足を止めて僅かに振り返ってきた。

「お話ししてくださってありがとうございました。心が少し軽くなりました」

控え目ながら笑うアンシェラに対し、真澄は無言で返した。

小首を傾げて先を促してみる。

他者の反応に敏《さと》い彼女は、少しだけためらった後、ちらと時計を読んでから早口で零《こぼ》した。

「先ほどの穀潰しというのは、その……以前受けたお叱りだったのです」

それがどうしても気がかりであったらしい。

とはいえなにも事情を知らぬ真澄に言うべきではなかった、とアンシェラは目線を落とした。声は平坦《へいたん》で、天気の話でもするかのようだ。しかしその顔は今にも泣き出しそうだった。

「失礼のないようにと気を張りすぎて、余計なことを申し上げました」

「余計なこととは思いませんよ。ただ」

そこで一度区切る。

俯《うつむ》いていたアンシェラの顔が上がったのを確認してから、真澄は続けた。

「外野であることを承知で言わせてもらうと、それは叱るではなくただ暴言をぶつけただけです。その人、あるいはその家の事情を知らない人間が口にしていい言葉ではない、と、少なくとも私は思います」

たった一度、それも数時間しか共に過ごしていない間柄で、互いのどれだけが解《わか》るのだろう。

親子や親友であったとしても。

その関係が数年、あるいは数十年を経ても尚、解らないことはあるというのに。

脳裏を掠《かす》める面影。

懐かしくも忘れ得ぬそれに、真澄は束の間時を忘れ、物思いに耽《ふけ》る。ややあってからアンシェラに意識を戻すと、彼女は「事実なので言い訳ができませんでした」と困ったように笑った。

「姉は外に出て働いていますから、家に残っている私がなにもしていないというのは本当のことなのです」

そしてアンシェラは少しだけ教えてくれた。彼女がこれまでに受けてきた仕打ちを。

曰く、旧家の名にあぐらをかいて遊んで暮らしているのだろうと揶揄され。

曰《いわ》く、招いた晩餐の内容が貧相である、こちらを下に見ているのかと激昂《げきこう》され。

他にも色々、着るもの一つ、部屋の装飾一つをとってみても、どれも怒りを買うばかりだった。

そしてそれらいずれも、当主であるメリノ公――アンシェラの父にではなく、陰でアンシェラに投げつけられた言葉なのだという。

「同じ楽士様が二度お見えになることはありませんでしたが」

人が変わっても毎年なにかしら叱られるので、きっと非は自身にあるのだろう。

アンシェラはそう考え、できる限り受けた指摘で直せるものは直そうと努力したらしい。そして、それを知りアンシェラの力になったのが入口に控えている年かさのメイドだったのだ。

既に設えられた部屋の装飾は変えようがないが、華美すぎずまた質素ではない調度の部屋を選び。

楽士の食の好みを事前に調べ、豪華にはできずとも喜ばれるであろう食材や味付けを試し。

アンシェラ自身も目立たぬよう、いつも以上に服装や立ち居振る舞いに気を配った。決して相手ように。

を刺激しないよう、派手な色はまとわず口数も最低限に、そして癇《かん》に障らぬよう足音も極力立てぬ

そんな話を聞いて、そこで真澄は合点がいった。

アンシェラが母の形見を着ている理由はここにあったのだ、と。

仕立て直したとはいえ、おそらくまだ十代の彼女が着るには色味が落ち着きすぎている。全体的に品良くまとまってはいるが、それでも良家の子女というにはあまりに華がない。

しかしそれは彼女が好きでそうしていたのではなかったゆえに、ちぐはぐな印象になったのだ。

アンシェラは優しい。

この若さでこれだけ他人からの言葉を素直に斟酌できる人間はそういない。真澄ならば言われた時点でなにかしらを言い返していただろう。それが確信できる程度に、明かされた話は一方的だった。

楽士の側にも言い分はもしかしたらあるかもしれない。

とはいえ、暴言を吐くことそれ自体は正当化できるものではないはずだ。大人であれば尚のこと。

さりとてそれを言い含める相手はここにはいないわけで、真澄は目の前にいるアンシェラのことだけを考えようと決めた。

「一つお願いをしても良いですか」

家にいるというあなたにしかできないことを。

そう真澄が持ちかけると、それまで悲しげに伏せられていたアンシェラの目線が上がった。

「私に、ですか？」

不思議そうに小首を傾げるアンシェラに、真澄は「そう、あなたに」ともう一度重ねた。

「明日、あなたの時間をください。付き合ってほしいところがあるんです」

「は……い、私は構いませんが、どちらへ？」

「街へ。服を買おうと思っているんですが、アルバリーク風が分からないので教えてもらえませんか」

ここに来る時、自分に関する荷物はほとんど置いてきてしまった。

嘘ではない。

来るつもりや予定があったかは別として、ヴァイオリンと楽譜以外は一切なにも持っていないというその点は紛《まご》うことなき事実なのである。

「あまり自信はありませんが……流行にも疎いですし」

「大丈夫。傍にいてくれるだけでいいんです」

「そうですか？」

「ええ。あなたがいてくれるだけで、私が心強いから」

話し相手になってほしい。

右も左も分からないこの国。それでも故郷によく似た綺麗な月に、他にどんな景色があるのだろうかと興味が湧いた。ここで生まれ育ったあなたなら、きっと沢山の魅力を教えてくれるのではないか。

そう真澄が伝えると、そこでアンシェラの顔がぱっ、と輝いた。

「お話なら……そういうことでしたら、私にもできそうです」

「良かった。楽しみにしてます」

「父に話してきます。楽士様はどうぞ晩餐にお越しください」

それでは、とアンシェラが礼を寄越《よこ》してくる。

長いスカートの裾がふわりと空気を含む。優雅な余韻はあまりにも上流階級すぎて、姿形に左右されることのない本物の気品がそこには漂っていた。


その後は幾つかの部屋に分かれて夕食を頂いた。

温かく滋養たっぷりの食事は非常に美味で、穏やかに時間が流れていく。食後に騎士たちは三人一組で部屋を割り当てられ、休息をとることになった。

さすがに真澄が騎士と同じ部屋に押し込められるということはなかった。

が、ほっとしたのも束の間、食事の後に案内された部屋には先客がいたのである。

＊　＊　＊　＊

ちょっと待ってどういう部屋割り。

そんな抗議の声を上げる間もなく扉は早々に閉じられ、真澄は先客――アークと二人、部屋に取り残された。躾が行き届きすぎているメイドも時と場合によっては良《よ》し悪《あ》しだ。

「遅かったな」

「カスミちゃんがなんか色々とお屋敷の人に訊かれてたらしくて。明日の予定とか。それで私たちの部屋だけ食べ始めるのが遅くなっちゃって……じゃなくて。なんでそんなに当たり前の顔してるの」

「俺にあてがわれた部屋だぞ、寛《くつろ》いで駄目な理由があるか」

「そこじゃない。私がここに連れてこられたことに疑問を持ってなさそうなその顔が、私にとっては激しく疑問なのよ」

言いながらも部屋の中のとある一点に目が釘付けになる。

右手の中央に、天蓋付きの大きなベッドが置かれている。他にエキストラベッドなどどこをどう見ても存在していない。確かにあのサイズのベッドであれば大人三人でも余裕で寝られるだろうが、そういう問題ではないのである。

このままだと昨晩の続きになること必至。

二日連続で足腰立たなくなるとかご免こうむりたい。

しかしそんな真澄の切実な願いは、次の瞬間粉々に打ち砕かれることとなる。

「名目上は俺の専属楽士だ、別の部屋を取る方が不自然だぞ。不特定多数を相手にしたいってんなら引き留めはしないが」

「だからどんだけ理性の切れた野獣……」

「戦闘の後でただでさえ気が立ってるから、おそらく手加減は一切されないと思っていた方がいい」

明日は一日使いものにならんだろうな。

下種《げす》の極みとも言えるあけすけな予想に、真澄は白旗を上げるしかなかった。

「そんなとこに突っ立ってないで、こっちに来て座ったらどうだ」

ベッドの反対側には布張りの長椅子が三脚置かれていて、その内の一つにアークは身体を横たえている。

確かにこうしていても足が疲れるばかりだ。

寛いでいる様子から察するに、いきなり圧《お》し掛かられる危険性は低そうである。観念して一つため息を吐き、真澄はL字になる位置の長椅子に腰を下ろした。

「これ、預かっててくれたの？」

華奢な足のテーブルの上にはヴァイオリンケースが置かれていた。

先ほどメリノ家令嬢のアンシェラが確認に持ってきてくれたことを真澄が話すと、「まあそうなるだろうな」とアークが頷いた。

「元はといえば駐屯地司令が直々に持ってきた」

「わざわざ？　嘘でしょ、偉い人なのに」

「俺よりは下だ、気にするほどじゃない」

「その判断基準もどうかと思うけどね」

呆れて真澄の眉は八の字になった。しかしアークの表情は変わらない。

「俺の専属楽士のヴィラードだ、傷の一つでもつけば首が飛ぶ」

「真顔で怖いこと言うのやめてよ」

斜めに総司令官を見ると、まるで堪《こた》えた様子もなく泰然と長椅子に背を預けている。座れば四人は掛けられそうな大きさだが、それでも収まりきらない長い足はくるぶしから下が宙にはみ出ている。

偉そうな態度選手権を開催したら、優勝候補に躍り出そうだ。

口に出せばヘッドロックを食らいそうな失礼すぎる思考を抱えつつ、真澄は反応を待つ。どうせまた噛み合わず、「ああ言えばこう言う」を繰り返すのだろう。

ところがアークは何も返してこなかった。

は、と小さく笑う。

黒曜石の瞳は真っ直ぐに真澄を捉えていて、だがいつもの強さは鳴りを潜めていた。

「……どうしたの」

「あ？」

「どこか怪我した？　それとも疲れてるだけ？」

「急にどうした」

「元気ないっていうか、ものすごくだるそうに見えるから」

アークの瞳は熱に浮かされたようにぼんやりしている。眠そうというよりは、しんどそうだ。

無防備すぎる幼い表情に、真澄の心臓が跳ねる。

「大丈夫？　大変だったんでしょう、もう寝た方が良いかも」

「そうか……そういえばお前、なにも知らないんだったな」

俺たちのことも、お前自身のことも。

呟きながら、なにかを深く考えるようにアークが目を閉じる。その沈黙に言葉を差し挟むのは許されないような気がして、真澄もまた黙り込んだ。

どれくらい時間が経っただろう。

刻一刻と夜が深まっていく。静寂の中、真澄は傷付いた獣のような男から目を離せなかった。

「弾いてくれ」

ぽつりと吐き出された言葉は、ささやかな願いだった。

「俺の。いや、俺たち騎士の功績を。もしもお前が認めてくれるというのならば、美しく、長い曲を」

そこには脅しも強制もなかった。

ただひたすらに丁寧な懇願は、真澄の手を素直にヴァイオリンへと向かわせた。

そんなに白く願うのなら、と。

どんな曲を選んだとしても、彼は耳を澄まし美しいと言うのだろう。

なにを弾こう。

疲れ果てた身体に沁《し》み入る旋律は、その景色が目蓋に浮かぶような、音そのものが語り掛ける言葉を持つような、そういう旋律が良い。立ち上がり、瞳を閉じて、正確なAの音を探す。

「認める？　あの場所で役立たずだったのは私の方でしょう」

閉じた目蓋に初めて見た戦場が蘇《よみがえ》る。

祖国のために危険を顧みずその身を投げ出す騎士たちがいる一方で、苦しいほどなにもできなかった自分がいた。素直に「認めてくれ」と乞われて、役立たずだった自分が彼らのなにを否定できるだろう。

勇猛果敢なその心に、今はただ素直に寄り添いたいと思う。

「これはね、祖国を想《おも》う曲なの」

情景、その川の名は『ヴルタヴァ』。

真澄の弓は滑らかに弦を震わせ、紡がれる音は夜の深淵《しんえん》に沁み込んでいった。

「これで楽士じゃない？　俄《にわ》かに信じ難いな」

長い息を吐いて、アークがゆっくりと目を開けた。

連作とはいえ『ヴルタヴァ』一曲で十分以上となる曲だ。疲れていた様子でもあり、おそらく眠ってしまうだろうと真澄は思っていたが、むしろアークの瞳は輝きを取り戻していた。

どうやら気分転換になってくれたらしい。

安堵と共に、真澄の頬が緩んだ。

「他にもなにか弾きましょうか。バッハ、好きだったわよね」

「疲れていないのか」

「まさか。たかが一曲よ、習い始めたばかりの幼児じゃあるまいし」

ぷ、と思わず笑う。

幾つもの場面を織り交ぜながら進んでいく長い曲に、アークの時間感覚が少しばかりずれてしまったらしい。ところがアークは「それもそうだな」とは言わなかった。

至極真面目な顔で長椅子から身体を起こす。

立ったままの真澄に指で「座れ」と促してから、彼は前髪をかき上げた。

「少しだけ、俺たちの話をしよう」

「話？　いいけど、なあに？」

「騎士が戦うために必要なものが二つある。なにか分かるか」

急な質問だ。戸惑いながらも真澄は真剣に考えた。

「それはまあ別次元で第一義だが、少し違う。体力と魔力だ」

「盾と剣？」

真澄は目を瞬いた。

このままでは意味が理解できないので、小首を傾げて話の先を促す。

「最大瞬間出力が騎士団の強さを決めるんじゃない。継戦能力にこそ、その真価が現れる」

どうしたら正しく伝わるだろうか。そんなことに心をひたすら砕くように、アークは続けた。

継戦能力、それはすなわち補給線をどれだけ確保できているかに左右される。

世界にたった二人しか存在しない状況で殴り合うのとは違う。国が興り、およそ争いというものが個対個ではなくなった時点で、最強の矛があったとしても一撃で相手を沈めるなど不可能なのだ。

両陣営に埋められぬ絶対的な差——たとえば冶金技術さえ持たない未開の部族と、騎士団のような——が存在するのならばそれは、もはや争いではなく一方的な蹂躙《じゅうりん》となる。

であれば、拮抗する両者の勝敗を決すのはなにか。

それこそが継戦能力に他ならず、すなわち、息切れせず持てる実力を常に発揮し続けられるものに勝利は輝く。

簡単な話だ。

自軍が平凡の域を出ない戦力だとする。ただし、いつでもその力は最大限に発揮できる。

一方で敵方が強固な防御壁を持ち、かつ強力な攻撃手段を持っていたとして、それが時間の経過と共に衰えていくとするならば、最初さえどうにか凌げば勝機はやがて転がり込んでくる。

繰り返すが国というものは個対個ではない。

国力が同程度であれば、最終的に持久戦を戦い抜く力があるかどうかが分水嶺《ぶんすいれい》となる。

「この国の騎士団には——特に俺の第四騎士団は、補給線がない」

「……え？」

「体力は寝れば元に戻る。知ってのとおりだ。だが魔力は」

一瞬、アークがためらった。

真澄は待つ。やがて意を決したように、再びアークが口を開いた。

「魔力は、楽士なしには回復できない」

楽士というものはまさに、騎士にとっての補給線となる。その言葉は真澄にとって未知の領域だった。

そしてアークは続ける。


補給線を持たない騎士団は捨て駒なのだと。


そこまで言って、アークの言葉が途切れた。

部屋が沈黙に包まれる。真澄は真剣に考えてから、声を発した。

「捨て駒って、少なくとも私の中では良い意味じゃなくて」

自分の理解をゆっくりと進めていく。

これだけ互いの違いは顕著だ。

話の流れ、文脈からしてもマイナス方向の言葉としか思えないが、念のため確かめることにした。

前提の認識がずれていると、散々話が嚙み合わないのは既に学習している。

捨て駒。

私意を交えなければそれは、後の利益を見越して払う現時点での犠牲のことだ。

大局的な視点に立てば合理的な考え方である。いわゆる肉を切らせて骨を断つに類する考えであるが、しかし自分から進んでそうするのと誰かから強要されるのでは話が全然違う。

「あなたの今の言い方も、あんまり嬉しそうには聞こえなかったんだけど」

少なくとも自ら進んで踏み台になろうとするならば、もう少し誇りを持った言い方になるはず。

それらを踏まえて出す結論は、

「つまり残念な話っていう認識で合ってる？」

「言葉が軽い。人が真剣に悩んでるってのに」

アークが嫌そうに顔をしかめる。

しかし否定はされなかったので、残念なものは残念らしい。真澄の推理は当たりだった。

「いやでもだって事実なんでしょ？　真剣に悩むくらい残念なんでしょ？」

「そうだがお前、その物言い、もう少し遠慮があってもいいんじゃねえか」

「遠慮してそっちの境遇が変わるっていうならいくらでも遠慮しますけども。方向性は理解したので、どうぞ続けて。残念かどうかの議論がしたくて、この話題を引っ張り出したわけじゃないんだろうし」

とりあえず聴きますよ。

努めて普通の会話を心掛け、真澄はアークを促した。なにかしら切っ掛けがあって、彼はこの話を始めたのだろう。そして困っているという彼は、どこかしらに着地点を考えているはずだ。

それが真澄に対する相談なのか、依頼なのか、はたまた別のなにかなのかは分からない。

だからまずはなにに思い悩んで困っているのかを聴こうと思う。話はそれからだ。

「抜けてるくせにこういう時だけ正論吐きやがって」

アークが憮然《ぶぜん》とした表情になる。

受けて立っても良かったが、そうするといつまでたっても本題に入れない。というわけで、真澄は肩を竦めて受け流した。空気を察したアークもまた舌鋒《ぜっぽう》を収め、二人はようやくスタート地点に立った。

そもそもアルバリーク帝国には二種類の軍人がいるのだという。

騎士と魔術士だ。

彼らはそれぞれに所属する部隊がある。どう違うのかが真澄にはさっぱり分からない。そこで両者の区別はなにかと尋ねてみたところ、魔術士団が矛で、騎士団が盾であるとの回答が返ってきた。

当たり前のように言われても、やはり真澄にはとんと見当がつかない。

「騎士が盾って、じゃあどうして剣を持ってるのよ」

思わず口が尖る。

今日、まさに彼ら騎士団の戦いを目の当たりにしたばかりだ。ばったばったと魔獣を切り倒していたのは夢だったとでもいうのか。

「お前の指摘は正しい」

「えっそうなの？」

「極論、というかある意味で、だがな」

「はあそうですか。良く分かんないけど」

「俺たちの存在意義は、魔術士団を守ることにある」

「それが盾になるって意味？」

「そうだ。敵国の魔術士からの攻撃を防ぐこと、自国の魔術士が損害を受けないようにすることが第一義だ」

アルバリーク帝国は、つまり攻守を分業している。

アークの言わんとする部分はそこらしい。

分業が成立するのは力の差が顕著であるからだ。例えばの話、長剣で二、三頭の魔獣を仕留める間に、精度の高い魔術は群れ一つを葬り去る。それもまた真澄自身が同じく目に焼き付けた事実だ。

人間の戦争に置き換えても効果は同じこと。

だが魔術士団には致命的な弱点がある。いかな高度な魔術といえど、無尽蔵に放てるわけではない。必然、限られた魔力の割り振りはその特性である攻撃に多く割かれる。守りの手は薄くならざるを得ない、というかそんなもの端からない。

まさにノーガードでの撃ち込み。

男らしいことこの上ないが、軍事力に直結する部隊の話であるから笑えない。

「だから騎士団は本来、攻撃魔術より守備魔術に特化した部隊だ。最前線に展開して防衛線を張り、撤退の際は必ずしんがりを務める」

「まるで自分から手は出しませんみたいなこと言ってるけどさ。その割にはすごい火とか出してたし、剣も当たり前に使ってたような気がしますがその点についてはどうなんでしょう」

「そこが残念たるゆえんだ」

いよいよ話が佳境に入ってきた。

理由のなにもかもは、限られた補給線——すなわち、楽士の少なさに端を発するのだという。

「魔力回復には楽士の奏でる音楽が必須だが、楽士そのものが大飯食らいの魔術士団にごっそり持っていかれる。だから、」

「は？　ちょっと待って、音楽で回復？　って、どういう意味？　ごめん全然分かんない」

最後まで大人しく説明を聞く、という芸当は真澄にはハードルが高すぎた。思わず折ってしまった話の腰に若干申し訳ないと思いつつも、一度抱いた疑問はあっという間に膨れ上がる。

リラックスするというなら分かるが、回復するとはこれいかに。

そもそも魔力のなんたるかさえも理解しているとは言い難いが、それにしても音楽が人体へ明確な影響を及ぼすとは、どういう状況なのだろう。

盛大に疑問符を浮かべる真澄に、アークが説明を試みる。

「寝たら体力が戻るのと同じだ。音を聴けば魔力がみなぎる」

ところが残念なことに、説明は説明になっていなかった。

「そ、ええー……？　そうなの？　なんで？」

「知らん。そういうもんだ」

「えー」

「じゃあお前、なぜ睡眠が体力回復に必須なのか説明できるか」

「寝ないと体調崩すから、寝ないわけにはいかないでしょ」

「答えになってないぞ。なぜ調子が悪くなるんだ」

「なんでって……そ、そういうものだから？」

「俺の答えと一緒だろう。どういう理由かは知らん、だがそういう風にできている」

「はあ、なるほど」

言いくるめられた感は強いが、それでも納得のできる説明ではあった。

なぜそういう仕様なのか。その問いは、目の前に創造主がいて初めて意味のあるものになる。結局、造りの働きと効果は解明できても、理由までは誰にも分かり得ない。

眠らなければ身体に不都合が起こる。結果として人間は、生きているうちの三分の一という膨大な時間を睡眠に費やしている。

だがなぜ不都合が起こるような造りになっているのかは、分からないのだ。

サイボーグのように眠らなくても良い頑強な肉体にしてくれれば良かったのだろうが、材料がなかったのか面倒臭かったのかそれともなにか別のこだわりがあるのか、いずれにせよ人間の身体は某《なにがし》かの理由でこのように繊細かつ脆《もろ》い。

そして人間として生まれた以上は、その肉体の制約に従わざるを得ない。

好むと好まざるとにかかわらず。

「使ったら補充する。ここまではいいか」

「うーん……色々気になることはあるけど、とりあえず先を聞くわ」

未知の世界ではあるが、全ての疑問をぶつけていたらきりがない。夜も明けてしまうだろう。

真澄は手で話の先を促した。

「魔術士団が大飯食らい、だったっけ」

「そう。矛である攻撃魔術は魔力を大量に消費する。つまり回復役の楽士も大量に抱える必要がある。結果として騎士団にはほとんど楽士が回ってこない」

「魔術士団が強かったら別にいいんじゃないの？　やられる前にやるってやつ。なにが不都合なの？」

矛盾、という言葉が表すとおりだ。

最強の矛と最強の盾は同時に並び得ない。仮に盾であるところの騎士団が力の全てを発揮できなくとも、矛の魔術士団が最強であれば、結局のところ敵はいないと同義だ。

首を傾げた真澄を、アークは真っ直ぐ見つめてきた。やがて、

「……お前も同じことを言うんだな」

誰と一緒なのか、その名は明かされなかった。だが伏せられた黒曜石の瞳は、真澄という人間そのものを諦め、距離を取ったように見えた。きっと届かない、そんな諦観が滲んでいる。

真澄はすぐに二の句を継げなかった。

察するに、多くの辛酸をなめてきたらしい。静かに見切りをつけられるようになるまで、幾つの激昂を重ねてきたことか。真澄は知っている。ままならないことが多い世の中と理解していても、理不尽さを感じれば人は怒る。だがそれは心の奥底に幾許《いくばく》かの期待が残っているからこそであって、きっとなにを以《も》ってしても変わらないと気付いた瞬間、怒ることそのものに体力を使うのが馬鹿馬鹿しくなる。

なにをどう叫んでも届かないのだと目を逸らす。

ただ、その見切りをつけている対象が相手なのか、それとも実のところ自分自身なのかは分からない。両者の境界は曖昧すぎる。

その感覚に、懐かしささえこみ上げる。

思わず真澄は苦笑を浮かべた。

目の当たりにしている鋭利さには覚えがある。かつて集団の中で孤立した自分が目蓋に蘇る。苦さがあまりにも鮮やかで、真澄はアークに対して無言を貫いた。

「なにも言わないのか。『違う』とか『それのどこが悪い』とか」

「そのどちらかを言えるほど、私はあなたのことを知らないもの」

アークが目を瞬いた。

「良く知りもしない相手を摑まえて良い悪いの説教をするの？　そこまで私はできた人間じゃない。そういうコミュニケーションがもう少し上手《うま》かったら私は違う生き方を選べただろうし、そうであればクリスマスイブにやけくそになって階段を駆け降りることもなかったし、そうであればなたと出逢《であ》ってもいなかったと思う」

平坦な感情のまま、真澄はアークを真っ直ぐに見つめた。

別に彼自身を責めようとしたわけではないし、講釈を垂れようと思ったわけでもない。知らないから聞いただけだ。敵対しようなど微塵も考えていない。

それほど強い想いを抱くほど、まだ自分たちは近くない。

「でも、ごめんね。知らなすぎて無神経だったかもしれない」

誰がなにに傷付くのかなど、本人以外に分かり得ない。もしも土足で踏み込んだのだとしたら、その非礼は詫《わ》びて然《しか》るべきである。

伝わるだろうか。

少しずつでいい、時間をかけたい。性急に距離を詰めようとしても、つまずくばかりだ。

「私の聞き方がまずかったのなら謝るわ」

「いや、……俺が悪かった」

気まずそうにアークが目を逸らした。


一晩を共にした相手。けれど互いのことをなにも知らない二人。

アークがこの関係をどう捉えているのか、真澄には量りかねた。

＊　＊　＊　＊

そのまましばらくを待ってみたが、アークは黙り込んだままだった。

怒ったような傷付いたような顔のままで、深く考え込んでいる。口は真一文字に引き結ばれて、横顔は、あるいはなにかを後悔しているようにも見受けられた。

沈黙は苦ではないものの、隙間を埋めるために真澄はヴァイオリンに手を伸ばした。

昔、ものの本で読んだ。

無音の空間よりも雑音の混じる場所の方が、人は声を出すことに抵抗がなくなるらしい。なにもせず待ち続けても良いが、このままではアークの言わんとする内容が聞けずじまいになるかもしれない。どことなくそれは惜しい気がした。

アークの目線が動きを追う。

もう一度、『ヴルタヴァ』の主題をゆっくりと奏でる。ただし弓は持たない。指で弦を弾《はじ》くピッツィカートという奏法だ。

夜は更けてきた。

雨だれを連想させるこの小さな音たちは、無言の空間に優しく散らばっていく。弓を使った演奏のように豊かに歌い上げるには不向きだが、語りかけるには丁度良い。

信じられないものを見るような目で、アークが息を呑んだ。

「それは、弾いている……のか？」

困惑の視線がまとわりつく。

真澄は小さく頰を緩めた。良かった、口を開いてくれた。

「音が鳴れば演奏よ」

我ながら適当なことを言っている自覚はある。しかし真澄はその格好を改めはしなかった。

ヴァイオリンは構えてさえいない。ギターのように横抱きにしている。そして右手で弦を弾《はじ》き、本来守るべきリズムも気にしない。のんびりと大らかに、思いついたタイミングで旋律を鳴らしていくだけだ。

たまに遊びで、左手でもピッツィカートをやってみる。

本来は超絶技巧の一つに数えられる左手ピッツィカート、真面目にやればかなり難しい。これが指定される曲は軒並み難曲とされている。当たり前といえば当たり前で、そもそも弦を押さえる為《ため》の左手にもかかわらず、その指で同時に弦を弾くという正反対の動きをする技法なので、それなりの力と器用さと気合が要る。一朝一夕に身に付くものではなく、ヴァイオリンをやっていてもこの奏法に縁がない人間も当然いる。

その左手ピッツィカートがどうやらアークの目を惑わせているらしい。

右手の動きに対して音の数が合わない。つぶさに見れば、どうやら左手でも鳴らしているらしいが、一体どういうことか。そんな素直な驚きが伝わってくる。

「器用だな」

「こう見えても三歳からやってるからねー」

「お前、年は」

「女性に年齢訊くとか失礼」

「カスミレアズと同じくらいか」

「多分ね。そういうあなたは幾つなの。カスミちゃんと同じ？」

「あれの一つ上だ」

「へえ」

「興味薄いな」

「そんなことはないけど」

さらりと流してみるも、実は図星である。意識の八割は指先にあるからだ。

「長じるまで弾き続けてきたのか」

「んー、まあ、それなりに」

「毎日？」

「ほぼ。風邪くらいなら弾いたけど、インフルエンザの時はさすがに無理だったし」

「体調を崩しても弾いていた、と」

「うん」

「楽士でもないのにそこまでするのか」

「好きだったからね」

できることが増えていくのが楽しくて、曲が弾けるようになるたびに嬉しかった。時間はいくらあっても足りなくて、ずっと弾いていられたらいいのにと真剣に考えたものだ。

全てとは言わない。

だが生活のほとんどをヴァイオリンが占めていた。自分の人生の事実だ。周囲から賞賛された時も疎まれた時も、雨の日も風の日も、ヴァイオリンは傍にあった。

「宮廷楽士でも同じことができる奴《やつ》はそういない。見たことがない」

「別にできなくても、普通の曲弾く分には問題ないからいいんじゃない？」

「ただの怠慢だと思うがな」

「できるけどやらないだけかもよ。その人たちに会ったことないからなんとも言えないけど」

「お前は公平なものの見方をする」

「どうかしら。派閥は面倒だと思ってはいるけどね」

「別にそれでも構わん。しがらみのないお前の目には、どう見える」

「え、なにが」

爪弾きながら真澄は顔を上げた。

それまでの雑談から一転、話の風向きが変わった。真澄は奏でていた音を止めた。見ればアークの顔からは先ほど覗《のぞ》いていた諦観は消え去っていた。

代わりに、強い意志を宿した瞳がそこにある。

襟を正すような姿勢を受けて、真澄もまた背筋を伸ばした。聴こう。語られる言葉の向こうに、相手を理解する手がかりがある。

「先手必勝を信条とする最強の魔術士団。強さの源泉は豊富な魔力補給線と、攻撃に専念するために彼らの盾となる騎士団を擁していること」

アルバリーク帝国の魔術士団はその規模、質ともに大陸随一の陣容を誇る。

この点については確かに疑うべくもない事実なのだとアークは言った。

「それと引き換えに、この国の騎士団は機能不全に陥っている。もはや盾とは呼べないほどに」

声は苦悩に満ちていた。

あまりにも辛《つら》さが滲んでいて、真澄はなにをどうとも言えなかった。機能不全とはどういう状態なのか、盾と呼べないその理由は。単純な返しさえ憚られるほど、アークの雰囲気は硬く沈んでいる。

それでもアークは今度こそ口を噤むことはなかった。

「楽士がいなければ魔力の盾は使い切りだ。そこから先、盾の役目を全うできるか、ひいては生還を果たせるかどうかは、本当の意味で自分頼みになる。だから騎士団は補給線のなさを補おうと剣の練度を高め、盾の扱いに長《た》け、どうにか本来の防衛線という役割をこなす。

誇りある殉職はいつ訪れようとも、覚悟はできている。魔術士団だけじゃない、誰かを守れるのなら喜んでこの身を差し出そう。そのために立てた宣誓だ。

だが俺たちだって人間で、無駄死にしたいわけじゃない。

結果、やればできるとばかりに次の任務が決まる。必死に生き残る。練度は上がる。魔力以外の。

そうして今の騎士団は精鋭揃《ぞろ》いになった。

だがそれは本来の騎士団のあるべき姿ではない。

考えてもみろ。

補給線がないということはつまり、損耗しても構わないという意思表示をされているんだ。

不可能な奇跡じゃない、魔力さえあれば盾も治癒も使える。そういう理《ことわり》の世界であるのにそれを許されないなぞ、これを捨て駒と呼ばずしてなんという。許し難い扱いだ。到底許容できない。

捨て駒になれたのならまだいい。

仮に騎士団が全滅しながらも魔術士団を守ったとしよう。その後、どうなると思う。簡単な話だ、騎士団が潰《つい》えるような強大な相手ならば、盾なしの魔術士団も早晩敗れるだろうさ。

アルバリークの勝利が約束されないのならそれは捨て駒でさえない。ただの消耗だ。

今はまだこの大陸でアルバリークが最も国力を持ち、最大の軍事力を持っているからいい。だがいつか、盾である騎士団がその練度でさばききれない相手、高位の魔術士団や魔獣の集団が襲ってきたらどうする。いざという時に頼るべき魔力が減る一方では、盾どころか勝負にもならん。

アルバリークの魔術士団は強い。だがその強さが過信を生む。

慢心の上にある思考停止は戦略とは程遠い。

今が上手くいっているからこのままで良いという奴は、国の未来に責任を負っていない。いつか来る脅威に備えるのが俺たち騎士団であり、軍人の存在意義だ。そういう意味で、そのいつかが明日なのか十年後なのかは、存在意義の論点にさえなり得ない」

その饒舌《じょうぜつ》さが、憤りの深さを浮き彫りにしていた。

なんのために自分たちはここにいるのか。この手に抱く力は誰《た》がために。

人のために生きると決めた清廉かつ勇猛な心は、現実のままならなさを嘆いている。憂えて憂えて、国の未来を想いながら歯噛《はが》みする。

無念さはいかばかりだろうか。

守りたいからそこに立っているのに、守れないとなれば。

「そこまで分かってるのに、どうしてそのままなの」

「訴えたさ、何度も。だが誰も聞く耳なぞ持たなかった。だから俺は騎士団に入った」

「変えようと思って？」

「少し違う。変えられないのなら、生き残るための力を分けてやろうと思った」

「それが騎士の叙任？」

「そうだ。俺は『熾火《おきび》』で、俺の力は強い。魔術士団長と遜色ない程度に。俺が叙任権を持てば、叙任を受けた騎士は強い魔力の『種火』を持てる。そこから先は本人の努力次第だが、少なくとも一撃で昇天させられるような弱さではなくなる」

「訊いてもいい？」

「ああ」

「どうして自分が、とは思わなかった？」

諫言《かんげん》が見向きもされない状況で、それでも尚諦めないのはなぜだろう。

もう知ったことかと全てを放っておく選択肢もあったはずだ。徴兵制ではなく志願制を敷いているらしいこの国では、我関せずを決め込むことさえ不可能ではなかった。

敢えて厳しい道を往《ゆ》くのは何故《なぜ》だ。

真澄の問いに、アークは暫時押し黙った。

「帰りたい場所を、……」

言いよどむ。

長い指を組んで、そこに視線を落とす。理由に困っている風ではない。むしろ逆で、あふれだす想いのどれを選び取れば良いかを迷っているように見えた。

きっと生半《なまなか》の決意ではなかっただろう。

叙任の宣誓が生涯守られるとするならばそれは、誰より清廉潔白な生き様だ。

「この生を受けたこの国を、愛しているから」

万感込められた一言は、ただ祖国を想うものだった。

真澄はヴァイオリンを置いて立ち上がり、アークの傍に寄った。怪訝《けげん》さを隠さず見上げてくる顔、その頬をそっと指で拭う。黒曜石の瞳から零れた滴《しずく》は温かかった。

瞬きの合間に再び零れる。

気付いていないのか構わないだけか、アークは濡《ぬ》れた瞳のままただ真っ直ぐに真澄を見据えるばかりで、口元は強く引き結ばれている。言葉はもうない。けれど真澄にはアークの叫びが解った。

長い間ずっと抱え、訴え続けたその想い。

全身全霊で求め、その声が枯れても尚諦めなかったそれが、真澄の胸を衝《つ》いた。


大丈夫。

あなたの心は聞き届けたから。


そう伝えたくて、しかしそれを示す適切な言葉を最後まで見つけられず、真澄は無言のままアークの頭を胸に抱き込んだ。

第4章　本物との邂逅

◇10　面倒事は雪だるま式に

小鳥の鳴き声と共に迎えた朝は、優雅に晴れていた。

広めの部屋の中には、焼き立てパンの香ばしい匂いがふわりと漂っている。時折響く食器の音が耳に柔らかい。甲斐甲斐《かいがい》しく立ち回り、給仕をしてくれるメイドたちは今日も可愛《かわい》らしい笑顔を絶やさず、清々《すがすが》しい気分にさせてくれる。

そんな朝の早い時間ながら、彼の台詞《せりふ》は本日五回目を数えた。

「申し訳ありません、騎馬試合の監督がなければ私が対応するのですが」

言葉通り心底申し訳なさそうにカスミレアズが顔を曇らせる。

いい加減に割り切ってしまえば良いだろうになどと真澄《ますみ》は思うのだが、近衛《このえ》騎士長にしてみれば、そう簡単に承服して良い話ではないらしい。

「かといって騎馬試合の統括官をお願いするのもかえってご面倒ですから、」

「気にしなくていい、どうせ暇だ」

片やアークが鷹揚《おうよう》に手を振る。

話は誰が真澄をヴェストーファ市街に連れていくのか、という題目である。

魔獣騒ぎの翌日、真澄は替えの服がないことを訴えた。アークに対して「だから容疑者にも人権というものが以下略」と詰め寄ったところ、意外にも着替えを調達する件についてはあっさり「妥当である」と認められた。

にもかかわらずカスミレアズがなにを気にしているのかというと、曲がりなりにも雇用契約を結んだとはいえ、真澄にかかっているスパイ容疑は健在だからである。

ただの楽士であれば、現在進行形で世話になっているメリノ公に頼んで付き添いのメイドと護衛をつけてもらえば事足りる。が、真澄の場合は大変残念なことにただの総司令官専属楽士ではないので、事情を知っていてかつ有事の際に対応できる人間が付くことが望ましい。

それ、候補二人しかいないじゃん。

思わず真澄は突っ込んだ。

まずもって真澄の事情を知っているのはアークとカスミレアズしかいない上、騎士としての実力は彼らが頭五つ分くらい抜きんでている。そりゃそうだ、第四騎士団の総司令官殿とその近衛騎士長様だもの。

アーク自身は見るからにまったく意に介していない。先の台詞からも分かるとおり、叙任式が終わった今となっては騎馬試合を見るくらいしかやることがないのだ。であるからして、お使いに出るのは本人的にはやぶさかでない状態らしい。

この総司令官殿、地位があるのにゆるい。

本人ではなく側近がそのあたり、かなり気にしている次第だ。

「メリノ家の令嬢がマスミの相手をしてくれることになった。ついでにメイドを一人借りる。見立てはそっちに任せるから問題ない」

「流行《はや》りがどうとか申し上げたいわけではないのですが……」

どうでも良いことに気配りを見せたアークに、カスミレアズが微妙な反応を返す。

気持ちは分からないでもない。しかしこれ以上重ねても選択肢はない状態。身支度を既に整えていたカスミレアズは最終的に腹を決めたらしく、立ち上がって礼を取った。

「お手を煩わせてしまい申し訳ございません。時間ですので、私は競技場へ参ります」

「ああ。昨日の今日だ、あまり無理はさせないよう頼む」

「どうでしょうか。あれらも言って聞くなら可愛気もありますが」

カスミレアズが肩を竦《すく》めた。言外には「どうせ言ったって無駄」という投げっぱなしの諦めが見えている。隠す気はどうやら皆無らしい。

でしょうね、と心で相槌《あいづち》を打つのは真澄だ。

言葉の制止が有効な手段として数えられるのなら、肉体言語による激烈な説教など必要ない。わざわざやり直したアイアンクローは記憶に新しい。

「まあ聞きゃしねえだろうな」

からりとアークが笑った。

一応は心配されている彼らの部下――第四騎士団の騎士たちは、今日から四日間の騎馬試合と一日の競技クアッドリジス、さらに最終日には上位者への挑戦というエキストラステージをこなさねばならない。仕事ではあるがしかし、喜々として参加している実態は既に聞いた。

きっと上司の予想通りの展開になることだろう。どんな大暴れが繰り広げられるのか、見ものである。

＊　＊　＊　＊

騎士の叙任式から騎馬試合という一週間にもおよぶ一大イベントが開催されているせいか、ヴェストーファの街は競技場周り以外も人出が多かった。

聞けば、この時期は騎馬試合目当てに滞在する旅行者も多いらしい。

朝ご飯を貴族の邸宅――メリノ家――で、ゆっくりたっぷり御馳走《ごちそう》になった後、真澄はアークと一緒に競技場とは正反対にある商業地区に来ていた。競技場側は露店が縁日さながらにひしめきあい人間もごった返していたが、こちらの地区は賑《にぎ》わいながらも歩きやすい。

広めに取られた石畳の道、両脇には白壁の美しい店構えが連なっている。天気が良い。陽気に誘われてか、雑貨店は木のワゴンに商品を並べ、軽食が取れるらしい飲食店はテラス席を設けている。

案内に付き合ってくれた若いメイドに希望を尋ねられ、真澄は取りも直さず普段着を所望した。かしこまりました、とにっこり笑ってくれた彼女は、慣れた様子で先導してくれている。少しのそばかすが可愛らしい彼女は、道中の真澄とアークのたわいない会話を微笑《ほほえ》みながら聞きつつも、余計な口はまったく差し挟んでこない。

アンシェラも控えめながら一緒に歩いてくれている。

彼女はメイドと話をしながら、どの店がよいかを思案してくれていた。

そんな道中、さしあたって真澄とアークの話題は昨日の魔獣についてである。

「よくあんなに次から次へと湧いて出てくるわよね」

「そりゃお前、弱いから頭数いねえと他の魔獣に食うだけ食われて終わりだろ」

アークの言を鑑みるに、どうやら魔獣の世界にも食物連鎖はあるらしい。しかしあの獰猛《どうもう》さで弱いと言われても、真澄にしてみれば説得力は皆無だ。

「食われる側のくせに人間は襲うとかそれもどうなの」

「ウォルヴズに関してだけなら、人食いになることは滅多にない」

「あれだけの大群が例外、ねえ」

自然、真澄の目は胡乱《うろん》になる。

「確かにマスミのような一般人には危険だが、俺たち軍人には遊び相手にもならん」

むしろ剣術魔術の練習台扱いだ、などとアークは事もなげに言う。

「ていうか遊び相手以下なら、あれはやりすぎだと思うけど」

「人の味を覚えると厄介なんだよ。さっさと駆除しねえと、知性が低いから何度でも襲ってくるようになる」

それはあれか。北海道のヒグマが人里を襲って味をしめるってのと同じ原理か。

「一匹でも残すと面倒だ」

「ふうん。じゃあ昨日のは全部片付けたっていう自信、あるんだ？」

「たかがウォルヴズごときにあれだけ大盤振る舞いすりゃあな」

至極当たり前の顔でアークが続けた。

騎士たちの予後を考えると正当防衛だったと胸を張っているが、無双した自覚があるあたり、やっぱりやりすぎだったんじゃないのかと真澄は喉まで出かかった。

口に出したところで詮無いので、まあ飲み下すとしておくが。

「そういえば、まだ疲れてる？」

真澄が右斜め上に視線を投げると、アークが「ん？」と小首を傾《かし》げた。

「魔力ってやつは、音楽を聴かないと回復しないんでしょ」

発覚した事実は衝撃だった。

しかし昨夜はアークたち騎士団の実情を僅かに窺《うかが》い知っただけで、ほとんどなにもできなかったというのが事実だ。夜は静かに更けていった。憤りを抱えて苦しむアークに、掛けられる言葉をなに一つ真澄は持っていなかった。

身を寄せて、独りではないと態度に示すばかりで。

やがて二人で眠りに落ちた。

アークは強く真澄を抱きしめて離さなかった。真澄も大人しくその胸に頬を預けた。互いの体温を伝え合うだけで、そこに言葉はなかった。

僅かにできたことといえば、『ヴルタヴァ』を弾いたくらいのものだ。

少しでも疲れが取れていれば良いが。真澄としてはそんな僅かな希望を抱きつつ、アークの体調が気にかかるのである。

「その話か。全回復はさすがにしてないが、別に問題ない」

「回復してないのに問題ないってのも良く分かんない話だわ」

「それは俺が『熾火《おきび》』だからだ」

「もうちょっと詳しく」

他者にその力を分けて余りあるほどの者が叙任権を持つというのは既に聞いた。

絶えることなく膨大な熱を保ち続ける。故に彼らの魔力は『熾火』と称され、力を分け与えられる側は『種火』をもらうと言い習わす。

だが真澄が理解できているのはそこまでで、「熾火だから大丈夫」というだけではアークの状態が良く分からない。

「そもそも魔力量の桁が違う。だから多少減ったところで、常人より総量が多い状態は変わらない」

「どれくらい違うもんなの？」

そこではたとアークが考え込んだ。

「どうだろうな。連れてきている騎士全員合わせても、俺の半分に届くかどうか」

「全員って、三十人くらいいたわよね……」

それが束になってかかっても敵《かな》わないということか。

思わず真澄の頬は引きつった。規格外にしてもほどがある。まあそれだけ差があれば、あのど派手な攻撃もさもありなんと頷《うなず》けるが。

ところが当の本人は涼しい顔をして「そんなもんだ」と流す。

「魔術士団の抱える大魔術士でさえ、『熾火』相手だと一人二人じゃ勝負にならん」

三人揃《そろ》えてようやく楽しめ——じゃなかった、まともな交戦になる。

そんな物騒な台詞を吐くアークに真澄が「うへぁ」という顔になったところで、アンシェラが目的地に到着したことを教えてくれた。


買い物は順調に進んだ。

女三人、流行りの服をあてでもないこうでもないと楽しく見定め、一週間分の着替えを調達する。

アークは一応店の中に入りはしたが、入口から先には一切踏み込もうとしなかった。

動いたのは最後の支払いの時だけである。

それも、現金をやりとりするのではなく紙にサイン一つで終わった。聞けば、これは購入品目録に対する承認のサインだという。後日これが帝都の第四騎士団に送付されてきて、支払い処理がなされるらしい。

なんとも便利な話である。

ついでにいうと、買ったものはメリノ家宛てに送ってもらえるという特典もついていた。こちらはアークどうこうというより、アンシェラが口添えしてくれた点が大きいだろう。いずれにせよ至れり尽くせりである。

次に向かったのは化粧品の店だ。

令嬢のアンシェラは言わずもがな、案内のメイドまでもばら色の頬と透き通るような肌をしていたので、真澄の勘が働いた。少なくとも化粧水や乳液などの基礎化粧品は絶対にあるはず、と。そして尋ねてみたところ大当たりで、基礎どころか口紅やおしろいなどの普通の化粧品もあるという嬉《うれ》しい回答だった。

「でも、私はあまり得意ではなくて」

と、歩きながらアンシェラが恥ずかしそうに笑った。

「最低限の手入れは彼女や友人に教えてもらいましたが、自分に合う色などはまったく分かりません。季節に合わせて新しい色を勧められたりもするのですが……」

「お嬢様はもっと色々冒険してもいいと思います！　お化粧くらい良いじゃありませんか、お嬢様は本当にどんな色でもお似合いですもの！」

「そんなことないわ、恥ずかしいからやめて」

アンシェラの頬が赤く染まる。

それを受けたメイドは残念そうな素振りで僅かに頬を膨らませるも、主《あるじ》の言うこと聞かぬ訳にもいかないといった風情でそれ以上言い募ることはしなかった。

そんな彼女たちの様子を見て、真澄は「そうね」と言って話に入った。

「私も詳しくはないけど、アンシェラは何色でも似合いそう。でも敢《あ》えて選ぶなら、赤系統かな。落ち着いた色も素敵だけど、深くて鮮やかな真紅とかどう？」

「真紅ですか!?……考えたこともありませんでした」

「試し塗りしてみて、似合ってたらそれ買いましょう」

「え、ですが」

「一緒に出かけた記念よ、記念。アンシェラも私に選んで。アルバリークの色がいいな」

この国を表すにはどんな色があるか。

そう真澄が問うと真面目なアンシェラは少しだけ考え込み、それから色々な話をしてくれた。それはアルバリークという国の自然や風土、文化など多岐にわたり、七色では到底収まらなかった。

話を聞く真澄は感心しきり。横を歩くアークは余計な口を一切挟んでこず、時折真澄たちに視線を投げかけてくるのみだ。その表情は穏やかで、頬が僅かに緩められていた。

ほどなくして化粧品を取り扱っているという店に到着した。

掲げられている看板が上品な赤で、金色の優美な縁取りが綺麗《きれい》だ。大きな扉は観音開きに開かれていて、外から窺ってみると、中には様々な年齢層の女性が思い思いに商品を手に取ったり試し塗りをしたりしていた。

真澄はつと後ろを振り返る。

目線で「どうする？」と尋ねると、アークは力いっぱい辟易《へきえき》した顔で、「外で待っている」と断りを入れてきた。

「じゃあ支払いの時に呼びに行くね」

「いい。店に言って先に書いておく」

「ねえ。それ詐欺に合う典型だけどいいわけ？」

「どうせ目録写しはマスミに渡される。そも第四騎士団を謀れば塵《ちり》と消されることくらい、ここの住人は解《わか》ってるから問題ない」

「私が化粧品買い占めて散財しないかとかそういう心配は？」

「お前このテにそんな力入れてねえだろ。薄紅すぎて俺に移りもしなかったじゃねえか」

「うっさい黙れ！」

昼の日中からこの男は明け透けになにを言い出すのか。

出会った初日の夜について言及され、羞恥で居た堪《たま》れなくなる。確かに薄化粧なのは事実だが、それを把握されているのが実に癪《しゃく》だ。

腹立ち紛れに会話を切り上げ、真澄は踵《きびす》を返す。すると数歩進んだところで背中に声がかかった。

「大丈夫だ。そういう奴《やつ》は誰かのために泣いたりしない」

「……それどういう」

店に入りかけた足を止めて、真澄は振り返る。ところがその時にはアークはさっさと通りに向かって歩き始めていて、重ねて問うことはできなかった。

それほど時間をかけることなく二軒目も片付いた。三人で揃って店の外に出ると、近くにアークの姿はなかった。

あれ。

不思議に思って真澄は周囲に目を走らせる。通りを挟んで店の斜め向かいが噴水のある広場になっていて、その脇に置かれているベンチにアークは腰を落ち着けていた。

足を適度に開き、少し前かがみに――膝の上に肘を置いて、長い指を組んでいる。

視線はぼんやりと足元に集う白い鳥たちに向けられている。昨日の戦闘中の鋭い表情と比べれば、随分と無防備だ。しかしその身に纏《まと》っているのは騎士団の制服で、無駄に三割増しで見えている。

そんなアークは明らかに周囲の注目を集めていた。

「どうしよう。近付きたくないんだけど」

「そ、そうは申しましても」

正直すぎる真澄のぶっちゃけに、若いメイドはおろおろと落ち着きを失《な》くしている。隣にいるアンシェラもそれは同じで、広場のアークを見て、真澄を見て、「どうしましょう、でも、そうですよね」と呟《つぶや》く。真澄の心情は理解してくれているらしい。

おそらくアークは今、ヴェストーファで最高の知名度を誇る人間だろう。

叙任権を持つ第四騎士団の総司令官殿だ。

当然のことながら毎年式典に出席しているし、騎馬試合も観戦している。その顔を知らない人間はいない。よって、遠巻きにひそひそきゃあきゃあ騒がれている。微妙に人だかりができかけているが、しかしお近づきになろうと直接話しかけるような猛者はいないらしい。

これをかき分けていくのはちょっと憚《はばか》られる。

どうしたもんかと顎に手をかけ考えていると、アークが鳥に投げていた目線を上げた。そして店の軒下に立っている真澄たちに気付いたらしく、さっさと立ち上がる。

つつましくも黄色い悲鳴がそこかしこで漏れる。

当の本人はまったく意に介さず、それどころか愛想の一つも振りまかず、すぐに真澄の傍《そば》に戻ってきた。結果として、周囲の視線は真澄にも遠慮会釈なく突き刺さる。

自分が行こうが行くまいが変わらなかった。真澄の目は遠くなった。悩んだ時間を返してもらいたい。

「早かったな」

「あんまり待たせるのもね」

雑踏に紛れるべく、そそくさと歩き出す。人だかりからは「あれってもしかして」「楽士様?」「本物よ、私叙任式で見たもの」などという声が飛んできている。

真澄としては高揚した集団に居た堪れなくなる。

かといって、楽士とは名ばかりの実はスパイ容疑者なんです、とは口が裂けても言えない。綺麗な夢や憧れを叩《たた》き割るようなそんな真似《まね》、とてもじゃないができない。むしろ言ったところで残念な自分の境遇が浮き彫りになるだけだ。

気付かれていることに気付いていないフリをするため、真澄はアークに話しかけた。

「総司令官って人気あるのね。みんなこんなもん？」

「さあな。俺は男からの支持が多いが、……他は違うだろうな」

「男から？」

引っ掛かりを覚え、真澄は不自然にならない程度に周囲に視線を走らせる。高い声が耳で拾いやすいせいか、女性ばかりかと思っていた。しかしよくよく見れば、確かに人だかりの半分以上は若い少年、青年だ。

カスミレアズはむしろほぼ女性ばかりに囲まれていたような気がする。

両者の差は一体どこからくるのだろうか。

ふと真澄が疑問を抱くと同時に、広場の向こうで悲鳴が上がった。今度は黄色ではない。絹を裂くような、本物の恐怖に怯《おび》えていた。

アークの目が鋭くなる。

それと同時に、真澄の頬は引きつった。昨日の今日で、今度は一体なんだというのだろう。そして巻き込まれる予感しかしないのは、なぜだ。騒ぎは徐々に膨れ上がり、やがて聞こえてきたのは「魔獣だ」という切羽詰った叫びだった。

ぎょっとして真澄はアークを見遣《みや》る。

「もしかして昨日の生き残り？」

「あり得ない。ウォルヴズの群れは俺が確かに跡形もなく消した」

油断なく周囲を探りながらアークがきっぱりと否定する。

元凶が定かになったせいで、混乱が最高潮に達する。我先に逃げ出そうとする市民がぶつかり合い、怒号と悲鳴が交錯する。

人々が逃げてくるのは広場にある噴水の向こう側だ。

すぐに駆けだすかと思われたアークはしかし、深く眉間を寄せてその方向を注視するばかり。難しい顔には、怪訝《けげん》さと慎重さが同時に浮かんでいる。

「どうやってカスミレアズの防御壁をすり抜けた……？」

低い呟きは、ありとあらゆる可能性を精査しているようだった。不吉だ。まるであってはいけないことが起こってしまったような、底知れぬ不安がこみ上げる。

その横で、張り詰めた叫びが飛び交う。

「衛兵！　衛兵はどこだ!?」

「今呼びに！」

「まずい、子供が！」

と、真澄の横で盛大な舌打ちが響いた。

「長剣を取りに戻る時間はねえな」

深い思索を切り上げたらしいアークが真澄に向き直る。

「片付けてくる。すぐに戻るから、ここから動くなよ」

「……うん」

「そんな顔するな。大丈夫だ」

アークの手が真澄の頭に乗せられた。ぽんぽん、と軽く叩かれる。

周囲が騒然と浮き足立つ中、アークは踵を返して雑踏に消えていった。「子供じゃない」と強がりを言う隙間はなかった。その背が人波にかき消えても、しばらく真澄はその方角から目を逸《そ》らすことができなかった。

現場に向かうアークが「落ち着け」と言って回っているのか、それとも駆け抜けるその雄姿が目立っているのか、先ほどの恐慌状態は少しずつ収まってきていた。

口々に「総司令官様が」「もう大丈夫」などと市民は囁《ささや》き合い、緊張の中にも安堵《あんど》を滲《にじ》ませている。

たった一人で、これだけ絶大な信頼を寄せられている。

守ることが騎士の存在意義そのものだとアークは言った。誓った生き方を違《たが》えたことは、きっと一度としてないのだろう。正直に過ぎるアークの生き様を垣間見《かいまみ》たような気がして、真澄はその場に立ち尽くした。

と、真澄の身体《からだ》に衝撃が走る。

「っつ、」

急ぐ誰かとぶつかったらしい。予期せぬ衝撃に真澄は体勢を崩し、石畳に膝をぶつけてしまった。

「失礼！　大丈夫ですか？」

低く柔らかな声と共に、目の前に手を差し出される。

その手を取る前に見上げると、それは若い青年だった。真澄より二つ三つ若いくらいだろうか。

気弱そうだ。真澄が手を取らないことに慌てているのが分かる。

思わず頬を緩め、ありがたく真澄は手を借りた。それは随分と温かかった。

「こちらこそすみません。ぼんやりしてました」

青年と目が合う。

三度瞬《まばた》きをして、彼は「あ」と呟いた。

「あの、あなたは」

「はい？」

「総司令官殿の楽士様ではありませんか」

「あー……」

期待に満ちた眼差《まなざ》しを向けられて、真澄は困惑した。

スパイ容疑がかかっていて、それを晴らすために臨時でやむなく弾いただけです、っていうかただの替え玉です、なんてこの場で言ったらどうなるのだろう。

そう思いつつ、真澄の返事は微妙に濁したものになる。

今回の叙任式でアークの楽士として立てとは言われたが、それが今後も続くとは聞いていない。貢献しろと詰め寄られたのは確かながら、その方法は未《いま》だに不確かである。ゆえに、自分の立場がどうなのか迷うところであって、結果明言を避ける形となった。

ところが真澄の沈黙は違う方向に解釈されたらしい。

青年は慌てて両手を振りながら、「違うんです」とまくし立てた。

「叙任式でお見かけしたものですから、つい不躾《ぶしつけ》に話しかけてしまいました。こちらは知っていても、あなたからしてみれば私は観衆の一人で顔も知らない他人ですよね」

「いえそんな」

「それにしても素晴らしい腕をお持ちですね」

「いえそんな」

「今までどちらの騎士と組まれておいでに？　総司令官殿はこれまで大変苦労されていらっしゃったようですが、あなたがいれば百人力というわけですね」

「いえそれは」

「本当に、もっと早くに出会いたかったでしょうね。そうすれば、第四騎士団ももう少しまともに働けていただろうになあ」

真澄の返しはそこで途切れた。

アークを筆頭として、騎士団が補給線の確保に困っているのは周知の事実なのだろう。しかし事実であることを差し引いても、この言い方は真澄の癇《かん》に障った。

人を褒める暇があるなら、あんたがやれば良かったんじゃないの。

そんな言葉が思わず喉から出かかった。その無邪気さの中に一筋流れるその侮蔑はどういうことか、真正面から問い質《ただ》してやりたくなる。

良かったと言いながらも、実のところ彼は第四騎士団の境遇を丸ごと馬鹿にしている。騎士だなんだと肩をそびやかしても、力を発揮できなければ穀潰《ごくつぶ》しなのだと。

頭の良さと同時に、上から目線が垣間見える。なにもかもを分かっていながら敢えて気付かないふりを装って揶揄《やゆ》する、目の前の青年はそういう狡《ずる》さを持っていた。

本当に、人は見かけによらない。昔の人はよく言ったものだ。

「でも総司令官殿も冷たいですね。あなたをこんなところに置いていくなんて、ちょっと配慮が」

「すみません、行くところがありますので失礼させて頂きます」

「楽士様？」

「ごめんなさい。急ぐので」

これ以上付き合ってられるか。

吐き捨てたい気持ちを抑えつつ、真澄は笑顔で一つ頭を下げ、問答無用で気分の悪い話を切り上げた。大股で雑踏をかき分け進む。慌てて後を追ってきたアンシェラとメリノ家のメイドは、真澄の横に並ぶがなにも訊《き》いてはこなかった。

時折、気遣わしげな視線だけを感じる。

一区画ほどを勢いに任せて進んだ辺りで、真澄はようやく歩を緩めた。

「楽士でもない人間に言われる筋じゃないわよね」

そんなに心配で口出ししたいなら、自分でやればいい。鼻息荒く真澄がまくし立てると、アンシェラは「あ」とそこで初めて合点がいったようだった。

真澄がなにに対して腹を立てたのかを理解してくれ、彼女は「この先においしいお茶屋がありますから」と気付け場所を勧めてくれる優しさを持っていた。

そしてアークの戻りを待つ間、女三人で小さなお茶会と相成った。

振り返りもしなかった真澄は、だから気付いていなかった。

「……大切なものを手元から離しちゃあ駄目だよな」

青年が口端を吊《つ》り上げる。

その右の掌《てのひら》には、小さな法円が描かれていた。

＊　＊　＊　＊

「イグルスが街の中に？」

驚きと共にカスミレアズの手が止まった。

まさに頬張ろうとしていた串焼きが寸止めになり、口がぽかんと開いている。

「ああ。心当たり、あるるか」

一方こちらは、切り分けた塊肉に豪快に齧《かじ》り付くアークである。その隣でちびちびと果実酒を舐《な》めつつ、真澄は二人のやりとりに耳を傾けた。

日は既に落ちている。

ここは古い時代の砦《とりで》で、その昔は騎士の訓練場だったとされる広範な敷地の中、宴《うたげ》が盛り上がっているところだ。周囲には幾つもの光球が浮かび上がり、幻想的な明るさに照らされている。

例年のことだそうだ。

騎馬試合が催される一週間、夜はここで「総司令官からの振る舞い」という名目で宴が開かれるらしい。

今年は魔獣騒ぎで初日の宴が取りやめになったこともあり、うっぷんを晴らすかのように今日の盛り上がりは激しい。田舎の盆祭り会場よろしく騎士も衛兵も市民も入り乱れ、笑い声や嬌声《きょうせい》がそこかしこから聞こえてくる。

それを横目で見つつ、訓練場の隅っこに陣取った真澄たち三人は、脇目もふらず腹ごしらえをしているところだ。

がっつくに至った理由は単純である。

最初の一時間はアークを筆頭に、カスミレアズと真澄もひたすら酌を受けては返杯を繰り返し、目の前に置かれる豪勢な食事にはまったくありつけなかった。ご馳走を目の前にお預けをくらって、三人の腹は加速度的に減った。ところが最初こそ酌に訪れる人間が後を絶たなかったものの、それぞれ酔いが回ると挨拶などそっちのけで騒いでいる。

実に勝手なものだ。

ともあれ酔っ払いどもの興味が逸れて、ようやく三人は落ち着いて固形物に手を伸ばしたのである。

そして、先の真面目な会話に戻る。

カスミレアズが騎馬試合を監督している間に、街で起こった騒動の件だ。突如として魔獣のイグルスが街中に現れ、あわや子供が襲われかけたところをアークが間一髪で助けた。

イグルスは鳥型の大型魔獣で、その巨大な鉤爪《かぎづめ》で成人男性をも一摑《ひとつか》みできるほどの体格を誇る。そのまま飛び立つこともでき、一度捕まってしまうと非常に危険な相手だ。単独行動を好む魔獣で滅多に人里には降りてこないが、それでも年を通して数件は必ず被害が出ている獰猛な魔獣である。

ウォルヴズに比べると格が二つは違う、というのはアークの言。

そんな魔獣が街中に入り込んだ。必ず理由があるはずである。心当たりを問われたカスミレアズはしかし、眉間に力を込めて首を横に振った。

「ヴェストーファ全域に張り巡らせた防御壁です。手抜きできるほど簡単ではありません」

ゆえに、防御壁が機能していないということはあり得ない。つまり破壊しようと攻撃を加えられた時点で、術者である自分が絶対に気付く。無効化についても同じである。

きっぱりと言い切ったカスミレアズに、アークもまた「だろうな」と頷いた。

「となると、やはり誰かが悪意を持って隠蔽しながら持ち込んだ線が濃厚か。直接俺に挑んでくりゃいいものを、このクソ忙しい時に次から次へと」

「あるいは違うのかもしれません」

「あ?」

今度はアークの食べる手が止まった。

「アーク様狙いであれば市街地に放つのではなく、直接アーク様にけしかけるはずです」

「見くびられたもんだ。そんなもん返り討ちに決まってるだろうが」

たかがイグルスごとき。

憤慨した様子でアークが銀杯を一気にあおる。

「おっしゃるとおりです。アーク様をどうこうするのに、イグルスでは牽制《けんせい》にもなりません。ですから、狙いは別のなにかでは、と」

カスミレアズの目が伏せられる。深く考え込む近衛騎士長を前に、真澄とアークは思わず互いを見遣っていた。

誰が狙われているというのだろう。

さりとて、どこの誰からどんな理由で恨みを買っているかなど分かるはずもない。アークじゃないと見せかけたアーク狙い、という線も完全には否定できないのだ。なんせ、第四騎士団の中で最も命を狙われる立場には変わりないのだから。

うーん、と考え込んだ男二人をよそに、真澄は立ち上がった。

「ちょっと酔い覚まししてくる」

「大丈夫か」

すかさずカスミレアズが腰を上げかける。

「自分で歩けるから平気。他の人の目もあるし、ちゃんと戻ってくるから」

酔いが回ったこの状態で脱走できるわけもない。

気にしないでゆっくり食べてて、と強めに言うと、不承不承ながらもカスミレアズは再び座ってくれた。

微妙に千鳥足になりつつ真澄は手洗いを目指した。

石造りの古い砦の中をちんたら歩いていると、数歩ごとに酔っ払いから声を掛けられる。「ようねーちゃん！」だの「楽士様！」だの。人懐こいというか、ゆるいというか。

まあ親しみを持たれるのは悪い話じゃない。掛けられる声の全てに片手を上げて応えつつ、ようやく見つけた手洗い場で真澄は顔を洗った。どうせ薄化粧だし、というのは心の声である。

驚いたのはその仕組みだ。

切り出された石の中心に、一回り小さな石枠が設《しつら》えられていて、そこに滔々《とうとう》と水が湛《たた》えられている。見れば底から少しずつ湧き出しているようで、ゆっくりと石枠を水が伝い落ちていく。神社の手水舎《ちょうずや》に似た風情だ。

ただし上水道が整備されていても、砦が生きていた時代に蛇口まではなかったらしい。豊富な水資源があって初めて実践できる方法ではあるが、いずれにせよ生活様式は悪くない。

水は冷たくて気持ち良かった。

滴り落ちる雫《しずく》を両手で拭いながら、そういえばハンカチもなにも持っていないことにはたと気付く。さすがにワンピースの袖や裾で拭くのは妙齢の女性としてどうかと思われたので、真澄は夜風に当たって乾かすことにした。

夜の闇に不案内かと思いきや、実は視界は明るい。

蛍光灯ほどの強い光ではないが、風呂場で見たあの光球が砦中そこかしこにふよふよと漂っていて、柔らかな橙《だいだい》色《いろ》の光が周囲を照らしている。案内さながらに浮かんでいる光球を辿《たど》り、廊下の突き当たりにある階段を上り、最後は訓練場の上に出た。

いわゆる見張り台だろうか。

眼下の訓練場で繰り広げられる大宴会のみならず、ヴェストーファの夜景が一望できる。現代日本のように、様々な色のネオンが煌《きら》びやかに輝くのとは違う。広がる光は全て、優しい橙色だ。暖かな火の色が控えめながらも途切れることなく街を縁取り、闇夜に浮かび上がらせる。

知らない街だ。

でも美しい。

眩《まばゆ》さに目を細めながら、今後の身の振り方をどうしようかと考える。

おそらく、すぐには帰れないだろうという予感はある。自分の素性出身をアークたちに説明し、状況を理解してもらうまでは無理だろう。日本というものを分かってもらわなければ、現実問題として帰り方も訊きようがない。

ただし、分かってもらえる保証はない。

拭い去れない「もしかして」が胸の内に燻《くすぶ》っている。世界地図を見るのが怖くなる日が来るなんて、思ってもみなかった。

「こんばんは、楽士様」

「え？」

考え事のせいか酔いのせいか、背後に人が立っていたことに真澄はまったく気付いていなかった。

振り返るとそこには一人の男が立っていた。若く張りのある声から察するに、青年だ。

「良い夜ですね」

目を細めながら、一歩青年が歩み寄ってくる。声は楽し気だが、笑っているかどうかは分からない。口元を黒い布で覆っているからだ。

そのいでたちは全身が黒だった。

黒装束、といえばいいのか。忍者のように動きやすそうな服装だが、肌は露出していない。夜の闇に溶けそうだ。見えているのは切れ長の目元から上だけで、世を忍ぶような姿をしている。

騎士でもなく、市民でもない。

異彩を放つ彼は足音を立てず、真澄の傍にするりとその身を寄せてきた。

「なぜこんな場所にお一人で？」

見た目の違和感とは裏腹に、話しかけてくる声音は柔らかく紳士そのものだ。

「その、酔い覚ましに」

「女性というだけでも危ないのに、ましてあなたは楽士様だ。夜の一人歩きはお勧めしませんよ。総司令官殿や、近衛騎士長殿はどちらに？」

黒装束の彼は右手を差し出してくる。どうやら心配してくれているらしい。これは「戻るためにエスコートしますよ」という申し出だ。

しかしいくら紳士とはいえ、初対面の相手にそんな面倒を見てもらうのは気が引ける。

真澄は軽く手を振って、失礼にならないよう丁重に辞退した。そして、見張り台の縁から盛り上がっている会場に視線を投げる。

「すぐ傍です。二人とも下の会場にいますから」

「それは好都合」

「……え？」

急に低くなった声を、真澄は聞き取れなかった。

聞き直そうと背中を振り返る。瞬間、両手首を拘束され、真澄は石の縁に背中を押し付けられた。

急激に揺らされた身体は、酔いのせいで力が入らない上、視界が揺れる。

「っつ、……！」

回る視界に吐き気を催しながらも、懸命に目を見開く。

息がかかりそうなほど近くに男の顔が迫っていた。拘束は解けない。石壁に手首を縫い止められ、その力の強さに真澄は吐息も漏らせなかった。

「迂闊《うかつ》なことだ。大切なら、手元から離すべきじゃない」

「なに言っ……んんっ！」

声を上げようとするも、それは不可能だった。

噛《か》みつくように唇を奪われる。後ずさり距離を取ろうにも、真澄の身体は石壁に阻まれてどこにも逃れられない。目の前にはまったく温度を感じない、檻《おり》の中の動物でも観察するかのような冷静な瞳があった。

色恋の影は一切ない。

そこで真澄は悟る。全てが遅きに失した、と。

なにを企《たくら》んでいるのかは知らない。が、助けを呼べないよう口を塞ぐことがこの男の目的だったのだ。気付いた真澄は、せめてもの抵抗に男の冷たい唇に噛みついた。

怯《ひる》んだように男が離れる。

が、そう思ったのも束《つか》の間《ま》、次いで首筋に痛みが走った。不意打ちに今度は真澄の身体が強張《こわば》った。逃れようと反射的に顔を背けてしまう。すぐに痛みは消えたが、追うように視線を投げた先、その黒布は再び青年の顔を覆い隠していた。

周到だ。そして用心深い。

一度は間近で晒《さら》されたはずの素顔。再び見ることは、叶《かな》わなかった。

◇11　過去の見え方

それからすぐ、真澄は身体の自由を奪われた状態で攫《さら》われた。

青年は真澄を担ぎ上げて夜のヴェストーファを疾走した。アークやカスミレアズに比べると、そこまで体格に恵まれているようには思えなかった。しかし人一人抱えてこんな芸当ができるのならば、あの黒衣の下は随分と鍛え上げられているのかもしれない。

家々の屋根を身軽に飛び越え、裏路地を音もなく駆け抜ける。

忍者さながらの動きは道行く人々の誰からも捉えられることはなく、やがて行き着いたのは街外れの閑静な住宅地だった。

灯《あか》りの消えていた一つの家に入る。まさか自宅とも思えないが、鍵はかかっていないらしく、木造の扉はあっさり開かれた。

暗闇が二人を迎え入れる。

おそらく家の中央にあるリビングにいるのだろうが、窓から差し込む青白い月光だけが頼りだ。真澄が必死に目を凝らしていると、不意に部屋が明るくなった。

ふわりと橙の光が広がる。

出所を探す。青年が右手の平を上に向け、その上に小さな光球が四つ五つほど浮いていた。

視界が確保できて、初めて居場所をつぶさに見る。予想に違わずそこはリビングのようで、置かれているソファやテーブル、果ては棚の全てに白い布がかけられていた。

長い留守か、それとも家具ごと売り手を探しているのか。

うら寂しい空気が静かに眠っている。いずれにせよ埃《ほこり》が薄く積もっている様子からも察するに、人の訪れはしばらくなかったようだ。

ていうか多分これ不法侵入だ。

人を問答無用で攫うような荒事をする人間が、まさか正規の手続きを踏んでこの家を手に入れるとは到底思えない。どうせ人の出入りがないことを調べ上げて、これ幸いとばかりに利用しているに違いない。

なにが目的なのかは未だはっきりしない。

青年はこの空き家らしき場所に来てからというもの、先ほどの饒舌《じょうぜつ》さは嘘《うそ》のように押し黙っている。そして彼は担ぎ上げていた真澄をソファに放り投げた。

ぼふ。

音と共に埃が舞い上がる。むせた後に、くしゃみが二回連続で出た。その後、かさり、と乾いた音が室内に響いた。

つられて辿ると、青年の手には小さな紙切れがあった。

なにかが綴《つづ》られているが、距離があって内容は読み取れない。まあ見えたところで真澄の知っている言語ではない可能性は多分にあるが、そこはそれ。どうするのだろうと注視していると、彼は内容に不備がないか確かめるように、暫時紙面に目を走らせていた。

ややあって、青年が顔を上げた。真澄を真《ま》っ直《す》ぐに見つめてくる。

「さて、誰が一番乗りで迎えに来るかな？」

細められた瞳は挑発の色が濃かった。

光球を出した時と同じように、黒装束の左手が宙にかざされる。ふわりとばら色の炎が上がる。大輪の花が綻ぶように広がったそれは、やがて鳥の形を取った。

ばら色でありながら不死鳥のように燃える羽。その鳥は、男の右手にあった手紙をついばみ飲みこんだ。鳥の身体が一度強く光り、次の瞬間羽ばたきと同時にその姿は宙に溶けた。

「下級には荷が重いか。バナレットクラスで妥当だろうな」

呟きがなにを意味するのか真澄には分からなかった。

アークに指摘されたとおり、本当に、自分はなにも知らないらしい。だから置かれたこの境遇が

どれだけ差し迫っているのかさえ、見当がつかない。

ただし鳥に飲み込まれたあの手紙だけは、嫌な予感がする。

迷子のお知らせであるはずがない。かといってラブレターなどもっと違う。

状況的にどう考えても脅迫文でしかないと思うのだが、どうだろう。

＊　＊　＊　＊

そういえば、この声……


とりあえず落ち着こうと深呼吸した真澄は、先ほど耳にした青年のそれが、どこかで聞き覚えのある声質だと気付いた。

どこだろう。

そう遠い記憶ではない。

男の顔をじっと注視する。視線を感じたか、それまで窓の外に意識を向けていた黒装束が目線を寄越《よこ》してきた。しかし用心深い性質らしく、ばら色の鳥が飛び去った後からこちら、男はなにも喋《しゃべ》っていない。

判断材料が欲しい。

もう一度聴くことができれば、心当たりが思い出せそうな気がする。そして相手の素性が分かれば、あるいは目的も推し量れるかもしれない。

「あなた誰？」

このまま黙っていても膠着《こうちゃく》状態は崩れない。両手足は既に縛り上げられて自由が利かない。だが猿ぐつわまでは噛まされていない今のうちに、真澄は勝負に出た。

音域、つまり音の高低はやろうと思えば他人を欺ける。

特に人間のそれは声域と区別されて呼ばれており、歌わない時、いわゆる地声であっても成人であれば二オクターヴの高低はつけられる。訓練次第で声域は広がり、明確に言葉が聞き取れるという前提を置いても、倍の四オクターヴ程度は操ることが可能となる。

斯様《かよう》に音の高低は意識できる。

だがその質までは変えられない。それが音色というやつだ。

聴覚に関して、一口に「音」といってもその属性は多岐にわたる。特に音域、音圧、音質が違いを浮き彫りにし、また、音楽というものに色を添える要因となる。中でも音の高低を表す音域と、音量の大小を示す音圧は比較的有意に変えられるのに対し、生まれ持った音質は自力では変えられない。

音質は、同じ高さかつ大きさの音であっても異なる聞こえ方をする時、その違いを指す属性である。

より簡単に言うのならば、同じ４４２ヘルツのラであっても、ピアノとヴァイオリンが同じ音に聞こえるか、聞こえないのであればそれは即《すなわ》ち、音色が違うから、という区別になる。尖《とが》っているのか、柔らかいのか、鋭いのか、深いのか。このように楽器の属が異なるものを比較すると相違は明確だが、これは同じ属の楽器、ひいては人間の個体差にも当てはめることができるのだ。

真澄の耳は、この声を覚えていると主張する。

幼少から鍛え続けた耳だ。この勘を信じられる程度には、努力を重ねてきたという自負がある。

男が油断なく小首を傾げる。だがなにも喋らない。もう一押しすべく、真澄は矢継ぎ早に質問を並べた。

「どこの出身？　名前は？　そんな格好してるけど、騎士なの？　それとも魔術士？　人を攫っておいて、まさか一般人とか言わないわよね？」

黒装束の眉間に、より一層力が籠もった。

間違いなく真澄の言葉に反応している。色々と言いたそうだが、立場上飲み込んでいる様子だ。

「聞き分けるために一言でいい、発声させる」という目的からすると、努力の方向性は間違っていないらしい。

阿呆《あほう》のフリでもう少し押せば、突っ込みの一つや二つ飛んできそうだ。

同時に自分の頭に残念な烙印《らくいん》を押されることにはなるだろうが、この非常事態に四の五の言っている場合ではない。誘拐されるなど人生初、交渉カードなどないに等しい。

「もしかして裏稼業の人？　誰かから雇われてるとか？」

「……言うと思うのか」

あ。

全神経を研ぎ澄ましていた真澄の聴覚は、鮮やかに埋もれていた記憶を呼び覚ました。

質問に質問で返されたが、充分だ。当たりをつけて確認すれば、その特徴は顕著である。灰色の瞳。あの時は困ったように眉を下げて、口調さえ別人だった。

あの青年だ。

口元を隠し喋り方を変え、油断なく眉間に力を込めるだけで、これほど人の雰囲気は変わる。その大胆さに驚きを禁じ得ない。

「あなた、街でぶつかったあの……」

ぴくりと男の眉が上がった。

「話半分だった割に、よく覚えてたもんだな」

男が感心しきりといった様子になるが、真澄は内心で呟いた。

むしろ顔を合わせたのはこれが三回目だろう、と。

この男と最初に出会ったのは駐屯地の中、真澄が死んだと思って生き返ろうとしていたまさにその時である。黒装束がその時と同じだ。それと確信して思い起こせば、声がまったく同じである。

しかし相手は気付いていない。星の光しかない暗がりだったからまあそれが普通だろうが、真澄は余計な情報は与えずにまず相手の出方を見ることにした。

「なにが目的なの？」

「古今東西、騎士団で最も命を狙われる人間ってのは相場が決まっていると思うが」

やはりあれは脅迫状だった。

真澄はアークをおびき寄せるための餌としてめでたく大抜擢《だいばってき》されたらしい。ある意味名誉なことかもしれないがしかし、この男は大いなる勘違いをしている。

「残念なお知らせだけど、多分人質としての価値はないわよ」

「はったりだな。夜を共にしているのは調べた」

「や、それはそうなんだけど」

恥ずかしいことを真顔で言うのはやめろ。

抗議したいのは山々だったが、そこは本筋ではない。仕方なしに、真澄は訂正を諦め聞き流した。それをどう解釈したのかは不明だが、黒装束の肩が竦められた。

「総司令官の専属楽士だ。今頃は目の色変えて捜してるだろうさ」

「うーん、それはどうかなあ……」

「単発契約ではあるが、来年のことも考えればないがしろにはすまい」

「いや、そうじゃなくて。契約更新とかそれ以前の問題で、私もスパイ容疑かかってんのよねー」

「そうか、かかってるか……は?」

男の目が見開かれた。この驚きよう、おそらく布で覆われた口も開いていることだろう。

彼は完全に話が飲み込めていない顔で絶句している。

とりあえず言うだけタダかと思って交渉を試みたものの、そこまで驚かれるのも真澄としては心外だ。自分だって好きでスパイ容疑をかけられたわけではない。その点ははっきりさせておかねばならない。

「うっかり駐屯地に不法侵入しちゃったらしくて、頭からいきなり不審者認定よ。おまけにその騒ぎのどさくさに紛れて本物の楽士が脱走したんだって。で、責任取れって詰め寄られて急遽《きゅうきょ》代打に立っただけ」

であるからして、建前上は確かに専属楽士だが、実態は全く伴っていない。真澄の言わんとするところはこれで伝わるはずだ。

つまり同じ部屋で寝ているからといって、重要人物であるとは限らない。

真澄が訴える内容を吟味するように、男の眉間の皺《しわ》が深くなる。

「駐屯地？　ヴェストーファ騎士団の？」

「うん、多分それ」

「そこにうっかり不法侵入？」

「確かにむしゃくしゃしてはいたけど、そんなつもりはなかったのよ」

だから反省するのもどうかという状況だ。

人を呪わば穴二つとはいうが、聖夜に幸せなカップルをやっかんだだけでこの扱い、どちらかといえば不本意すぎる顚末《てんまつ》になっている感は否めない。

このように真澄にも言いたいことは色々あるのだが、それ以上に目の前の男もまた困惑を深めている様子だ。とりあえず、想定していた人物と真澄はかけ離れている、という事実はどうにか伝わったようであるが。

「駐屯地には侵入者探知の術がかかっていただろう。どうやってすり抜けた？」

「さあ?」

「覚えていないのか。ということは『隠蔽された術者』だったか。それならまあ妥当」

「いや、多分それは違うと思う」

勘違いが加速する前に真澄はぶった切った。

これ以上続けても話がまったく噛み合わないのは見えている。というか、この流れは既に一回やった。

楽士と見せかけて実は容疑者である。ぶっ飛んだ発言をかました挙句に要領を得ない真澄を見て、黒装束が途端に胡散臭《うさん》そうな顔になる。

「違う? まさか力にものを言わせて正面突破しようと? それはまた剛毅《ごうき》な」

「だからそれも違う」

「では他の魔術で?」

「お願いだから侵入方法から離れて。そもそも私、スパイじゃないんだってば」

灰色の目が瞬きを繰り返す。

「……は? スパイ容疑をかけられてるんだろう?」

至極真っ当な疑問が出た。スパイ容疑がかかっていると明かしたのは、他でもない真澄自身である。

これはなんともややこしい説明だ。

「どう言えばいいか、……ちょっと記憶が飛んでて。目が覚めたら駐屯地の敷地にいて、それがどうしてかは私にも分からない。本当に、ここに来るまでは平和に生活してた単なる一般人なのよ。魔術なんて使えもしない。だからスパイって言われたって情報収集とかできないし、総司令官をどうこうしようなんて思ってない。むしろアークのことさえ知らなかったんだから『そもそもあんた誰？』状態よ」

「……それでどうしてスパイ容疑をかけられる？」

「だからそれはこっちが聞きたいわ」

会話が途切れた。

たっぷり十秒は沈黙した後で、男が盛大な舌打ちをした。

「これは、……人選を間違えたか……」

「多分ね。ご愁傷さま」

ようやく伝わったらしい。心底頭が痛そうに黒装束が額に手を当てた。

厳密に言えば狙いは間違っていなかったはずなのだ。

騎士団の窮状を考えるに、やはり楽士は大切に扱われて然《しか》るべき人間であろうし、現実アークたちはその姿勢を貫いて真澄に接してくる。スパイ容疑のせいで一定の警戒はされていることはさておくにしても。

脱走した本来の楽士だったとしたら、男の想定どおり騎士団は大騒ぎになっていただろう。

喉から手が出るほど欲しい楽士、それが誘拐されるような劣悪な職場環境となれば今以上に敬遠される未来が待っている。そんな噂《うわさ》が立つのは真っ平ご免とばかり、真剣に捜索隊が出されたはずだ。その意味で、確かに餌として申し分ない立場なのである。黒装束の描くそこから先の計画は不透明だが、騒ぎに乗じてアークになにかしらを仕掛けるつもりだったのだろう。

どっこい、肝心要の楽士が入れ替わっていた。

おまけに正規の楽士ではなくスパイ容疑付き。

こうなると「重要」の意味が根本的に違ってくる。楽士はいなくなられると困るだろうが、スパイは極論どうなろうと第四騎士団側に痛手はない。


誘拐するタイミングがよりにもよって最悪だっただけである。


傍目《はため》に分かるほど肩を落とすその様子を見て、同情しつつも真澄は内心で思った。もう少し確認しとけよ、と。誘拐犯のくせに詰めが甘いと指摘したら、締め上げられるだろうか。

毒気を抜かれたのか、黒装束は対になっているソファにどかりと腰を下ろした。

背もたれに身体を預け、天井近くに浮かぶ光球を見据える。灰色の瞳は光を映すと、銀色に輝いて見えた。

「容疑をかけられるに至った状況を見ていないから、そこはなんとも言いようがないが……つまりお前自身としては、巻き込まれた単なる女だと。そう主張したいわけか」

思考を整理しながらなのか、男は一言一言を噛んで含めるように呟いた。

うむ、と真澄は大きく頷く。

早かったとは言い難いが、それでも飲み込んでくれたならば御の字だ。完全に相手間違ってますよ、と。言いたいのはそこだった。理解した上で、真澄としてはあわよくば解放してもらいたいところなのである。

しかしそうは問屋が卸さなかった。

「どうあれ一晩くらい待ってみる価値はあるだろう。偽物だとしても、遊ぶ時間はたっぷりある」

灰の瞳が獰猛さを帯びた。熱が籠もる視線に射貫《いぬ》かれ、真澄の身体は強張る。だがいつでも組み敷けるという余裕の表れか、言葉とは裏腹に黒装束は動かなかった。

黒い胸元に手を差し入れる。

懐から取り出されたのは、同じく黒い水筒のような瓶だった。キュ、と高い音が鳴り、蓋が開く。黒装束は瓶に口を付け、中身を一気にあおった。

飲み下す音が規則的に響く。

やがて空になったらしい瓶と蓋は、白い布がかけられたテーブルの上に放り投げられた。横たわった瓶を暫時見つめてから、黒装束がくく、と喉を鳴らした。

「それだけの腕なら他にいくらでもあったろうに」

灰色の瞳はいつのまにか真澄に向けられていた。

同情とも蔑みとも受け取れる複雑な視線だ。受ける真澄も、自然と怪訝な顔になる。

「なんの話？」

「働き口だよ。帝都に行けばよりどり見取り、魔術士団も頭を下げて頼みに来るレベルと見えるのに」

「だから私はスパイじゃないけど楽士でもないのよ。ヴァイオリンはたまたま弾けるだけ」

このくだりも経験済みだ。

アークとカスミレアズを相手に、散々噛み合わなかった記憶は新しい。またあの説明を一からしなきゃならんのか、とげんなりする。

ところが黒装束は深く突っ込んでくることはなかった。

真澄の否定に僅かに怪訝そうな様子を見せはしたものの、それ以上はなにも言わない。逆に鼻で笑われた。

「であれば尚更《なおさら》、お人好《ひとよ》しにも程がある」

「お人好しって私が？」

肯定とばかり、黒装束の目が眇《すが》められる。

「なんの見返りもなしによく騎士団に力を貸したもんだ。それも、よりにもよって第四騎士団」

「……色々あったのよ、大人の事情ってやつが」

選択肢はなかった。それをお人好しと揶揄されては癇に障る。

午前中もそうだった。

この男、人の神経を逆撫《さかな》でするのが上手《うま》い。観察眼が鋭いのか、性格がねじ曲がっているのか、それとも真澄の沸点が低いのか。怒りを鎮めるために頭で考えていると、二の矢が飛んできた。

「運もないのか。名ばかりの役立たず騎士団に、間違った楽士。ある意味似合いだな」

ばっさり切って捨てられて、とうとう真澄の額に青筋が浮かんだ。

「ねえ。昼間もそうだったけど、喧嘩《けんか》売ってんの？　初対面の相手に言っていい台詞じゃないと思うけど」

「初対面にもかかわらず心配してやってるんだ。知らないようだから教えてやる」

これまで一体何人の楽士が第四騎士団──それもあの総司令官に使い潰されてきたか。

低くなった声は、そして語った。

＊　＊　＊　＊

アークレスターヴ・アルバアルセ・カノーヴァは、成人と認められる十五歳になると同時に、第四騎士団の総司令官に就任した。

彼は「熾火」の中でも突出した魔力量を生まれながらに誇り、同時に類稀《たぐいまれ》なる剣術、体術の才能に恵まれていた。前者は父方の血筋、後者は母方のそれであると周囲の誰もが認めた。

とはいえ、成人して間もない彼がその座についたのには、もう一つの理由があった。

第四騎士団は取り潰し寸前だったのである。

総司令官の座は長く空位だった。叙任権を持てる「熾火」の誕生が絶えていたがゆえに。代行として、先代の総司令官の近衛騎士長が、司令官──「総」司令官は、叙任権を持つ者だけが名乗りを許される役職だ――として、二十数年もの間、第四騎士団を支えてきた。

しかしいかに優秀であっても、代行はその域を出られない。

最も肝要である「叙任」――新入騎士の雇い入れ――ができなければ、騎士団は徐々にその規模を縮小せざるを得ない。国同士の諍《いさか》いがあり、魔獣討伐もあり。戦いの日々を繰り返すうち、負傷して退役を余儀なくされる者もあり、生き残っても、若かった騎士たちもやがて年老いて衰えていく。

騎士団は「盾になる」というその性質上、人的消耗が激しい。

稼働率が上がれば、それだけ負担が圧《お》し掛かる。

第四騎士団の衰退と共に第一から第三の騎士団がその分を補うこととなり、彼らもまた自分たちで手いっぱい。第四騎士団に新入騎士を回せるほどの余裕はどこにもなかった。

練度の高かった第四騎士団は、その規模を最盛期の半分以下に減らしても尚、代行司令官の指揮下で国に貢献した。

その数、僅か二十人。

かつては二百以上もの騎士を擁していた最大の騎士団が、もはや見る影もなくなっていた。

それでも第四騎士団が存在感を発揮できたのは、彼らが騎士の中でも屈指の実力を誇る神聖騎士であったことによる。

魔力量が限られる一般の騎士――準騎士や、正騎士――は、防御魔術に特化して鍛錬を積む。真騎士になれば攻撃魔術の使用が許可されるが、中級までという制約がついている。しかし神聖騎士はその魔力量の多さから最上級の攻撃魔術を操ることができ、攻守に優れた騎士団の主力たる地位を占める。

数は減っても、実力は折り紙付き。

一人で正騎士の二ないし三人分、戦況次第ではそれ以上の働きができる神聖騎士たちは、最後まで最初と同じように盾となり続けた。研ぎ澄まされた少数精鋭、第四騎士団最後の輝きは、星が死ぬ間際と同じかそれ以上に鮮やかであったと今でも語り草だ。

その活躍は、後年「白き二十の獅子《しし》の聖戦」として、書物に賛辞と共に記されている。

しかし限界は訪れた。

代行司令官が病に倒れ、指揮系統さえ保てない第四騎士団は廃団が決まった。これまでの貢献を考えると、あまりにも呆気《あっけ》ない決定だった。

二十人の神聖騎士たちは恨み言一つ漏らさなかった。

彼らはある者は他の騎士団に所属を変え、またある者は退役を決めた。終わりに向けて粛々と準備を進める中、件《くだん》の代行司令官も治療の甲斐《かい》なく短い闘病生活を終えた。あるいは第四騎士団解散の報に接し、色々なことに失望してしまったがため、気力の全てが削ぎ落されてしまったのだと言う者もいた。真偽の程はもはや確かめる術《すべ》もないが。

代行司令官の国葬がしめやかに執り行われ、その一週間後が第四騎士団解散の日だった。

なにもかもが決定事項だった。

それを土壇場で覆したのが今の総司令官、アークレスターヴだ。その時彼は十三歳だった。

代行司令官の葬儀の場で、激昂《げきこう》の声が響いた。神官が口上を述べ、代行司令官の生き様とこれまでの功績を謳《うた》い上げ、最後に「残念ながら」と第四騎士団の解散を口にした時のことだ。

どういうことだ、と。

まだ若く、迫力があるとは言い難い高さの声。しかし彼は毅然《きぜん》とした態度で、すぐ傍に座っていた為政者である現皇帝に食って掛かった。

『その力の恩恵だけ与《あずか》って、あとは知らぬ存ぜぬですか』

鋭利な言葉にその場は静まり返った。

誰もなにも言わない。否、言えなかったのだ。皇帝が口を開く前に、次いで全騎士団を統括する宮廷騎士団長にその矛先は向けられた。

『宮廷騎士団長が使い捨てを容認してどうする。いつか己が往《ゆ》く道になるぞ』

宮廷騎士団長からの答えも待たずに、アークレスターヴはその場で宣誓した。成人を迎えたその日に、「熾火」として第四騎士団長の座に就くことを。

そうして、退役を決めた者は去ったが、残った神聖騎士たちは他の騎士団への移籍ではなく、二年後の第四騎士団再結成までの一時預かりとなった。

二年後、アークレスターヴが十五を迎えた年、約束は違えることなく果たされた。

見事復興を果たした第四騎士団だったが、すぐさま別の試練が立ちはだかる。

戻ってきた神聖騎士は半分の十人となっていた。騎士団などとは到底呼べない有様で、目減りした騎士の雇い入れが急務だった。

そこからアークレスターヴの獅子奮迅《ふんじん》の働きが始まる。

「熾火」の中でも破格の力を誇る総司令官は、寝食を忘れて人材探しに奔走した。いかに彼が他者に与える「種火」が大きかろうと、誰彼構わず雇い入れて叙任すればいいというものではない。騎士になるには肉体の頑強さに加え、守ることに特化する宣誓ができるかどうか、生涯をかけて誓えるか、その精神がなにより重視される。敵を前に怯むようでは、弱き者をその身を挺《てい》して庇《かば》えないようでは、騎士たる資格がない。

普通にやっていたのではいつまで経《た》っても本当の再興とはいえない。

だからアークレスターヴは、通常は年に一度しか執り行わない叙任式を、就任後の三年間はアルバリーク帝国中を巡りながら、年に四度も行っていた。

その甲斐あって、最初の一年で騎士は五十人に増えた。

ほぼ若手の従騎士と準騎士ばかりであっても、まとまった頭数になれば任務が与えられる。それは簡単な国境の魔獣討伐から始まり、やがて国同士の小競り合い、その最前線にも駆り出されるようになった。

次の年に、騎士は百人に増えた。

叙任を受けたその中に、今の近衛騎士長であるカスミレアズ・エイセルがいた。七歳の頃から騎士見習いとして宮廷騎士団に所属していた彼は見る間に頭角を現し、三年後には神聖騎士にまでなっていた。歴代最速の記録である。カスミレアズはその後もあらゆる記録を塗り替え、二十歳にして近衛騎士長まで昇りつめる。これもまた近衛騎士長就任の最年少記録であり、かつその魔力量は歴代近衛騎士長の中で最高というおまけ付きだった。

その頃には既に二百名あまりの騎士を擁し、第四騎士団は完全なる復活を遂げていた。


破格の「熾火」である総司令官と歴代最強の近衛騎士長。

彼らが掲げる旗に若き騎士は集い、名乗りを上げた。


順風満帆に見えた新第四騎士団はしかし、その強大な力ゆえの苦境に陥る。

彼らの持つ力の前に、従来の補給線は脆弱《ぜいじゃく》すぎた。

魔力量の桁が違う上、特にアークレスターヴが総司令官就任後の最初の三年間は年数回の叙任式と通常任務をこなし、騎士団としては異例の稼働率を叩き出したのである。必然、補給線となる楽士も相応の負担がかかる。そんな若き総司令官の激務についてこられる楽士はいなかった。

総司令官の楽士ともなれば破格の待遇で迎えられるのが常だ。

にもかかわらず、三ヶ月と続く楽士はいなかった。帝都で訓練に明け暮れる程度ならば、まだ手を挙げる者もいただろう。しかし騎士団はいつでも最前線に往く。そして撤退の時はしんがりを務める。お世辞にも快適とは言えない、むしろ劣悪といってよい従軍環境に、楽士たちは悲鳴を上げた。

初年度に八人。

二年目は二十人。

三年目が三十一人。

アークレスターヴについた専属楽士、交代した人数である。その数、わずか三年で驚異の五十九名。一度に数名ではない。一対一の関係が基本である中で、これほどまで楽士が交代に交代を重ねた総司令官はいない。

総司令官の下から最後の専属楽士が去ったのは就任からきっかり三年後、十八の時だった。

そこから先は櫛《くし》の歯が欠けていくように早かった。

次に逃げ出したのは、神聖騎士となっていたカスミレアズの専属楽士だった。さすがに総司令官に比べれば劣るものの、こちらも歴代最高の魔力量を誇る神聖騎士である。常人とはかけ離れた規格外、そんな彼は神聖騎士になって二年が経つ頃には、総司令官と同じ境遇に陥っていた。

それは近衛騎士長になってからも同じで、むしろ更に強化された魔力量に、どの楽士も恐れをなした。

近衛騎士長にもかかわらず、一度も専属楽士がつかない男。

前代未聞の状態であり、その点においても記録を打ち立てたのがカスミレアズ・エイセルという男である。

総司令官専任の首席楽士、近衛騎士長の次席楽士が不在となると、神聖騎士以下の楽士を指導する者がいなくなる。元来厳しい稼働率であったことが拍車をかけ、沈む船からねずみが逃げ出すかのように、第四騎士団は楽士の流出を抑えられなかった。

最後の楽士が逃げ出したのが八年前。

往時から見れば見事な再興を叶えたものの、同時に「楽士の居つかない騎士団」としてその名を轟《とどろ》かせているのが、他でもないアークレスターヴ率いる第四騎士団なのである。

これほど悪名高い騎士団は過去に類を見ない。

＊　＊　＊

「随分と詳しいみたいだけど、第四騎士団に恨みでもあるわけ？」

話の終わりを迎えて、真澄の目は否応《いやおう》なく細められた。

「感謝するならまだしも、悪名高いなんてよく言えたもんだわ。騎士団がいることの恩恵をあなた自身が受けてるくせに」

守られている立場でなにを賢《さか》しらに。

その全容を理解したわけではないが、彼らの宣誓とその生き様を垣間見て、かつ総司令官の苦悩を知った身としては聞き捨てならない揶揄だった。

自然、真澄の語気は強くなる。

「どうしてアークやカスミちゃんが一方的に悪者なのよ。わざわざいびり倒したわけでもないでしょうに、被害者ぶる楽士の方がどうかしてるわ。激務できつい？　ただの後方支援方が泣き言並べてどうすんのよ、じゃあ前線で身体張る総司令官はどれだけきついかって話よ」

「巻き込まれただけと言う割には、随分と肩を持つもんだ」

「むしろそっちがどうかしてると思うけど？　自分の国のことなのに、まるで他人事《ひとごと》みたいに」

「他人事さ。とうの昔に捨てた国だ、もはや祖国でもなんでもない」

男が吐き捨てた。

「機能不全の騎士団は、人を不幸にする。無理に再興などしなければ良かったんだ」

「……それで？　じゃあどうしようって言うの？」

「簡単なことだ。手遅れになる前に——これ以上不幸な楽士が出る前に、第四騎士団を潰す」

だからお前も戻る必要などない。そう言って、黒装束は身体を起こした。

一歩、また一歩。

ゆっくりと歩み寄ってくる。

ソファの上から逃れられず、真澄はその動きを目で追った。やがて男が目の前に立つ。左膝を真澄の横に沈め、右手をソファの背もたれにつく。真澄はさながら籠の中に閉じ込められたようだった。

「総司令官を片付ける予定だったが、……」

灰色の瞳が近づいてくる。

「お前が戻らないだけでもそれなりの痛手になりそうだ。我が国の楽士になれ。第四騎士団に戻らないと約束できるのなら、丁重に迎えよう」

「これだけ手荒に扱われた後で丁重とか言われてもね」

「おかしなことを言う。無論、『血の盟約』を交わすつもりだ」

「盟約とやらがなにかは知らないけど、お断りよ」

交渉が長引く前に真澄はぶった切った。

黒装束の言う「血の盟約」とは、物騒な名前だがおそらく雇用契約のようなものなのだろう。これだけ魔術だの魔獣だのが存在する場所だ、それなりに強制力がある代物と見て間違いなさそうだ。

丁重に扱われる代価は、第四騎士団に戻らないこと。

どんな形でこの誓いが執行されるのかは不明ながら、アークたちに二度と会えなくなるのは困る。僅か数日とはいえ面倒を見てくれた相手だ。まだなんのお礼もできていない。

速攻で断った真澄を前に、黒装束は肩を竦めた。断られたことそれ自体は想定の範囲内らしい。

「やはり心残りがあるか。アルバリークの民として」

「別にアルバリーク人じゃないけど、一宿一飯の恩くらい返すわよ」

高級ホテルとは言い難かった上に色々と余計なオプションがついて回ったが、それでも路頭に迷わずに済んだのはアークとカスミレアズのお陰なのである。

衣食住を満たすとはすなわち、生きることそのものだ。

自分の力で生きていくのは辛《つら》い。それは社会人になり、必死に働くことを覚え、やがてそこから弾《はじ》き出されて底辺に近い生活を味わったからこそ知っている辛さだ。

口でなにをどう言おうとも、誰かに手を差し伸べ助けるのは生半の決意ではできない。

誰が好き好んで穀潰しを抱えようと思うだろう。代価として乞われた際にヴァイオリンの演奏をしているが、現状はアークたち第四騎士団の基盤そのものに寄与しているとは到底言い難い。にもかかわらず下にも置かない扱いを受けていて、これを丁重と言わずしてなんというのか。

目の前の男も口では大切にすると言うが、いきなり拉致監禁するような相手を信用できるわけがない。

スパイ容疑を割り引いても、アークたちは行動が雄弁に語っている。彼らがどれほど切実に楽士を欲しているのかを。それは多分過去の彼らも同じであって、楽士をあえて使い潰そうとしたことは一度もないはずだ。

結果として潰れてしまった、というだけである。多分、きっと。

「忠告してやってるのに、わざわざ身を滅ぼすのか」

「あなたが捨てた国がどうなろうとあなたには関係ないでしょ？　忠告なんて余計なお世話」

まして自分はアルバリーク人ではなくて、本当の意味で赤の他人。心配されるいわれなどない、真澄はきっぱりと言い切った。

同じ体勢のまま、微動だにせず互いに視線を交わす。

見つめ合うというより睨《にら》み合いだった。二人は暫時、そのまま言葉を交わさなかった。


「……アルバリーク人ではない？」

呟きと同時に、なにかに思い当たったかのように灰色の双眸《そうぼう》が見開かれた。

空いていた男の左手が真澄の顎を捉え、無理矢理に上を向かされる。急な動きに喉が絞まり、真澄の顔が歪《ゆが》んだ。

それ見たことか、と。

伸びきった喉のせいで当てこすりの言葉は出せず仕舞いとなったが、真澄は視線で不信感を露《あら》わにした。丁重に扱うと言った傍からこの手荒さだ。真澄が断ったからというより、いちいち動きが粗野なのだ、この男は。

「そういえば記憶が飛んだと言っていたな。もしかしてお前、召喚の」

男の声は驚愕《きようがく》に途切れた。

一層近くなった距離に、真澄は目を閉じて身体を捩《よじ》る。けれど逃れられず、男の無骨な指が頬に食い込むばかりだった。

◇12　決着、するも問題の芽があちらこちらに

「そういえばあいつ遅くねえか」

空になったボトルを見て、アークは隣に座る部下に向き直った。

同じく食事を切り上げ銀杯を傾けていたカスミレアズが、ぴたりとその手を止める。視線はアークの握っているボトルにあって、それは先ほど真澄が席を立った時には封を切ったばかりだった。

アークもカスミレアズも酒は強い。

だがボトル一本を空けるには、飲み比べをしない限り三十分はかかる。酔い覚ましにしては少し長すぎる時間だ。

「言われてみればそうですね。そこまで酔いが回っているようには見えなかったのですが」

「まさかまた絡まれてるんじゃないだろうな」

アークは首を伸ばして、雑然とする会場を見渡した。

どこもかしこも酔っ払いばかりだ。立ち上がって杯をぶつけ合うもの、座り込んで肩を組むもの、騎士と市民が入り乱れて乱痴気騒《らんちきさわ》ぎとはこのことか。

毎年恒例の光景である。

だが目の届く範囲を見るに、どの集団にも覚えのある部下の顔が見受けられる。ごっそりと騎士たちがいなくなっている、ということはなさそうだ。昨日カスミレアズから報告された楽士争奪戦は、ひとまず落ち着いているようである。

近衛騎士長の制裁という相応の抑止力がうまく機能しているらしい。

しかし騎士に絡まれていなくとも、市民に揉《も》みくちゃにされている可能性はある。

あれほど見事な腕の楽士は近年いなかった。叙任式の演奏を思い出し、アークの目元は思わず緩む。あの驚愕と羨望の入り混じった視線、きっと本人は気付いていないことだろう。

腕は良いのに気取らないというか、のん気というか。

「迷子になられても面倒だ。捜しにいくか」

やれやれ。

酒で少し熱くなった息を吐きつつ、アークは杯を置いた。

ところが腰を上げかけたアークをカスミレアズが引き留めた。名を呼ばれてアークが視線を落とすと、油断なく空の一点を睨む近衛騎士長がいた。

「あれを」

カスミレアズが無数の光球の向こう、漆黒の闇を指差す。

数多《あまた》の星に紛れ、ばら色に燃える点があった。目を凝らして探るうちにも、それは徐々に大きさを増していく。明らかにこの砦を目指しているらしい動きだった。

思わず二人で顔を見合わせる。

次いで出たのは深いため息だった。今年に限って、なぜこうも面倒事が立て続けに起こるのだろう。

「いかがしますか」

「あー……騒ぎにはしたくない。裏手で迎え撃つ」

「分かりました。参りましょう」

酔いの欠片《かけら》も見せずに、カスミレアズが白いマントを翻した。


宴の会場となっている旧訓練場を出て、アークたちは足早に砦内の石でできた通路を抜けた。

旧訓練場は砦の中でも外周の端に位置している。中心部にも幾つかの開けた場所があるが、念には念を入れて、二人は旧訓練場とは正反対にある旧馬場に向かっていた。

砦中央にある大階段を駆け下りる。旧訓練場を取り巻く廊下には市民もちらほら歩いていたが、この辺りまで来たら人の姿はない。声をかけられる煩わしさもなくなり、二人の足は自然と早まった。

三階分ほどを下って、再び外に出る。

少しの間、石畳の渡り廊下が続く。それが終わると旧馬場に到着し、ようやく二人は足を緩めた。

歩を進め土を踏みしめる度に、ざり、と音が響く。昔は馬のために柔らかな砂地だったが、今は手入れするものもいなくなり、すっかり硬くなってしまっている。

馬場の中心で空を仰ぎ見ると、ばら色は親指の爪ほどの大きさになっていた。

「念のため砦に防御壁をかけますか」

「つってもお前、その瞬間に緊急事態だってバレるだろ」

そうしたいのは山々だし、カスミレアズの力を考えればできない話ではない。そもそも砦はおろか、このヴェストーファの街全域に張り巡らせた防御壁はこの部下によるものである。

だが駄目なのだ。

アークの叙任を受けたカスミレアズの魔力は青く発露する。それは他の部下たちも同じなのだが、いかんせん発動規模が違う。砦一つを丸ごと守るような芸当、この場でできるのはアークかカスミレアズしかいない。

その二人が動くとなれば、事は差し迫っている。

青い防御壁が砦を包み込んだ時点で宴は中止となり、部下たちは臨戦態勢に入るだろう。市民は当然怯えることとなる。折角の盛り上がりが台無しになること請け合いだ。

十日にも満たない滞在。

その主な目的は叙任式ではあるものの、年に一度の祭りにこれ以上水を差したくない。

「まずは様子を見て、やばそうだったら撃ち落とすか」

「その場合はどうあれ騒ぎになりますね」

諦めたように呟くカスミレアズの視線の先には、先ほどより大きさを増したばら色の炎があった。

そのまま口を噤《つぐ》み、炎の挙動を注視する。肉眼でそれが使いの火鳥であると判別できた時には、その進路も見極めがついていた。

真っ直ぐに旧馬場に向かってくる。

悪意ある魔獣ではないことを確認し、アークは掌に溜《た》めていた魔力を散らした。青白い光が幾筋かに分かれて、闇夜に溶けていく。

「……さて。ばら色の知り合いはいないはずだがな」

馬場の中央にふわりと降りてきた火鳥を前に、アークは顎をなでた。

急ぎで遠方の人間に連絡を取りたい時など、自分の魔力でその使いを果たすための眷属《けんぞく》を作り出すことはできる。「熾火」であれば朝飯前、「種火」であっても騎士になりたての従騎士はともかく、それなりに鍛錬を積んだ準騎士、正騎士、真騎士ならばできる技だ。無論、最上級の神聖騎士も例外ではない。

ただ、発露する魔力は「熾火」がそれぞれ独自の色を持っていて、「種火」は濃淡あれどその「熾火」と同系色になる。だから、眷属の色で誰が接触を図ってきているのか、大抵分かるのだが——

アークの記憶に、ばら色の魔力を持つ人間はいない。

現役の騎士団長――アークの叔父や兄たち――は、紫や緑まで幅はあれど、寒色系ばかりだ。一方で魔術士団長たちは暖色系が多いが、それも橙や黄みの強い明るい色合いが多く、赤色系統は近年とんと見かけない。

代替わりをするならば後継者は当然アークも知っている人間であって、何人かいる候補を思い浮かべてみても、やはりこの色には心当たりがない。というかそもそも代替わりの話は、騎士団にも魔術士団にも今のところ持ち上がってさえいない。

つまり接触を図ってきたのは未知の相手だ。

それもおそらくは、アルバリークの人間ではない。

「伝言を預かろう」

アークはばら色の火鳥に手を差し出した。途端に火鳥は燃え上がりその形が宙に四散する。ばら色の炎が全て消えると、アークの手には小さな紙切れが乗っていた。

そう多くはない字面に目を落とす。

しばし無言、のち、ため息が出た。

「つくづく運がないというか、絶妙な間というか」

負けん気が強い割に他人との距離に心を砕く、彼女の姿が目蓋に浮かぶ。

まさかの叙任式前日に、地方騎士団駐屯地に不法侵入を果たすという豪胆さ。にもかかわらず本人は事の重大さをまったく理解していない残念さ。

足の怪我《けが》をおして――治癒はかけたが、そこはそれ――叙任式での役目を果たしたのも束の間、下っ端騎士から詰め寄られ、大群のウォルヴズ掃討という滅多に立ち会えない作戦を目の当たりにし。ようやく落ち着いたかと思えば市街地で無駄にもう一つ魔獣騒ぎに出くわし、今度こそと腰を落ち着けた矢先に誘拐される。

中々に引きが強い。

それ以外にちょっと表現が思いつかないくらい、彼女は不幸な星の下に生まれたようだ。これほど次から次へと面倒事が転がり込む人間に、アークは会ったことがない。

思わず鼻で笑う。

カスミレアズが視線で尋ねてきたので、読み終わった手紙――脅迫状を、アークはぽいと放った。

「大方レイテアのスパイだろう。今度はどうやら本物らしい」

「本物？……『楽士を五体満足で返してほしくば、総司令官を一人で寄越せ』。なるほど、分かりやすく脅迫状ですね」

「その攫った楽士にスパイ容疑がかかっていると知ったら、どんな顔するんだろうな」

「さぞかし微妙な気持ちになるでしょうね」

「だよなあ」

言っている間にも、アークは笑いを堪《こら》えきれなかった。

ここぞと見定めて攫った楽士がよりにもよって替え玉、ただの当座《とうざ》凌《しの》ぎと知ったら、この脅迫者はどう出るだろうか。

真澄自身は駆け引きというものができなそうな性分である。真正面からいきなり「人違いだ」くらい言って、相手を混乱に陥れるくらいは素でやっていそうだが、どうだろうか。

ただ、時間はあまりない。

替え玉という話そのものが突飛すぎるゆえいきなり逆上することはあるまいが、かといって人質――真澄に一切手を付けない、というのは希望的観測すぎる。

「四ランスを捜索に当たらせます。市街地から順に探知をかけていけば、そう時間はかからないでしょう」

「いや、お前が一人で叩け。探知は俺がまとめてかける」

「構いませんが、……なぜ、とお伺いしても？」

「どうせこちらの戦力は調べられているだろう。三十人しか連れてきていない臨時所帯だ。捜索に出るのは中堅の正騎士、良くてバナレット――真騎士の中隊長と見ているはずだ」

「相手の裏をかくおつもりですか」

アークは返事をせず、口の端を持ち上げた。

「先に欺かれたのはこちらだ。そこはきっちり返礼するとしたもんだろう」

「……やはり『追跡の刻印』をつけられたのは間違いないようですね」

さして驚くでもなく、淡々とカスミレアズが言った。

さすが話が早い。歴代最高の魔力量を誇る近衛騎士長の名は伊達《だて》ではない。

「今日の市街地での魔獣騒ぎが陽動だったんだろうさ。俺があいつの傍を離れたのは、あの時だけだ」

「巧妙ですね。刻印そのものにも目くらましがかけられていたようですし」

「そこはな、確かにうっかりしてた」

不覚を取った後ろめたさに、アークは頭をがしがしとかいた。まさか一瞬の隙を突かれるとは正直思っていなかったのだ。

騒ぎが起こった時、妙だな、とは感じた。

昨日のウォルヴズ騒ぎを受け、今、ヴェストーファには常にはない防御壁が張り巡らされている。わざわざカスミレアズが築いた破格の強度を誇るものだ。魔獣を防ぐと同時に、街に押し入ろうとするものも感知する働きを持っている。

これをすり抜けるにはかなり高度な術が要求される。

はたして一介のスパイが為《な》し得るだろうか、そんな疑問が渦巻いた。

僅かに感じた違和感はしかし、入り込んだ魔獣イグルスとの戦闘のうちに頭の隅へと追いやってしまった。戻って真澄と合流した時も真澄自身は変わらずその場で待っていて、特に誰と接触したとも言わなかった。

目を凝らせば気付いたはずの『追跡の刻印』。

おそらく雑踏でぶつかった拍子に狙ってつけられたのだろう。騒ぎに気を取られた自分たちは、どちらも互いの無事にばかり意識がいってしまい、相手の思惑通り刻印の存在に気付くことはなかった。カスミレアズの方もまさかアーク自身がついていて後れを取るなど夢にも思わず、結果としてこちらも見落としたのだ。

脅迫者にとっては簡単な仕事だっただろう。

刻印がもたらす対象の動きを追って、一人になった瞬間を狙えばいい。訓練されたスパイと肉体的な強化はなんらされていない楽士、どちらに軍配が上がるかは火を見るより明らかだ。

実に巧妙である。

そしてそんな状況証拠が雄弁に語る。スパイ本人が手練《てだ》れである可能性もさることながら、高位の術者が一枚噛んでいてもおかしくはない、と。

背後に見え隠れするのは隣国レイテアの影だ。

「言葉どおり俺が直接出向いてやってもいいんだが、加減を誤ってぶち殺しそうだ」

吊り上げた口の端はそのまま。

だが出し抜かれた苛立《いらだ》ちに、アークの額に青筋が浮かぶ。

「最後の理性はおありのようでなによりです」

「ふん。俺の頭の血管が切れる前に片付けてこい」

言い終わると同時に、ヴェストーファ全域に探知をかけるため、アークは両手に魔力を集めた。

それなりに力を——神聖騎士の二人分くらいを——込めれば、地方都市一つ探るくらい造作もない。

叩きつけられた挑戦状。

望むところだ。五倍の熨斗《のし》をつけて返してやろう。

真澄は替え玉ではあるが、これっきりで終わらせるつもりは毛頭ない。

人のものに手を出したらどうなるか。不届きな輩《やから》には身体に教え込む必要がある。穏便に話し合う、その選択肢を端《はな》から捨てたのは相手なのだ。

＊　＊　＊

張り詰めた空気は、突然の轟音《ごうおん》に遮られた。

このまま永遠に続くかと思われた真澄と黒装束の睨み合いも、たまらず中断する。

爆発にも似た音と同時に、床が揺れる。ソファにつけていたはずの真澄の尻と背中は、その瞬間確かに浮いた。すわ地震か、慌てて真澄が周囲に目を走らせると、この一瞬で黒装束は真澄から離れていた。

彼はとある一点を注視している。

「……これはこれは」

黒装束が口笛を吹く。次いで、ゆっくりとした拍手が室内にこだました。

視線の先を辿ると扉が消えていた。

まさかと思って目を擦《こす》るも、やはりこのリビングに繋《つな》がっていた大きめの扉がぶち破られているのは間違いない。はめ込まれていた飾り硝子《ガラス》は無残にも全て打ち砕け、辺り一面の床に散乱し、周囲にはもうもうと埃が立ち込めている。

霞《かす》む視界にどうにか目を凝らすと、そこにいたのはカスミレアズだった。

まさに仁王立ち。

長剣は腰に下げたままなので、扉は殴り飛ばしたのか蹴り破ったのか、いずれにせよあふれ出る怒気は凄《すさ》まじい。

「さすがは近衛騎士長サマ。強化扉も関係なし、と」

人を食ったような言葉遣いだが、黒装束の表情は強張っていた。

「どうした？　随分と驚いているようだが、私が出てくるのは想定外だったか？」

慎重な構えを見せる黒装束とは対照的に、カスミレアズは堂々と室内に一歩踏み込んできた。

丁度真澄からは右手にカスミレアズ、左手に黒装束を見る位置取りだ。黒装束と対峙《たいじ》しながらも、カスミレアズがちらりと視線を投げてくる。拘束されてはいるが真澄自身に目立った外傷はない。一瞥《いちべつ》でそれを確認したらしいカスミレアズは、すぐに黒装束へと意識を戻した。

じり、と黒装束が腰を低く落とした姿勢で一歩下がる。

その背後にあるのは大きく取られた窓だ。真澄を攫った時の身のこなしを考えれば、一息のうちに逃げ出してもおかしくはない。

「なるほど、総司令官殿は随分とご執心らしい」

「時間稼ぎは無駄だ。交渉にも一切応じない。返してもらおう、我が第四騎士団総司令官アークレスターヴ・アルバアルセ・カノーヴァ様の専属楽士だ」

ここで問答無用にカスミレアズが距離を詰めた。

いつの間に抜いたのか、長剣が空を切り裂く。今まで黒装束が立っていた場所に銀色の残像が走った。

初撃はしかしかわされる。床を蹴った黒装束の身体は、それまでカスミレアズが立っていた入口側の壁際に移っていた。どうやら逃げるという選択肢はないらしく、ばら色の光が黒い手の中に膨らんだ。

が、青い稲妻が走り、ばら色を打ち消す。

二色の光はぶつかり合い四散した。

室内であるにもかかわらず二人は激しく剣戟《けんげき》を交わし、時折魔の光が閃《ひらめ》いた。だが終始優勢に攻めているのはカスミレアズのようで、巧みな剣さばきで黒装束を追い詰めていく。

首に迫った一撃を黒装束が身を引いてかわすと、計算されたようにその背が壁際についた。

ドガッ！

間髪入れず長剣が黒装束の右頬を掠《かす》め、壁に突き刺さった。

木ではなく塗りの壁だ。それなりに強度はあるはずだが白壁は無残にも大きな亀裂が入った。突き刺さった衝撃が強烈すぎて、長剣の刀身はびいん、と震えている。

黒装束は瞳だけで長剣を見る。

その喉元には短剣が当てられていた。

二人の力の差は歴然としていて、成り行きを見守るしかできない真澄の背が震えた。捕えられたあの日、カスミレアズは真澄に対してまったく本気ではなかったのだ。

この黒装束に対しても、どこまで力を出しているのかは分からない。

黒装束が肩で息をしているのに対し、カスミレアズは表情一つ変わっていないのだ。確か結構な量の酒を入れてもいたはずで、それでこの運動量とは底が知れない。

生殺与奪の権を完全に掌握した近衛騎士長は、低い声で言った。

「浅はかにも我が総司令官の楽士に手を出したこと、冥府で悔いるがいい」

容赦の欠片もない。

カスミレアズの腕に力が籠もり、黒装束にとっては絶体絶命とも思われた瞬間だった。

「盗人猛々《ぬすっとたけだけ》しい。本来であれば彼女の所有権は我がレイテアにある」

「……なに？」

二人の間で強烈な光がほとばしった。弾け出たばら色の獅子がカスミレアズに襲い掛かる。

「っ！」

間一髪、カスミレアズは一歩仰《の》け反りながら、顔を背けて攻撃をかわした。若い騎士ならば真正面から食らっていただろう。

ばら色の鮮やかな牙が空を切る。

獅子はすぐに床を蹴ってその身を翻し、鋭い爪がカスミレアズの背に迫った。

片膝をつきながらも、カスミレアズは獅子と真っ向から対峙した。その右手が突き出される。生まれ出《い》でたのは青い鳥、盾さながらに大きな翼を広げ、獅子の前に立ちはだかった。

長い尾羽に優雅に伸びる風切羽。

姿形はさながら孔雀《くじゃく》のようで、けれどその鳥は見た目とは正反対の獰猛さで、倍の大きさほどもある獅子を真っ二つに切り裂いた。

息をする間もなかった。

急に目の前で繰り広げられた荒事に、真澄は呆然《ぼうぜん》としていた。だがそんな意識を現実に引き戻したのは、パキリ、という乾いた音だった。

はっとしてその出所を探す。

退路を断たれていたはずの黒装束が、いつの間にか窓に足を掛けていた。肝心の窓は蹴破られていて、夜風がそよりと吹き込んでいる。

「あなたを諦めるわけにはいかない。武楽会でお会いしましょう」

月光を背に浴びながら黒装束が真澄を見た。

待てと制止する間もなく、その姿は夜の闇に溶けて消えた。

＊　＊　＊　＊

カスミレアズが身体を起こすと、床がぎしりと軋《きし》んだ。

割られた窓とその向こうに佇《たたず》む大きな青白い月。目を奪われていた真澄は、そこでようやく我に返った。

油断なくカスミレアズが周囲の気配を探る。どうやら仲間が潜んでいるようなこともなさそうで、一つ息を吐いてから彼は真澄の傍に歩み寄ってきた。

「すまない、遅くなった」

詫《わ》びつつも、手早く真澄の拘束を解いていく。

ようやく自由になった手足に安堵しつつ、真澄は首を横に振った。手元に時計がないから正確には分からないが、攫われてから三時間と経っていないだろう。途中にかなり私情が入った話を聞き、互いに無駄口を叩いたというのもあるが、それでも不安になるほど長い時間ではなかった。

むしろ、どことも知れぬ場所に連れ去られた真澄を、よくもこの短時間で捜し当てたものだ。

おそらくはカスミレアズが仕事のできる人間であるからこそだろうが、アークの支援も少なからずあったと見える。ちょっとした誘拐事件をたった数時間でスピード解決。人間離れしているこの所業、きっと規格外の二人がいてこその賜物《たまもの》だ。

アークの顔を思い出し、真澄の眉間には皺が寄った。


そう、あれは私怨だ。

ぶちまけられた第四騎士団の過去。使い潰されたという楽士は相当数らしいが、楽士でさえないあの黒装束が口を挟んでいい話ではない。

潰された楽士に縁故の者がいたのか、それとも。

複雑そうな過去は垣間見えた。が、真澄はあの考え方――使い潰すから存在が悪だという――には、とても共感できそうになかった。

「どこか痛むか？」

眉根を寄せた真澄が痛みを堪えていると勘違いしたか、カスミレアズが顔を曇らせた。

慌てて真澄は手を振って五体満足であることを示す。

「いいえ、なんでも。ちょっとぼんやりしてた」

「急に拉致監禁されて驚いただろう。離れたのはやはり不用意だった」

痛そうな顔で、カスミレアズが額に手を添えた。

「不用意って言ってもこんなこと普通ないでしょ？　びっくりはしたけど助けに来てくれたんだし、そんなに気にしないで」

「……」

「え、なんでそこ無言？」

カスミレアズは明らかにバツが悪そうになっている。真澄から視線を逸らさないだけ、まだ誠意の欠片は残っているだろうか。

このパターンには覚えがある。

意外なことに結構正直者な彼らが口ごもる時、それは碌《ろく》でもない現実が明かされる時と相場は決まっている。

「まさか専属楽士って誘拐されるのが当たり前なの？」

「日常茶飯事とまでは言わないが、そう珍しいわけでもない」

「ちょっ……」

おい。

正直すぎんだろ、という突っ込みは最後まで出ず、胸の内で叫ぶ。その代わり真澄の頬は盛大に引きつった。

専属かどうかはともかく、楽士として働くことは既に了承してしまっている。今さら「やっぱ辞めます」は無理な相談だろう、どの道、真澄に行く当てなどない。

ただの音楽家かと思いきや、命が幾つかあった方が良さそうな立ち位置だ。

危険手当とかつくんだろうか。

そんな真澄の心情を察したのか、頬を引き締めてカスミレアズが続けた。

「心配ない。今回は油断したが、対策は考える」

真剣さと相まって無駄に男ぶりが良いが、言ってる内容が全然駄目だ。

「必ず守る。だから、」

「大丈夫、辞めるとは言わないから。でも早急に対策考えてよね、いちいち攫われてたんじゃ仕事になんないわ」

二の句を継ごうとしたカスミレアズを遮り、鷹揚に真澄が手を振ると、カスミレアズは目を見開いた。

やってられるか、に類する言葉を想定していたのだろう。

真澄としてもそう叫びたいのは山々だが、やると決めたのは自分であるし、なによりあの黒装束の鼻を明かしてやりたい。あれだけ言いたい放題言われて、ふつふつと怒りがたぎっている。


自分が逃げなければ良いのだろう。


楽士として騎士団を支えることができたならば、第四騎士団の汚名返上が果たせるのだ。

とうの昔に諦めた本職として生きる道。今さら生粋のヴァイオリニストを名乗れるとは思わないが、積み重ねてきた自分の努力が誰かの役に立つなら、投げ捨てた過去が少しは報われるかもしれない。

そんな真澄の心境を知る由もないカスミレアズは、珍しく気の抜けた表情をしている。

「……随分と素直だな」

「諸般の事情がありまして。色々と訊きたいことがあるし、話したいこともあるから、帰ろう」

真澄はソファから身体を起こし、埃まみれになったワンピースの裾を手で払った。

と、頷きかけたカスミレアズの視線が止まる。向き合っていながら交差しない視線に、どうやら首筋あたりに焦点が合っているらしい。

「ん？　なにかついてる？」

頬や首筋、鎖骨あたりをぺたぺたと触ってみる。石壁に押し付けられたり放り投げられたり、ぞんざいな扱いを受けていたので、汚れているかもしれない。

だがカスミレアズは難しい顔で「いや、……」と否定した。

じゃあなんぞ？　と真澄が首を傾げていると、彼はその武骨な手で白いマントを外し、それで真澄の身体を包んできた。

長身のカスミレアズに合わせたマントはそのままだと思いっきり裾を引きずる。そんな無様な真似を防ぐ為《ため》か、彼は真澄の首筋で何度かマントを巻き、長さを調節してみせた。なるほど、適当にたくし上げるより余程見た目が整った。

晩春とはいえ夜も更けている。

割れた窓から流れ込む夜風は肌寒かったので、ワンピース一枚の真澄にこの心遣いは有難かった。

「なにもないよりはマシだろう」

「マシどころか充分です、ありがとう」

カスミレアズの身幅が広いので、背面どころか真澄の身体は全身すっぽりとマントに収まっている。

「……だといいが」

微妙に歯切れの悪い近衛騎士長だったが、さして気に留めることなく真澄は帰路についた。

＊　＊　＊　＊

黒装束の男――ライノ・テラストは、漆黒の闇をひたすら己の足で駆け抜けていた。

おそらく追手はかからないだろうと踏んでいる。だが歴代最強の近衛騎士長と図らずも交戦した興奮が胸にせり上がり、一刻も早く安全圏まで辿り着きたいと気が急《せ》いている。

まさかあれだけの大物がいきなり出てくるとは思っていなかった。

ライノは元々は騎士出身、今回の任務もスパイとして十二分な訓練を受け、自信があった。だが魔力量は平凡の域を出ず、実力としては真騎士止まりだ。

神聖騎士の最高峰、あの化け物のような近衛騎士長とまともに組み合えるはずもない。

おまけに焦りを見透かされた。

その瞬間に楽士は諦めた。安全側に目標を下げ、自分が生きて戻ることだけに注力し、辛くも脱出できた。

「遊び相手以下、か」

自嘲気味に呟き、背筋が冷える。

楽士の安全という最優先事項がなければ、手傷を負わされ逃走は叶わなかっただろう。剣を交える前に、あの豊富な魔力量を盾に家ごと跡形もなく消されていておかしくない。

実力の乖離《かいり》に身震いする。

だがライノに引き下がるという選択肢は端からなかった。この身をかけて守ると誓った者がいる。

そしてあの楽士は、その誓いを捧《ささ》げた主が呼び寄せた。

街道を抜け、夜の闇に沈む森へと辿り着く。その中の高い梢《こずえ》に上り、ようやくライノは一息ついた。

月が明るい。

遠くで夜の獣が低く鳴いた。

「見つけましたよ、アナスタシア様」

闇夜に紛れて独りごちる。

偶然とはいえ、捜し物は意外な場所に落ちていた。

第二の祖国レイテアにとって最大の脅威であるアークレスターヴにこの手は届かなかったが、次に重要だった『召喚した楽士』の居場所は突き止めた。それだけで成果はあったと言えるだろう。

梢に少しの間身を任せ、ライノは息を整えた。


あの楽士には、ひとかたならぬ想《おも》いがあるらしい。

彼女がこの世界に召喚されてから僅か数日、どのようなやり取りがあったのかは分からない。だが巻き込まれただけと言いながら——実際そのとおりなのだが——あそこまで第四騎士団を庇うとは思ってもみなかった。


だが譲れない想いならば自分にもある。

捨てた故郷と今の故郷が重なり、目蓋にちらつく。

ぶるりと首を振ってそれを振り払い、再びライノは走り出した。一刻も早く、この吉報を主にもたらすために。

＊　＊　＊　＊

拉致監禁された街外れの家からメリノ家邸宅へ戻る間、真澄はずっと虫の居所が悪かった。

帰還して正門を過ぎてから、真澄は脇目もふらず歩き出した。エスコートをしようとしていたらしいカスミレアズは焦った様子でついてきた。邸までの道のり、真正面を見据えながら「アークはどこ？」と問うと、「部屋にお戻りのはずだ」という簡素な答えが返ってくる。

先ほど大立ち回りを演じたカスミレアズであっても、真澄の鬼気迫る様子にそれ以上は話しかけられないようだった。

見覚えのある大邸宅の正面玄関を肩から体当たりで開ける。夜半を過ぎているためか、玄関広間には誰も控えていない。二階へと繋がる大階段の中心部、そこに立つブロンズ像の裸婦だけが無言で出迎えてくれた。少しだけ落とされた照明の中を真澄はずんずんと歩を進めた。

程なくして目的の部屋に到着する。カスミレアズがなにかを言いかけたが、それを待たず真澄はノックと同時に扉を開けた。

寝室というにはいささか広すぎる部屋をぐるりと見渡す。

照明は煌々《こうこう》と明るく、右手にある寝台は一つも寝乱れていない。左手にある応接の長椅子にも誰一人座っていなかったが、目的の人物は部屋の最奥、窓際に佇んでいた。

制服の長身が振り返る。

「ご苦労だった。早かったな」

「血管が切れる前に、という仰せでしたから」

音を立てないように、丁寧にカスミレアズが扉を閉める。

振り返ったアークは頬を緩めていたが、真澄と目が合った瞬間に眉根を寄せた。

「また随分と物騒な顔だな。どうし」

「どうしたもこうしたもないわよ散々コケにされたんだけど一体全体どうなってんのよ」

帰ってくるなり烈火のごとく憤慨する真澄に、アークが目を瞬いた。

まあ座れ、と促され、三人揃って応接の長椅子に腰を落ち着ける。座るや否や、真澄はテーブルに握り拳を叩きつけた。

「なんなのよあいつ、こっちの事情も知らないで勝手なことばっか言って！」

真澄の剣幕に、反対側に座ったアークとカスミレアズが顎を引いて仰け反った。

非力な真澄が殴ったところで、高価であろう石造りのテーブルはびくともしない。真澄の手だけがダメージを受けたが、今はそれさえ気にならなかった。

黒装束と交わした舌戦、思い出すだけで腹が立つ。

そして真澄は今、色々と言われた不名誉な内容を全身全霊で二人にぶちまけていた。事の顛末を詳しく話すほどに怒りが込み上げ、口調は荒くなる一方だ。

「役立たずとか悪名高いとか余計な世話すぎるのよ！　失礼にも程があるわ！　誰が好き好んで楽士なしでいるってのよ馬っ鹿じゃないの!?　つーか文句あんならお前がやれって話よあの口だけ野郎ヴァイオリンも弾けないくせに！」

「おい、落ち着け、な？」

アークがなだめようと両手を彷徨《さまよ》わせるが、そんなことで真澄の怒りは到底収まらない。

逆に事なかれ主義とも取れるその姿勢に、より一層頭に血が上る。ばあん。真澄はテーブルに平手をつき立ち上がった。

男二人がさらに仰け反る。

「あんた自分とこの騎士団馬鹿にされて悔しくないの!?」

「悔しいとか悔しくないとかそれ以前の問題でだな、」

「なに日和《ひよ》ってんのよあんた総司令官でしょうが！」

勢いで真澄はアークの襟首を引っ摑んだ。

そして揺さぶる、がっくんがっくんと。体格差がありすぎて実際のところはびくともしないのだが、それでもアークは困惑の表情をしつつ真澄の為すに任せている。

「どうして俺が説教されてるんだ……？」

「とりあえず今は逆らわない方が良いかと思われますが」

男二人が目配せしつつ、ぼそぼそと言葉を交わす。

どれだけ揺さぶってもまったく動じないアークに疲れ、真澄は肩で息をしつつもソファに座り直した。まだ言いたいことは山ほどあるのだが、続ける体力がないのが口惜しい。

息を整える最中にも、真澄の顔は憮然《ぶぜん》としたものになる。

ようやく口を挟める好機と見たか、アークが一つため息を吐《つ》いた。

「なにを言われたのかは大体分かった。それで、なぜお前がそこまで憤慨する」

「なんでってなんでよ」

「お前自身が貶《おとし》められたわけじゃないだろう。俺たち第四騎士団の実情を指摘されただけであって、別に間違った内容というわけでもない。まあ、……正直ここまで悪名高くなっていたとは思ってなかったが」

アークが肩を竦めて、は、と諦めたように小さく笑った。隣に座るカスミレアズは複雑な色を滲ませつつも、なにも喋らない。どちらも弁明する気は毛頭ないようだ。

潔すぎるその姿勢に、真澄は唇を噛む。

「俺たちにしてみれば何年も——それこそ十年近く言われ続けてきた事実だ」

「事実ならなにを言われてもいいわけ?」

「むしろ今更すぎるとしか思わんな」

「……騎士の宣誓って、そんなに軽んじられていいものなの」

頬が強張り、一息には言えなかった。

守られるということの意味が重すぎて、うまく言葉が出てこない。

その身体を張る、誰かの為に汗をかく。必要とされるからその立場がある。そんな、誰かが必ず請け負わねばならないことに対して、その不完全さを盾に、そこまで辛辣な言葉を投げつけて良いのか。

自分たちは安全な場所にいて、決して傷つかない、その手を汚さないというのに。

「その程度の仕事なの？　そんなの嘘でしょう、命を懸けてるのに。それとも釣り合わないって思う私がおかしいの？　甘い？　でも私は、人を攫って文句しか並べないような奴に、あなたたちの生き方をどうこう言われたくなかった」

それほどにあの叙任式での宣誓に感銘を受けた。真澄自身が平和な国で生きてきたから、あの誓いを立てられる人が眩《まぶ》しかった。

立てた誓いを貫き通すのは難しい。

強さがいる。初心を抱え、謙虚に、真摯に、辛くとも挫《くじ》けず、逆境にあっても諦めず、もう面倒だと投げ出さない。その努力は途方もない。できない人間の方がきっと多い。

真澄は自分で自分に見切りをつけた。

そうであるから、あるいは同族嫌悪なのかもしれない。真澄も黒装束も、当事者になり得ないという点で立場は同じだ。それを思うと、頭に上っていた血が幾分落ち着いた。

「ごめん。あの男に全然言い返せなかったから、今になって悔しくて八つ当たりしたわ」

「……いや、悪かった」

言葉少なにアークが真澄を見つめてきた。

悪かった、が意味するところは読み取れなかった。ただ、問い直すほどの気力は残っていなくて、床に敷かれた絨毯《じゅうたん》を目に映す。なぜこれほどまで許せないのだろう。深く考えながら、そのまま真澄は深呼吸を繰り返した。

夜が過ぎていく。

やがて真澄は一つの結論を出した。

「——決めた」

僅かに低くなった声。真澄は視線を上げて、アークを真正面から見た。

「当面は楽士として真面目に働くことにする。本当は叙任式だけのつもりだったけど」

「叙任式だけってお前、」

「スパイ容疑がって言いたいんでしょ？　最低条件が叙任式での演奏って言ったじゃない。正直、それを盾に『最低条件は満たしたから二度と絶対に弾かない』って突っぱねるつもりだった。どうせスパイじゃないし」

「二度と絶対にってお前、」

アークが実に微妙な顔で言葉を止めた。

脅すか理詰めで言い含めるか、それとも。瞬時に色々と考えを巡らせていそうな表情だったが、やがて覚悟を決めたかのようにため息を一つ吐く。

「最初に言っていた事情とやらか。まあ話したくないものを無理には訊かんが……一つだけ教えろ。それだけ固かった決意なのに、なぜ翻意する？」

最後まで頷かなかったくせに、と、黒曜石の瞳が問うてきた。

この間合い。

出会いの夜が真澄の脳裏に蘇《よみがえ》る。おそらくアークにも同じやりとりが浮かんでいることだろう。

そして真澄は答えた。

「……まだ間に合うと思ったからよ」

理由としては短い。なにも言っていないも同然に思われるだろう。だがその一言に、真澄の本当の理由が全て詰まっていた。

アークは黙って耳を傾けている。それを受けて、真澄は続けた。

「あなたが――総司令官が、第四騎士団を諦めてないんだもの。できることがあるなら支えたいと思うのが人情ってもんでしょ」

「スパイにしちゃ真面目だな」

「だからスパイじゃないっつーの！　そもそもあそこまで言われて黙って引き下がれるわけないでしょうが！」

「やっぱそっちかよ」

私怨の方がでけえぞ、とアークが軽く噴き出した。

真澄としては異議がある。しかし訂正はしなかった。今はこれでいい。出会ってまだ三日、互いのことをほとんどなにも知らない自分たちは、これくらいの距離でいいのだ。

「らしいっちゃらしいが。どうあれやる気になってくれたんなら願ってもない」

不適な笑みを浮かべながらアークが立ち上がる。それから彼は右手を差し出してきた。

握手かと思ったが違う。

親指だけではなく、全ての指が天を指している。意図を理解し、真澄はそこに向かって自分の右手を振り抜いた。


パアン！


叩き合わされた手のひらが小気味よい音を立てる。それは痺《しび》れるほどの強さだった。

アークが力強く握りこんでくるのを、真澄も負けじと指に力を込めて返す。

「これから宜《よろ》しくな」

「こちらこそ。暫定スパイだけどね」

「違うって証明してくれるんだろ？　期待してるぞ」

まだアーク自身からは「スパイではない」とは断言されない。が、見下ろしてくる彼の瞳に浮かんでいたのは疑念ではなく、なにかを期待するような、どこか楽しそうな色だった。

一時視線を交錯させた後、どちらからともなくするりと手を解《ほど》く。

窓の外には、夜半に輝きを増した薄青い月があった。

あとがき

この度は本書をお手に取って頂き、心よりお礼申し上げます。

本作は「異世界転移」というウェブ上では知名度のあるジャンルの中にありながらも、ヴァイオリニストと騎士団という異色の組み合わせ、かつ大人の事情満載の話運びであったせいか、公開当時からランキングには乗らず、さりとて誰にも読まれないわけでもなく、長く贔屓《ひいき》にして下さる読者の方が少しずつ増えていく、そんな不思議な作品でした。それが最終的にはウェブ小説賞を頂いた上で書籍化されることとなり、作者にとっては大変に思い出深い物語となったものです。

そんな本作は、六年半という月日と百万字超えの文字数をかけて完結に至りました。

書き出しの動機は主人公である真澄にたった一つの言葉を言わせたいがためで（ちなみにそれは物語の後半も後半にあります）、それこそが本作の中心、主題である「望むものになれなかった、あるいは手に入らなかった時に、人はどう生きていくのか」を示しています。

こう書くとものすごく壮大なテーマのように見えますが、これはむしろ普通に生きている私たちにこそ大なり小なり当てはまる、あるいは身に覚えのあるテーマです。

それはなぜか。

誰もが子供の頃におそらく一度は耳にしたであろう言葉――未来には希望がある、あなたたちはどんなものにでもなれる、夢はきっと叶《かな》う、可能性は無限大だ。強い光を放つ輝かしいその言葉たちは、けれども同時にとても残酷です。生まれてから死ぬまで、全ての望みが叶う人などいないからです。この美しい言葉を素直に信じ、やがてままならぬ現実に傷付いた人のなんと多いことか。それを「大人になるとはそういうことだ」と言い聞かせる、もしくは諦める、綺麗《きれい》に言うのならば折り合いをつけて生きていく、そういう人が大半だと思われます。

そんな現実を私は「厳しいな、痛いな」と感じ、せめて物語の中だけでも希望を見せられたらと願い、それを百万文字に込めた次第です。

私たちは生きている限り、常に選択を迫られます。

なにを食べどんな衣服をまとい、どこで暮らすのか。いずれの学《まな》び舎《や》に行くのか。どの仕事に就くのか。誰と友人になり、どういう相手と恋をするのか。それだけでも大変であるのに、生きていればそこに「まさか」という信じがたい要素までもが飛び込んでくるのです。

怪我《けが》や病気はある日突然襲ってきますし、誰でも普通にやっていると思っていたことが、実は自分にはできないのだと突き付けられることもある。一大事は日常のすぐ傍《そば》にあって、まさに一寸先は闇、私たちは本当に大変な世界に生きております。

ですから、本書はそんな世界で日々頑張っていらっしゃる皆さまへ向けての応援としてお届けするものです。読んでくださった方が、束《つか》の間《ま》日常を忘れ没頭することで英気を養い、明日への活力として頂けたのならば、これに勝る喜びはありません。

東《あずま》　吉乃《よしの》

作品のご感想、
ファンレターを
お待ちしています

あて先

〒141-0031　東京都品川区西五反田 8-1-5 五反田光和ビル4階
オーバーラップ編集部
「東 吉乃」先生係／「緋いろ」先生係

スマホ、PCからWEBアンケートにご協力ください

アンケートにご協力いただいた方には、下記スペシャルコンテンツをプレゼントします。
★本書イラストの「無料壁紙」　★毎月10名様に抽選で「図書カード（1000円分）」

公式HPもしくは左記の二次元バーコードまたはURLよりアクセスしてください。
▶ **https://over-lap.co.jp/824004727**
※スマートフォンとPCからのアクセスにのみ対応しております。
※サイトへのアクセスや登録時に発生する通信費等はご負担ください。

オーバーラップノベルスf 公式HP ▶ **https://over-lap.co.jp/lnv/**

OVERLAP NOVELS f

ドロップアウトからの再就職先は、異世界の最強騎士団でした
訳ありヴァイオリニスト、魔力回復役になる

発行　2023年4月25日　初版第一刷発行
著者　東 吉乃
イラスト　緋いろ
発行者　永田勝治
発行所　株式会社オーバーラップ
〒141-0031
東京都品川区西五反田8-1-5
校正・DTP　株式会社鷗来堂
印刷・製本　大日本印刷株式会社

ISBN 978-4-8240-0472-7 C0093

【オーバーラップ　カスタマーサポート】
電話　03-6219-0850
受付時間　10時～18時(土日祝日をのぞく)

第11回 オーバーラップ文庫大賞
原稿募集中！
イラスト：じゃいあん
【締め切り】
第1ターン 2023年6月末日
第2ターン 2023年12月末日
各ターンの締め切り後4ヶ月以内に佳作を発表。通期で佳作に選出された作品の中から、「大賞」、「金賞」、「銀賞」を選出します。
その物語は
きっと誰かが
好きな物語。
【賞金】
大賞…300万円
（3巻刊行確約＋コミカライズ確約）
金賞……100万円
（3巻刊行確約）
銀賞………30万円
（2巻刊行確約）
佳作………10万円
投稿はオンラインで！ 結果も評価シートもサイトをチェック！
https://over-lap.co.jp/bunko/award/
〈オーバーラップ文庫大賞オンライン〉
※最新情報および応募詳細については上記サイトをご覧ください。
※紙での応募受付は行っておりません。